U0043808

從取材、構思、下筆、改寫、修潤到定稿，
創意非虛構寫作教父教你不靠捏造或杜撰，掌握紀實寫作的訣竅，寫出好故事

如何說好
真實故事

LEE GUTKIND 李‧古特金德————著

李雅玲————譯

YOU CAN'T
MAKE THIS

STUFF UP

The Complete Guide
to Writing Creative Nonfiction
from Memoir
to Literary Journalism
and Everything in Between

YOU CAN'T
MAKE THIS

STUFF UP

臉譜書房

You Can't Make This Stuff Up: The Complete Guide to Writing Creative Nonfiction -- from Memoir to Literary Journalism and Everything in Between

Copyright © 2012 by Lee Gutkind

This edition published by arrangement with Da Capo Lifelong, an imprint of Perseus Books, LLC, a subsidiary of Hachette Book Group, Inc., New York, New York, USA.

Complex Chinese translation copyright © 2022

By Faces Publications, a division of Cité Publishing Ltd.

All Rights Reserved.

臉譜書房 FS0151

如何說好真實故事？

從取材、構思、下筆、改寫、修潤到定稿，創意非虛構寫作教父教你不靠捏造或杜撰，掌握紀實寫作的訣竅，寫出好故事

You Can't Make This Stuff Up: The Complete Guide to Writing Creative Nonfiction--from Memoir to Literary Journalism and Everything in Between

作　　　者　李·古特金德（Lee Gutkind）
譯　　　者　李雅玲
編 輯 總 監　劉麗真
責 任 編 輯　許舒涵
行 銷 企 畫　陳彩玉、陳紫晴

發　行　人　凃玉雲
總　經　理　陳逸瑛
出　　　版　臉譜出版
　　　　　　城邦文化事業股份有限公司
　　　　　　台北市民生東路二段141號5樓
　　　　　　電話：886-2-25007696 傳真：886-2-25001952
發　　　行　英屬蓋曼群島商家庭傳媒股份有限公司城邦分公司
　　　　　　台北市中山區民生東路二段141號11樓
　　　　　　客服服務專線：886-2-25007718；2500-7719
　　　　　　24小時傳真專線：02-25001990；25001991
　　　　　　服務時間：週一至週五上午09:30-12:00；下午13:30-17:00
　　　　　　劃撥帳號：19863813　戶名：書虫股份有限公司
　　　　　　城邦花園網址：http://www.cite.com.tw
　　　　　　讀者服務信箱：service@readingclub.com.tw
香港發行所　城邦（香港）出版集團有限公司
　　　　　　香港灣仔駱克道193號東超商業中心1樓
　　　　　　電話：852-25086231或25086217　傳真：852-25789337
馬新發行所　城邦（馬新）出版集團
　　　　　　Cite（M）Sdn. Bhd.（458372U）
　　　　　　41-1, Jalan Radin Anum, Bandar Baru Sri Petaling,
　　　　　　57000 Kuala Lumpur, Malaysia.
　　　　　　電話：+6(03)-90563833　傳真：+6(03)-90576622
　　　　　　讀者服務信箱：services@cite.com.my

一版一刷　2022年8月

城邦讀書花園
www.cite.com.tw

ISBN 978-626-315-153-6
版權所有·翻印必究（Printed in Taiwan）
售價：NT$ 450
（本書如有缺頁、破損、倒裝，請寄回更換）

國家圖書館出版品預行編目資料

如何說好真實故事?：從取材、構思、下筆、改寫、修潤到定稿，創意非虛構寫作教父教你不靠捏造或杜撰，掌握紀實寫作的訣竅，寫出好故事／李·古特金德（Lee GutKind）著；李雅玲譯. -- 一版. -- 臺北市：臉譜，城邦文化出版；家庭傳媒城邦分公司發行, 2022.08
　　面；　公分. --（臉譜書房；FS0151）
譯自：Everything in its place : the power of mise-en-place to organize your life, work, and mind
ISBN 978-626-315-153-6（平裝）

1.CST: 寫作法　2.CST: 創意

811.1　　　　　　　　　　　　　　　　111009035

目錄

第一部　何謂創意非虛構寫作？

第二部 寫完修改，再寫再修改：該如何進行

致謝

特別感謝蓋伊・塔雷斯（Gay Talese）、芮貝卡・史克魯特（Rebecca Skloot）、伊芙・約瑟夫（Eve Joseph）、蘿倫・史雷特（Lauren Slater）、梅拉・李・塞西（Meera Lee Sethi）和亞當・布里格爾（Adam Briggle），本書深入研究上述幾位作家的作品。也感謝《創意非虛構寫作》（*Creative Nonfiction*）雜誌的成員接納我，讓我成為此文體的發言人：史蒂芬・克內佐維（Stephen Knezovich）、派翠西亞・帕克（Patricia Park）、珍妮爾・皮弗（Jenelle Pifer）、金妮・利維（Ginny Levy）；尤其感謝哈蒂・弗萊徹（Hattie Fletcher）獨立將「過去到現在：一九九三至二〇一〇年創意非虛構寫作偉大（和沒那麼偉大）的時刻」整理成本書書末的附錄。感謝我「登峰造極」的經紀人安德魯・布勞納（Andrew Blauner）和「上進」的編輯蕾妮・塞德利爾（Renee Sedliar）。感謝同樣來自《創意非虛構寫作》雜誌的安賈利・薩赫德瓦（Anjali Sachdeva）閱讀並評論本書的初稿。感謝科學政策與成果聯盟，以及和亞利桑那州立大學休・唐斯人類傳播學院（Hugh Downs School of Human Communication）對我著作的支持和信任。感謝我在亞利桑那州立大學的助理麥可・齊魯尼克（Michael Zirulnik）對初稿進行事實查核、校對並整理參考書目。感謝米歇爾・帕蘇拉（Michele Pasula）啟發我靈感。感謝凱瑟琳・朗（Kathryn Lang）多次閱讀本書並提出許多實用的建議，同時對我吹毛

求疵。還要感謝我的讀者，感謝他們讓我有能力送兒子完成大學、研究所學業，還有其後的教育。

引言／如何閱讀這本書

本書分為兩部，第一部描述創意非虛構寫作的定義，並闡述創意非虛構寫作演變的方式和時機、由哪些人推動、面臨的主要挑戰為何，以及為何創意非虛構寫作在文學、學術、新聞和出版界的接受度和重要性與日俱增。

第一部的標題為〈何謂創意非虛構寫作？〉如果有副標，副標想必是「你想知道的全部知識、必須知道的全部知識，以及我能聯想到與創意非虛構寫作相關的知識——但就是不包含教你怎麼寫」。

「寫作」是第一部每一頁中不可缺少的面向，當你在構思一部創意非虛構作品（無論是散文、文章、回憶錄還是書籍）時，第一部這些內容都能提供可參考的導引。第一部將幫助你選擇寫作的主題；決定自己如何及為何、要或不要成為其中一個人物；如何進行研究；第一次在紙上或電腦螢幕上該怎麼潤飾作品；還有該怎麼進行事實查核、編輯和潤飾，在為作品祈禱之餘也要不斷進行修改。

本書列出了所有遊戲規則供你思考，讓你清楚了解以事實為本的創造力發揮和踩到虛構地雷區之間的法律、道德和道德界限——以上種種，加上寫作過程本身都會在書中詳細探討（包括熱情面、精神面，還有痛苦的挫折感），另外也會讓你知道創意非虛構的寫作和生活方式能為你帶來無可替代的回報。

由此我們來到第二部，當你振筆欲書、當你的手指已放在鍵盤上

準備體驗創作的奇妙時刻時，第二部的內容能夠提供指導和鼓勵。

　　作曲家會受到音樂的啟發和激勵，藝術家則受到達文西、梵谷、畢卡索等大師作品的啟發和激勵 —— 這些人早就開始繪畫或作曲，只是未臻完美，他們尚未得到大眾的認可，尚未登峰造極或贏得專業上的信譽。一直要到他們徹底沉浸於自己的專業背景中，才算真正於藝術中扎下了根。第一部所描述的創意非虛構寫作技藝也是如此，了解第一部的內容後才能進入第二部。

　　請在閱讀第二部時，整合你在第一部所獲得的理解和知識，並依循Nike的經典廣告詞：Just Do It！

　　這裡的「Do it」表示行動，表示進行「寫作、改寫、修改」的流程，完成之後再進行一次：把你的生命或故事主人翁的生命轉變為一齣犀利有力、無法抗拒、知識廣博、真實準確的戲劇。這齣戲當中必須包含生動的場景、活靈活現的人物和令人難忘的訊息。

　　你可在本書最後一頁（附錄之前），閱讀我寫給讀者的最後幾句話，其中詳細說明了你該如何透過寫作、修改和改寫讓作品登峰造極，要一直寫到無法再突破為止，那會是你能力所及的最好作品。然後再寫、再修改，再改寫，開始寫別的文章，但之前寫好的內容可以再留置一下，這樣你就能夠重新審視每份初稿。

　　第二部的目標是指導和激勵，讓你產生信心，讓你憑藉勇氣和信念寫作，持續孕育出作品，一直到作品能證明你的堅持和才華，以及故事的內在力量為止。

　　本書的兩部分皆不可少，所以先閱讀哪一部並不重要，要從頭到尾或從後到前都好，只要發自內心讓閱讀激發你的奇思妙想，或者從

錯落在書中的某些文章開始看起亦可，畢竟這正是我們寫作的方式，我們在自己訴說的故事裡穿梭來去，然後憑藉文字的力量及視野的強度和範圍來吸引讀者目光。

　　既然提到了這些作品 —— 本書中有多位新銳作家和知名作家的精采文章和節錄段落，有些文章是我的作品，但大部分出自其他作家之手，如蓋伊‧塔雷斯、芮貝卡‧史克魯特、蘿倫‧史雷特。請你用「雙重角度」閱讀這本書（並學習閱讀所有創意寫作的作品），要學習由他人的角度閱讀 —— 也就是由你的讀者的角度閱讀 —— 此乃寫作的黃金法則：你希望別人用什麼方式為你寫作，你就用這種方式為他人寫作，這是其中一個角度。另一個角度是學習讓自己從作家的角度閱讀，從閱讀他人作品的過程了解其他作家的寫作方法、技巧和門道。我將解構本書中列出的一些著作，然後會請你練習自行解構其他文章 —— 當然是在我的協助之下。

練習一

　　無論在什麼年齡 —— 無論是十八歲或者八十歲 —— 在生命中都有某些重要時刻能代表你所學習到的人生課題，也許是父母宣布離婚時餐桌上的場景；或者是你邁向四十歲的那一天覺得自己好老；又或是五十歲時越過海軍陸戰隊馬拉松[1]終點

1　海軍陸戰隊馬拉松於每年十月底於華盛頓區舉行，是美國的四大賽事之一。

線的那一刻，覺得自己好年輕。

在第二部我耗費相當多篇幅和精力研究作家在寫作場景時需要使用的元素和技巧，但且讓我這麼形容吧，場景寫作其實就是說故事，一個場景可能是一個事件、一段經歷，作者盡可能用電影化的方式記錄一件發生過的事。

某段體驗或你重現的某個場景，實際上可能源自你描寫的某個人物，可能是你聽說的故事或觀察到的事件。如果你寫的是回憶錄，事件可能發生在你身上，那「你」就變成我們關注的重點了！

一開始請先簡略記下最鮮明的記憶，描繪場景後在腦海中重構，然後再寫下，這些場景對你來說有什麼意義，對你的讀者有什麼意義？這些經歷的描述能怎樣幫助到他人？請執行上述任務，因為在整本書中，你會重新審視並擴展這個場景。

同時在第一部的一開頭，我將為你重現發生在我身上的場景，也就是我成為教父的那一天、那一刻，我的生命在轉瞬間發生改變 —— 我有機會傳播非虛構敘事方法和以現實為本的文學的評述，並在此過程中協助讀者和寫作者探索、發展出一種新的表達途徑。

因此，從哪個部分開始讀本書都可以，你可用任意順序了解創意非虛構寫作的必要知識，並開始履行作家的使命：講述故事、分享知

識和智慧、產生影響力，最後影響觀點並改變生命。

同時，除了閱讀之外，本書還會不時安排問與答的單元，那是因為我想與讀者建立連結，且我預期讀者在閱讀過程總會產生想法和疑問。作家偶爾改變書的節奏是好事，能幫助讀者和作者在不斷聚焦的過程中，同時進行思考和回顧。這是我們身為創意非虛構寫作者的一部分願望，也就是讓讀者更深入思考作者正在講述的故事，也讓我們能更深入探究訊息的內在意義和明確性。記錄故事並將故事與讀者連結起來，是身為創意非虛構作者應該努力的事。

請留意「故事」一詞和說故事這個概念的重複性。誠如本書中許多部分正是以創意非虛構寫作風格寫成的，這些皆是以故事為基礎來呈現本書所要描繪的文體，而創意非虛構寫作的奧義也就體現於這些基本且固定的要素中 —— 無論是個人散文、緊湊的沉浸式寫作、抒情文、回憶錄，或是任何你想歸類在此之下的子文體。說到底，我認為創意非虛構寫作的定義就是完美闡述真實發生的故事，這正是我的願望，也是我打算鼓勵讀者做的事。

我會努力協助你寫作，創意非虛構寫作有兩種基本形式：回憶錄／個人散文和沉浸式非虛構寫作。我設計出一系列的練習，可以幫助讀者寫出無論是哪一種創意非虛構作品的範文。

請讀完本書，如果你能重複閱讀多次，便會有能力寫出沉浸式非虛構作品和回憶錄，它未必足以寄給編輯或版權代理商，但你至少會有一篇充實的初稿以備塑造和潤飾，之後可以一再修改。

引言就言盡於此，現在我們開始閱讀、思考和寫作吧。

第一部

何謂創意非虛構寫作？

教父的誕生

　　我在匹茲堡大學學習大教堂（Cathedral of Learning）的電梯裡，這是舉世最高的教學大樓，我正要前往五樓的英文系上課，但剛發生了一件事讓我心中惴惴不安。

　　電梯門滑開，我的同事布魯斯・多布勒（Bruce Dobler）[1] 就站在我面前，他的身材矮小，肩膀寬闊，臉上掛著大大的微笑。他看見我時揚起眉毛，然後跪下抓住我的手，屏著氣充滿敬意地說，「我親吻你的手，教父。」

　　我就這麼看著他，心中滿是困惑和震驚……他真的這麼做了，親吻時還發出好大一個口水聲！

　　當下我不知他的舉止為何如此瘋狂，但後來我猛然頓悟，布魯斯一定讀了詹姆斯・沃爾科特（James Wolcott）[2] 發表在《浮華世界》（*Vanity Fair*）上的文章，那篇文章讓我自覺像個油嘴滑舌的推銷員（也許更糟），像個只會「空想不練」的人。這個景況讓我陷入尷尬之境，因為《浮華世界》擁有超過一百萬讀者（一九九七年時共有1,157,653名讀者），也包括新潮的文人，也就是文壇的重量級人士。這正是我那天心情不好的原因。

1　美國作家。
2　美國記者，以批評當代媒體而聞名，同時也是《浮華世界》的文化評論家，並為《紐約客》撰稿。

那篇文章算是偷襲；無論是沃爾科特本人或《浮華世界》都沒有採訪或接洽過我。我在電梯遇見多布勒的前一晚，有位我教過的學生在超市收銀台翻閱新一期雜誌時看見這篇文章，當天早上她便打電話來告知我這個消息。我考慮要躲在家裡避避風頭，但很快意識到此舉非常愚蠢。後來在學習大教堂的電梯裡，布魯斯・多布勒的舉動讓我意識到自己非常需要適應並享受我這輩子成名的十五分鐘[3]。

沃爾科特在他的誹謗文中還揶揄了我多年持續寫作、編輯和擁護的文體：創意非虛構寫作。但他把我單獨挑出來，列為差中最劣，沃爾科特還用粗體大寫字強調，為我貼上一個永生難忘的標籤，我不僅是個「空想不練」的人，甚至更糟：他稱我為「創意非虛構寫作背後的教父」。

我首度閱讀這篇文章時深感丟臉，在極具聲望的全國性雜誌上被公開譏諷並非益事，相當不利於我這名英文系教授的形象，也不利於我與保守學術界同事間的關係，至少我是這麼認為。但多布勒深諳其道，這讓我想起奧斯卡・王爾德（Oscar Wilde）的言論 —— 面對批評，他是這麼說的：「人生中只有一件事比被人議論更糟糕，那就是：無人議論你。」

從正面來想，在《浮華世界》上遭受抨擊引起了各界對此一文體的關注，其後幾年有許多人開始閱讀並嘗試撰寫創意非虛構作品，使該文體獲得空前發展，並轉變為一場勢不可當的文學運動，創意非虛構寫作也成為文學和出版界發展最快的體裁。

3　安迪・沃荷（Andy Warhol）曾說：「在未來，每個人都會聞名於世十五分鐘。」

　　一九九七年沃爾科特貶低我為教父，當年已有許多人在撰寫並閱讀創意非虛構作品，當然這就是這個話題之所以被推到風頭浪尖上的來由。但沃爾科特沒有意識到，當年很少人知道如何指稱這種文體，也不知如何撰寫，或者到哪裡發表作品。在沃爾科特的文章和《浮華世界》數百萬讀者的推波助瀾之下，大眾才開始了解他們所閱讀和寫作的文體其實有個稱謂、有個標籤、有基本原理和快速成長中的讀者群。從那時起，創意非虛構寫作成為文學界必須處理的體裁；這是描述現實的文學。

定義的辯論

　　詹姆斯・沃爾科特並非嘲笑創意非虛構的唯一一人，儘管嘲笑的原因各有不同，但在大多數情況下，一開始問題即出在「創意」這個詞。某方面這個詞帶有一種自命不凡的味道，學者尤其對這個詞感到不安，他們的口頭禪是：千萬別**告訴**別人你很有創意，因為這點應該由對方發現，然後主動告訴你。

　　記者也反對「創意」一詞，儘管原因各異，他們堅持認為「創意」的本意為編造，意即捏造事實，而「捏造」是記者避之唯恐不及的事。（去問問威廉・倫道夫・赫茲〔William Randolph Hearst〕[1]或傑森・布萊爾〔Jason Blair〕[2]吧！）為了避免使用「創意」這個詞，某些學者和記者開始稱這種文體為「非虛構文學」或「報導文學」，但這兩種標籤都沒有流行起來。

　　「文學」這個詞聽起來和「創意」一樣自命不凡，儘管大多數創意非虛構作品都包含了新聞元素（當然取決於你如何定義新聞寫作），但認定所有創意非虛構作品都是新聞寫作，這麼假設並不精確。

　　在使用「創意非虛構寫作」一詞之前，此種文體以「新新聞主義（new journalism）」[3]之姿而廣受歡迎，這很大程度上要歸功於湯

1　美國報業大王、企業家，赫茲國際集團的創始人。

2　前美國記者，曾在《紐約時報》工作。

3　一種新聞報導形式，最顯著的特點是將文學寫作的手法應用於新聞報導，重視對話、場景和心理描寫，不遺餘力地刻畫細節，發展高峰出現於六〇年代。

姆・伍爾夫（Tom Wolfe）[4]，他在一九七三年編輯了一本以此為名的新聞寫作文集，但這個書名也引發如何使用「新」這個形容詞的爭論。在此僅舉出幾位描寫現實的文學大師的名字：A.J. 李伯齡（A.J. Liebling）[5]、喬治・歐威爾（George Orwell）[6]、詹姆斯・鮑德溫（James Baldwin）[7]和莉莉安・羅斯（Lillian Ross）[8]。這些作家比湯姆・伍爾夫早了半世紀發表這類作品，那所謂的「新新聞主義」又有何新意？

到了近代，「敘事」這個詞用於「敘事新聞」和「敘事性非虛構作品」，也變得流行起來。人人都有自己的故事或敘事，無論是政治家、電影明星、商人或女性都不例外，但創意非虛構作品並不嚴格遵循單一種敘事形式；當中包括抒情文、分段散文和散文詩，上述這些都可歸類為非虛構文體。

但追根究底，執著於如何命名終究是浪費時間，怎麼稱呼此文體並不重要；更重要的是如何定義，以及如何發揮它。

創意非虛構寫作是什麼，不是什麼？

我創辦了《創意非虛構寫作》雜誌並接續編輯這本雜誌，這本雜誌是我的驕傲，當中以簡單、簡潔、準確的方式定義此文體為「完美

4　美國小說家。

5　美國記者。

6　英國左翼作家，新聞記者和社會評論家，《動物農莊》和《一九八四》為傳世巨作。

7　美國作家，小說家，詩人，劇作家和社會活動家。身為黑人和同性戀者，作品關注美國種族問題和性解放運動。

8　美國記者和作家，她新穎的報導和寫作風格，深深影響後來稱為「文學新聞」或「新新聞」的文體。

描述真實故事」。就本質而論，這已將創意非虛構寫作的整體範疇一言以蔽之了。

　　創意非虛構寫作某方面就像爵士樂，融合了各種韻味、想法和技巧，其中一些元素為新創，另一些則與寫作的歷史本身一樣古老。創意非虛構寫作包含散文、期刊文章、研究論文、回憶錄或詩；可能個人化也可能非屬個人，或者也可以兩者兼具。

　　「創意」和「非虛構」這兩個詞共同描述了此種形式，「創意」一詞代表文學技巧的運用，意即小說家、劇作家和詩人用來呈現非虛構作品的技巧：用真實準確的散文描述真實人物和事件，然後用引人入勝又生動戲劇化的方式呈現出來。作者的目標是讓非虛構文字閱讀起來像小說一樣動人，如此一來，事實就能對讀者創造出如小說般吸引人的效果，但這個故事卻是有真實性的。

　　這樣的背景讓「創意」一詞飽受批評，因為有些人認為，創意一詞代表虛矯、誇大，或編造事實及修飾細節，但這種看法大錯特錯。

　　誠實直率與精采創意完全可能並存，在此略舉幾位傑出的領導者兼思想家：阿爾伯特・愛因斯坦、雅克・庫斯托（Jacques Cousteau）[9]、史蒂芬・霍金和亞伯拉罕・林肯。上述這些人皆創作了真實、準確且有事實依據的作品，更是他們和我們的時代中最具想像力和創造力的作家。

　　創意非虛構寫作中的「創意」一詞與作者如何構思概念、總結情

9　法國海軍軍官、探險家、生態學家、電影製片人、攝影家、作家、海洋及海洋生物研究者，法蘭西學院院士，他的紀錄片《寂靜的世界》（*The Silent World*）榮獲金棕櫚獎。

節、定義個性、描述地點，以及塑造並呈現資訊息息相關。「創意」不代表捏造出從未發生的事，或者記述和描述並不存在的事。創意並不表示作者有權說謊；「非虛構」一詞則表示題材來自於真實世界。

「事實無可編造！」這項基本規則相當明確也不可違背，這是作者對讀者的承諾，也是我們賴以生存的箴言，更是創意非虛構寫作的支柱。

誰創了「創意非虛構寫作」一詞？

確切來說時間已不可考，我從一九七〇年代初期開始使用這個詞，而如果要確認這個詞受到「官方認定」的時間，那應該是一九八三年，就在美國國家藝術基金會召開的一次會議上。原本他們是要將此文體設為國家藝術基金會創意寫作獎的一個類別，因此需要討論該如何稱呼這種文體。起初這個基金只針對詩人和小說家頒發獎金（當年為七千五百美金；現在則為兩萬美金），但其實國家藝術基金會老早就認可了非虛構寫作的「藝術價值」，也在試圖找到總括該文體的方式，好讓作家了解該提交什麼樣的作品以供評選。

有個詞彙可用來代表這種「講究技藝」的非虛構類作品：「論文」，但這個詞無法完美捕捉此文體的本質。嚴格說起來，各種學者寫的文章都能算是「論文」，但通常指的是學術性評論，無論是風格或內容皆與一般大眾距離甚遠，就算知識水準最高的民眾也不例外。報章專欄作家在某種程度上寫的也算「論文」，但大多是簡短的評論性文章，缺乏講求寫作技巧的論文所具備的論述和深度。

「新聞寫作」這個詞也不符合這個文體，儘管最好的創意非虛構

寫作很大一部分確實需要新聞寫作的深度面向。某段期間國家藝術基金會使用的是「美文（belles-lettres）」一詞，這是一種偏重風格而非內容的作品，撇除其他面向不論，這個詞的浮誇性也令人反感。他們指的是引人入勝、以人物為導向、以情節為導向的文學作品，但上述這些標籤都無法完整概括。到最後，當天參加會議的一位國家藝術基金會成員指出，他服務的英語系上有一名叛亂分子正在積極提倡「創意非虛構寫作」這種說法，而那個叛亂分子就是我本人。從此之後，本書探討之文體普遍為人所接受的名稱即為「創意非虛構寫作」。

突飛猛進的文體

　　儘管名稱存在爭議，或也許正因如此，創意非虛構寫作已成為文學界和出版界最受歡迎的文體。

　　如今一些最大型的出版社，如哈潑柯林斯（HarperCollins）、蘭登書屋（Random House）、諾頓（Norton）等，皆在積極尋求出版創意非虛構作品，比他們對於文學小說和詩集的需求還要高。（在此談及的「文學小說」和「大眾小說」不同；後者包括約翰‧葛里遜〔John Grisham〕和詹姆斯‧帕特森〔James Patterson〕等大眾小說大師的作品。）近期暢銷書排行榜上由大型出版社出版的創意非虛構作品包括勞拉‧希倫布蘭德（Laura Hillenbrand）的《堅不可摧》（*Unbroken*）、大衛‧艾格斯（Dave Eggers）的《澤東》（*Zeitoun*）、芮貝卡‧史克魯特的《海拉細胞的不死傳奇》（*The Immortal Life of Henrietta Lacks*），以及珍奈特‧沃爾斯（Jeannette Walls）的《玻璃城堡》（*The Glass Castle*）。就連過去只出版屬於地區性口味的書籍、評論類文章和詩集的小型學術（或大學）出版社，如今也在積極尋求出版創意非虛構類書籍，如內布拉斯加大學出版社（The University of Nebraska Press）、其他出版社（Other Press）、麥克斯威尼（McSweeney's）、女性主義出版社（Feminist Press）、灰狼出版社（Graywolf Press）等。這些榮獲國家圖書獎或美國國家書評人協會獎等出版大獎的出版社，皆以創意非虛構書單吸引到新的文學書讀者。

　　在學術界，創意非虛構已成為普遍的寫作體裁。小型學院和大型大學院校英語系開設了創意寫作課程，從普林斯頓到愛荷華與哥倫比亞大學的學生都可以入學取得創意非虛構寫作學士學位、藝術創作碩士學位和博士學位，不僅在美國，澳洲、紐西蘭和全世界都是如此。《紐約客》（New Yorker）、《君子雜誌》（Esquire）和《浮華世界》上的文章主要形式即為創意非虛構寫作，《紐約時報》（New York Times）和《華爾街日報》（Wall Street Journal）的頭版上甚至也刊登創意非虛構文章，本書後面也會列出一些範例。

　　如果翻閱一九六〇和一九七〇年代出版的雜誌（可能必須使用微縮膠片查閱），會發現當年創意非虛構文體也占據了主導地位。上述雜誌以及某幾家熄燈的雜誌（如《柯利爾》〔Collier's〕和《星期六文學評論》〔Saturday Review〕）會定期刊登現在稱為創意非虛構作品的各種文章，分別出自蓋伊・塔雷斯[1]、楚門・卡波特（Truman Capote）[2]、莉莉安・羅斯[3]和諾曼・梅勒（Norman Mailer）[4]等作家之手。

　　當年和現今的最大區別在於這種巧妙的非虛構文體正在迅速成長，而文學和大眾（平裝）小說的讀者人數和銷量卻停滯不前或節節

1　美國作家，一九六〇年代擔任《紐約時報》和《君子雜誌》的記者，定義了當代文學新聞寫作。
2　美國作家，著有多部經典文學作品，包括《第凡內早餐》與《冷血》，卡波特在《冷血》一書中開創了「真實罪行」類紀實文學，公認為大眾文化的里程碑。
3　美國記者及作家，普遍認為她新穎的報導和寫作風格對後世的「報導文學」或「新新聞主義」影響甚鉅。
4　美國著名作家及小說家。作品主題多挖掘剖析美國社會及政治的病態問題，風格以暴力及情欲著稱。

下降，而且這種非虛構文體現在已有一個大眾可接受的名稱了。

次文體

創意非虛構寫作與詩和小說一樣也都有次文體，詩的次文體取決於形式，而小說的主題和口吻往往代表不同的小說類型和派別。「女性文學」是一種由女性作家寫給女性讀者閱讀的次文體，通常以輕鬆寫意的方式處理女性遭遇的問題，例如蘿倫・薇絲柏格（Lauren Weisberger）的作品《穿著Prada的惡魔》（*The Devil Wears Prada*）。另外還有偵探小說、間諜小說和懸疑小說，如約翰・葛里遜的作品《黑色豪門企業》（*The Firm*），或者湯姆・克蘭西（Tom Clancy）的《獵殺紅色十月》（*The Hunt for Red October*），這些作品總會出現在小說類暢銷書排行榜上。

與上述作品一樣，當今出版的多數小說皆是「大眾」小說，因為這些書能吸引廣大讀者群，強調的是情節，不像「文學」小說強調性格描述和風格。強納森・法蘭岑（Jonathan Franzen）的《修正》（*The Corrections*）與《自由》（*Freedom*）[5] 正是成功吸引大眾讀者的文學小說範例，也許是因為法蘭岑能用趣味的方式探討並批評美國中產階級。

非虛構類敘事中的許多類別（如創意非虛構寫作）都與特定主題相關，例如棒球、商業、科學和法律。如果某本書屬於特定主題，該

5　美國小說家和散文家。《修正》是一個龐大的諷刺家庭劇，贏得了美國國家圖書獎，入圍普利茲小說獎和都柏林文學獎，二〇一〇年的小說《自由》也被視為偉大美國小說之一。

主題會有定位和分類後的固定受眾，書店採購或經理可以確切知道該把這本書上架在哪。分類的缺點是對該主題不感興趣的一般讀者可能看不見這本書，然而在當前網路書店和電子書盛行的時代，實體書店的分類可能未必那麼重要。非虛構作品要面對的挑戰是如何透過鎖定特定主題來鎖定核心受眾，另一方面也要藉由讓主題退居次要地位並凸顯人物和敘事的強度來吸引一般讀者，這種對雙重受眾的雙重吸引力可能非常有效，同時也有利可圖。

跨文體

有些人將創意非虛構寫作稱為第四種文體，排在戲劇、詩和小說之後，但對某些知名作家來說，創意非虛構也可說是他們創作的第二文體。諾貝爾文學獎得獎作家恩尼斯特·海明威（Ernest Hemingway）的小說聞名於世，但他也能寫出激動人心的創意非虛構文字，如《午後之死》（*Death in the Afternoon*）這本禮讚鬥牛的作品。對喬治·歐威爾、詹姆斯·鮑德溫、約翰·厄普代克（John Updike）[6]、菲利普·羅斯（Phillip Roth）[7]、楚門·卡波特和大衛·馬梅（David Mamet）[8]等作家來說，他們筆下的小說、戲劇與創意非虛構作品同樣出色，而瑪

6　美國長篇小說、短篇小說作家、詩人。著作《兔子富了》和《兔子安息》分別在一九八二年和一九九一年榮獲普利茲獎。

7　美國小說家、作家，著作有強烈的自傳性質，探討猶太人與美國人的身分認同與生活。

8　美國劇作家，電影製作人和作家，榮獲普立茲獎。

莉・卡爾（Mary Karr）[9]、黛安・艾克曼（Diane Ackerman）[10] 和泰莉・坦貝斯・威廉斯（Terry Tempest Williams）[11] 則以詩人之姿出道，後來才發掘創意非虛構寫作的潛力。轉換跑道為這些作家帶來了名氣和財富。

對某些作家而言，創意非虛構作品不僅是他們創作採用的第二文體，許多傑出的男性和女性更視之為第二專業。如奧利佛・薩克斯（Oliver Sacks）這樣的科學家、艾德蒙・摩里斯（Edmund Morris）這樣的歷史學家、羅伯・勞（Rob Lowe）這樣的電影明星、像蒂娜・費（Tina Fey）這樣的喜劇演員、巴柏・伍德華（Bob Woodward）這樣的記者，以及吉姆・包頓（Jim Bouton）這樣的棒球員 —— 他們都在創作或寫過許多成功又引人入勝的創意非虛構作品。

詩（通常）也是創意非虛構作品

詩比你所想像的更接近非虛構文體，許多詩人堅決主張他們的詩本質上是非虛構的 —— 代表精神和字面上的真實，只是以自由形式或詩的形式呈現出來。某些人指稱的「抒情」散文也可視為詩，因為散文作者在撰寫抒情文時，強調的是藝術性而非資訊，內容的沉思面向比敘述、邏輯和說服更優先受到重視。詩人克勞

9　美國詩人，散文家和回憶錄作者，1995 年暢銷的回憶錄作品《大說謊家俱樂部》讓她人氣直升。

10　美國作家、詩人和博物學家，她最暢銷的自然歷史書籍混合了詩、口述歷史和易讀的科學知識。

11　美國作家、教育家、環保主義者和活動家。作品植根於美國西部，側重於社會和環境正義，涉及生態、保護公共土地和荒野、婦女健康、探索人類與文化和自然之間的關係。

蒂亞・蘭金（Claudia Rankine）（作品有《別讓我孤獨》〔*Don't Let Me Be Lonely*〕）、莉亞・珀普拉（Lia Purpura）（作品有《看》〔*On Looking*〕），以及文選編者暨作家約翰・達加塔（John D'Agata）（作品有《下一代美國散文》〔*The Next American Essay*〕）到相當近期皆持續擁戴抒情文。對撰寫紀實作品的作者來說，優秀詩人的技能和目標最值得他們仿效。

　　非虛構作家最艱鉅的挑戰之一是學會聚焦。我們投入數週、數月甚至數年的時間研究和觀察不同的次文化、地點和思想，在任何一部作品中，記者和散文家可能描述許多故事，在幾十個切入角度間轉換，再逐漸鎖定研究、想法和採訪的對象背後代表的意義。

　　最優秀的詩人不僅能持續掌控詩的結構，還能控制預想的範圍和幅度，他們能夠以緊湊的方式轉譯並溝通複雜的想法，就算詩人的想法既廣博且戲劇化也一樣。這就是優秀的創意非虛構寫作者也要掌握的奧義。某些詩人傾向對社會問題進行隱微（有時也沒那麼隱微）的溝通傳播；這種精神也可見於最深刻、崇高的新聞傳統中。詩和新聞可以追求相同的目標，兩者間的差距並不如想像中遙遠，詩人和記者都在尋求「更偉大的真實」。

彈性、自由度和偉大的真理

　　《被仰望與被遺忘的》（*Fame and Obscurity*，一九七〇年）是蓋伊・塔雷斯著名的人物側寫文選，其中寫到的名人包括法蘭克・辛納屈（Frank Sinatra）、喬・迪馬喬（Joe DiMaggio）和彼得・奧圖（Peter O'Toole），他在引言中明確描述了自己的工作，並大致說明

何謂新新聞主義。他的說法如下：「雖然這些文字通常讀起來像虛構的，但其實並非虛構故事，而是與（或應該與）高度可信的報導一樣可靠。相較於堆疊可經得起檢驗的事實、直接引用他人文字，並墨守嚴謹的官方風格這種舊形式，新新聞寫作更能追求偉大的*真理*（在此由我以斜體強調）。」

　　這可能是創意非虛構寫作的最大資產：作品提供了彈性和自由度，同時仍堅守報導文學的基本原則。創作創意非虛構作品時，可以同時兼顧詩意和新聞性，我們鼓勵創意非虛構寫作者從場景到對話，從描述到觀點，都使用文學和電影化的技巧，記述自身與他人的故事，捕捉真實的人物和生活，由此帶來改變這個世界的能力。

　　創意非虛構寫作最重要也最討人喜歡的特點是它不僅允許、也鼓勵作家本人參與故事或文章。這種個人參與能創造出一種特殊的魔力，對減輕寫作焦慮感很有幫助；同時也提供滿足感和自我探索的機會，還帶來了彈性與自由度。

真實或……

詹姆斯·弗雷（James Frey）曾是個酒鬼、毒蟲與罪犯，他入獄三個月飽受折磨，包括在未使用止痛藥的情況下接受一連串根管治療，但他活了下來，最終勇敢讓自己康復過來。其後他寫了一本赤裸而動人的懺悔之書，描述他改過自新的心路歷程，連歐普拉溫也深受此書的力量和戲劇性所吸引。歐普拉在節目中描述他為「讓歐普拉徹夜難眠的男子」，《百萬碎片》（*A Million Little Pieces*，二〇〇三年）也成為全國暢銷書，為作者賺進數百萬美金，讓他從沒沒無聞變得名利雙收。

專門進行調查報導的網站「冒煙的槍」（The Smoking Gun）後來深度揭露了這本書的內幕。網站進行為期六週的調查之後，揭穿弗雷是個騙子和冒牌貨。這是自一九七〇年代初期，克利福德·歐文（Clifford Irving）假冒隱居的億萬富翁霍華·休斯撰寫自傳以來最大的文學造假事件。在那所有的誇大捏造情節中，弗雷根本沒有進過監獄；他未使用止痛藥進行根管治療一事也從未發生；關於他朋友自殺的描述更是假的。弗雷事件的教訓是：捏造事實非常可能被逮到，也必須為此付出代價。弗雷將他的失策推託給毒癮。

遭人爆料後的詹姆斯·弗雷還出版了其他作品，有小說和非虛構作品，銷量也相當不錯，但他身為作家的信譽仍然遭受嚴重損害。歐普拉在節目中大力抨擊他，他也在CNN電視節目《賴瑞金現場》

（*Larry King Live*）專門討論爭議事件的特輯中飽受批評。

　　欺騙讀者的並非只有詹姆斯・弗雷一人。剛從賓夕法尼亞大學畢業的史蒂芬・格拉斯（Stephen Glass）成為美國首都廣受歡迎的新銳記者，在《新共和週刊》（*New Republic*）、《滾石》（*Rolling Stone*）雜誌和《紐約時報》上都發表了令人讚嘆的文章，但他最傑出的天賦是捏造情節後掩飾謊言的能力。他透過設立假網站，羅織出不可見和不存在的來源，也配合假網址和電話號碼持續鞏固假象。據《星期五夜燈》（*Friday Night Lights*）的作者布茲・比辛傑（Buzz Bissinger）所稱，這是「現代新聞業中持續最久的詐欺行為」。

　　格拉斯消失的五年間跑去就讀法學院，他於二〇〇九年再度現身，要宣傳一部以他生涯為題材的小說《說謊者》（*The Fabulist*），哥倫比亞廣播公司的節目《六十分鐘》（*60 Minutes*）也在二〇〇九年格拉斯宣傳新書時專訪過他。格拉斯當時希望能通過紐約州的律師資格考試，據《六十分鐘》報導，他已通過筆試，但「他的性格和他是否為通過資格考的適當人選，皆相當令人存疑」。格拉斯可能無法輕易或永遠無法重返新聞界，《新共和週刊》的文學編輯里昂・韋斯蒂爾（Leon Wieseltier）曾告訴《六十分鐘》：「他是個小人，我心裡再也不會有他的一席之地。」

　　格拉斯在《六十分鐘》的採訪過程中表示懊悔，但關於採訪者史蒂夫・克羅夫特（Steve Croft）所問的問題：眼前這個被採訪的人「真的是史蒂芬・格拉斯，還是他創造出來的另一個人物？」最終協助揭發格拉斯罪行的前《新共和週刊》執行編輯查爾斯・萊恩（Charles Lane）是這樣回答的：「如果外面陽光明媚，史蒂芬和我都

站在外面曬太陽，而史蒂芬告訴我，『今天陽光普照』，我會立刻去找兩個人確認一下今天真的是晴天。」

造假名人堂

與克利福德・歐文相比，弗雷和格拉斯的騙術只能算是外行，《時代》（*Time*）雜誌將克利福德・歐文評為「一九七二年度最佳騙徒」，只因他試圖用霍華・休斯的假傳記來愚弄全世界，歐文為此入獄服刑十七個月。

歐文／休斯醜聞發生後不久，備受尊敬的劇作家麗蓮・海爾曼（Lillian Hellman）出版了回憶錄《修飾痕》（*Pentimento*，一九七三年），該書詳細描述她如何偷偷送錢給兒時的好友茱莉亞，那時這位好友正在維也納抵抗納粹。這本回憶錄於一九七七年翻拍成電影《茱莉亞》（*Julia*），由珍・芳達（Jane Fonda）和凡妮莎・蕾格烈芙（Vanessa Redgrave）主演。但十年後，耶魯大學出版社出版了妙麗葉兒・加德納（Muriel Gardiner）的回憶錄《代號「瑪麗」》（*Code Name "Mary"*），情節與《茱莉亞》的故事非常接近，大多數評論家皆認為海爾曼剽竊了加德納的故事。

其他經過審查真實性和準確性的知名作品包括約翰・伯蘭特（John Berendt）的《善惡花園》（*Midnight in the Garden of Good and Evil*）[1]，這是一本關於薩凡納謀殺案的暢銷書，而伯蘭特承認自己捏造了書中對話，也重新安排過故事的時間順序。愚弄歐普拉第二次的

1　這本書之後改編為電影《熱天午夜之慾望地帶》。

人是赫曼・羅森布拉特（Herman Rosenblat）。他所寫的《圍欄上的天使》（*Angel at the Fence*）初稿已簽訂出版合約但尚未推出，內容以戲劇化的方式描述了一場納粹大屠殺之下的愛情故事，敘述羅森布拉特與蘿瑪的邂逅，而這個女子後來成為他的妻子。他當年關在集中營裡，她則假扮成一個基督徒的農場女孩，從集中營的柵欄外扔蘋果給他。

　　羅森布拉特寫道：他永遠無法忘記這個善心的女子，他們在戰後十年因相親再次相遇，他擁抱了這個人，他們也結了婚。這個故事讓歐普拉大受感動，並兩次專訪羅森布拉特，頌揚他們的羅曼史是「有史以來最偉大的愛情故事」。後來有人發現這個故事純屬虛構，伯克利出版社也於二〇〇八年取消了出版計畫。

　　問題：但為什麼編輯或出版社不去求證弗雷和羅森布拉特的作品　　　　　是否為真實故事呢？

　　回答：出版社通常會將這個責任轉移到作者身上。出版社辯稱，　　　　　他們無法耗費那麼多時間和金錢進行必要的事實查核，出　　　　　版流程是先要求作者簽署合約，證明初稿的真實性。

　　問題：就這樣把責任撇得一乾二淨？

　　回答：出版社希望可以撇清關係，但其實出版社跟作者一樣容易　　　　　遭到起訴。

　　問題：但這不合理，出版社的損失比卑微的作家嚴重許多。

　　回答：出版社也聘請了更多律師來保護公司。

　　問題：好吧，但免責聲明不是能保護每個人──包括作家和出

版社？只需在書前或書後印上聲明，盡可能說明這個故事的真實性，就像老電視影集《搜索網》（*Dragnet*）一樣：「為了保護當事人，故事人物皆為化名。」

回答：這或許有幫助，但無法保證能完全自保。

問題：我還可以請我作品描寫的當事人簽一份許可免責聲明表，這個步驟幾乎等於同意我自由使用他們的名字和故事，也能透過我認為最有效的方式來描寫他們的故事。這樣總可以保護自己了吧？

回答：這個說法不完全錯誤，如果你受到起訴，免責聲明和許可文件可能會對案件有所幫助，但實際上並不保證你所定義的條款能在法律糾紛上獲得認定和執行，而且要求故事中的當事人簽署許可／免責聲明表可能會讓他們遲疑是否要與你合作，也會讓他們想太多。

問題：所以作者該怎麼辦？

回答：請閱讀後文的事實查核部分（以及詆毀、誹謗和事實陳述部分）的文字，並盡一切可能保護自己，別依賴編輯或出版社為你辯護，尤其是在你遭受媒體、律師或故事當事人的攻擊時。你必須靠自己，在某些方面這也是最好的狀況，因為由你主導自己的命運、對自己的信譽負責並維護與讀者間的誓約，這是身為作者的責任。

真實與事實

▼

　　假設你和我最近離婚的前妻坐在某地的星巴克，她告訴你她決定和我離婚的所有原因，還細數了我的缺點。談話結束時你了解到和我一起生活有多麼不容易，我是一個工作狂，總是在出差，對夫妻關係抱怨連連，從不想定下來，即使在家我也堅持一週七天都在凌晨四點三十分起床。就一個結婚的對象而言我太難相處，所以她不得不和我離婚，這麼做是可理解的。

　　你得知我的前妻單方面的說法後與她道別，沿著街道走到另一家咖啡廳和我見面，這家咖啡廳的名字是「咖啡樹烘焙者」，前窗有點像是車庫門，可以自動升起。今日陽光明媚又溫暖，我們坐在敞開的窗戶邊聊天，享受陽光的舒適宜人，不時還會吹來一陣涼風。

　　現在只不過是上午十一點，我卻喝下今天的第五杯咖啡，同時也一五一十告訴你這段婚姻破裂的原因。她知道我是個作家，明知結婚前我過的是什麼樣的生活；畢竟在正式結婚之前我們已同居五年，但她總是在抱怨，希望我改變自己。岳母討厭我，也害我們的婚姻走下坡。沒錯，離婚是她的決定，但婚變卻是她的問題，不是我的問題。

　　不到一小時你走出大門，隔著窗戶向我揮手告別，你走在街上時陷入沉思，然後走上車。聽過兩造說法後，這聽起來幾乎像是兩段不同的婚姻，我與前妻兩人的認知完全相反。頓時你懷疑自己該相信我們當中誰的話，何者說的是實話？然後你才意識到：我們可能說的都

是實話。

　　所謂的真實非常依個人主觀而定。真實即真實反應出我們所看見、所假設和想相信的事；真實是經自身的認知鏡頭和取向過濾後的產物。儘管可能圍繞相同的主題或問題，但某人認定的真實可能與另一人大相逕庭。所有關於我前妻的事都非出於捏造，我誠實告訴你我是如何見證婚姻破裂。我前妻對我的看法也同樣誠實；她也向你解釋了我們婚姻失敗的原因。

　　一個故事有許多真實面，誠如一個故事也會有多種版本。美國陪審團常聽聞目擊者宣誓就同一謀殺案、搶劫現場或事件出庭作證；這些證人經常提供許多相互矛盾的細節，可能讓陪審員感覺起來像有兩或三個不同的男性或女性犯下同一起罪行。

　　在此也將真實與刻意編造相互對比。詹姆斯・弗雷說謊，他在監獄裡關了六小時可能**自覺**像三個月，但事實並非真的是三個月，且他自己也知道。史蒂芬・格拉斯說謊，透過精心策畫來誤導編輯和讀者的他只是胡編亂造。這些作者寫的並非創意非虛構作品，甚至也不算是小說。他們不誠實，破壞了作家、編輯、出版社和讀者間的信任關係。格拉斯和弗雷知道真實為何，但為了自身利益而改變了真相。

　　我的前妻和我，以及大多數的創意非虛構作家，都是憑藉記憶來描述故事，即使各自故事中的各個面向可能有所衝突，因為我們的看法不同。當你聽到我們的兩造說法時，你的看法也與我們不同，你對我們婚姻的看法可能介於你所聽到的兩個版本之間。你那天早上與我們兩人見面的記憶和我們講述的故事，可能與我們對彼此的記憶一樣充滿缺陷和矛盾。

事實查核

　　這並不表示身為創意非虛構寫作者的你會有一個明確的範疇，來指引你撰寫所有記憶或他人的所有記憶（如果作家撰寫的是他人故事的話）。所有故事裡都有不受感知模糊或不可改變的確切事實，例如匹茲堡大學學習大教堂的樓層有幾層，這種描述和細節都是可確認的事實；還有《浮華世界》文章的日期、我認定是沃爾科特和王爾德說過的話──上述這些都是可證實的事，其他更多案例則是要經研究證實。

　　那真的是我家附近星巴克轉角處的咖啡樹嗎？那裡真的有像車庫門一樣能升起的前窗嗎？創意非虛構寫作者有責任確認所有事實。匹茲堡大學的英文系真的在五樓嗎？事件發生時英文系是否位於該樓層？如果不是，而且還讓讀者知道我的描述並不準確，讀者又該怎樣確認我的可靠性？

　　還有一些是單憑記憶和感知才能證實的真實。布魯斯・多布勒當初是跪下，還是只是彎腰？他是親吻我的手，還是只是假裝親吻──只是用自己的嘴唇發出唖聲？他是在逗我還是在取笑我？那個行為代表的是尊重和欣賞，還是嘲笑？當然我們可以問布魯斯本人，他會給出解釋，他的解釋很可能與我的認知不同。無論他的回應為何，我們都會從自身的角度描述真實。（布魯斯・多布勒已於二〇一〇年去世，如果想要確認真實性，據我所知唯一僅剩的目擊者就是我本人。）

　　由於事實與真實之間存在模糊的界限，讀者通常會根據對敘述者

的信任度來判斷故事和概念的真實性，說故事的人可信度愈高，讀者就愈容易接受。無論是多麼微不足道或毫不重要的部分，或只是作者不夠努力證明可用資訊的準確性，任意編造都會危及作者和讀者之間的連結。如果想要成為一個可靠的非虛構寫作者，不需要客觀或平衡的敘事，但內容必須值得信賴，提出的事實也必須正確無誤。

對賽德瑞斯進行事實查核

讀者喜愛大衛·賽德瑞斯（David Sedaris）[1]，他聰明、有趣又謙虛，他的書已銷售超過七百萬冊，賽德瑞斯親自示範了怎麼把觀眾迷倒。

但曾與賽德瑞斯合作過的資深雜誌編輯亞歷克斯·赫德（Alex Heard）卻認為，賽德瑞斯某些故事似乎有點牽強，他故事中的人物剛好就這麼古怪，剛好那麼適合描寫，而且對話有時也過於珍貴完美，令人難以置信。因此赫德針對賽德瑞斯書中許多經典片段進行了事實查核，並撰寫了一篇共三個段落的文章記錄下他所發現的蛛絲馬跡。他於二〇〇七年在《新共和週刊》上發表了這篇文章。賽德瑞斯的諸多經典作品皆取材自他的童年，因此赫德追溯了他的童年，採訪了他的親朋好友，包括賽德瑞斯本人。赫德發現賽德瑞斯徹底美化過他所描述的許多場面，也經常捏造對話。賽德瑞斯面對此項指控時承認了這件事，他曾告訴紐奧良的《皮卡尤恩時報》（*Times-Picayune*）：「為了把書寫好，我過分誇大了事實，尤其是對話。」

1　美國幽默作家、喜劇演員、作家和廣播撰稿人。

以下列出三例，首先是《裸體》（Naked）一書。赫德造訪了帝國港口公園，這是紐約五指湖地區一處林區休養所，賽德瑞斯以此處為根據地描寫一群裸體主義者。赫德採訪帝國港口公園的共同經營者瑪琳・羅賓遜（Marleen Robinson），她認識《裸體》一書中的人物「阿灰」，此人在書中的喜劇功能是嘲笑賽德瑞斯的城市人行為。

「噢，」阿灰一度氣急敗壞地說，「你們這些世故之人，全都坐在小咖啡館裡抬頭看著帝國大廈，我們這些人則躺在乾草堆裡抽著我們的玉米心煙斗。」

在另一個故事中，賽德瑞斯寫道：「有個女人搭巴士從北卡羅來納州到俄勒岡州，她對孩子好吃懶做的父親大吼大叫：『是說，我有個好主意，乾脆叫他『塞西爾他媽的混蛋』好了，這個人就像他爸一樣，是他媽的該死的混蛋。』」

最後是第三個例子，大衛的母親莎朗・賽德瑞斯與他的二年級老師討論大衛的神經性抽搐：「我完全知道你的意思，每次他眼睛向上翻，我都覺得自己像在和老虎機說話，希望有天他的下場不會太差，但在那之前，我們再喝一杯怎麼樣？」

這是真的嗎？這些對話是否真的發生過，對話是否精準重現？賽德瑞斯告訴赫德，阿灰那段話是部分捏造，另外兩個例子則完全出自虛構。

賽德瑞斯不僅捏造了對話，還捏造了地點、人物和整個場面的描述。赫德表示賽德瑞斯的作品並非全部捏造，例如，根據賽德瑞斯在〈不完整的四人〉（The Incomplete Quad）中的描述，他是「真的和一個坐輪椅的女孩一起搭便車從俄亥俄州到北卡羅來納州」。赫德的

觀點是，在大多數例證中，賽德瑞斯的文筆都很趣味且嚴重程度尚猶無害，但他是一個不可信的敘述者。賽德瑞斯不僅承認了自己的*罪行*（在此由我以斜體表示），且似乎並不在乎自己被赫德揭穿。他告訴《新聞日報》（*News Day*）的記者，「我可能算幸運吧，因為寫這篇文章的人〔指赫德〕實在是無能。」

赫德的調查引發了一場對話，各方開始探討幽默作家能有多大的創作空間。《羅利新聞觀察家》（*Raleigh News Observer*）對此表示：「誇大和修飾方能讓幽默含納更偉大的真實。」《舊金山紀事報》（*San Francisco Chronicle*）則表示：「幽默作家有很大的創作空間，因為有趣的事寫出來就不有趣了。」

但以上皆是膚淺又不適切的觀察，從幽默到悲劇再到恐懼，真實的故事、真實的題材和準確巧妙的報導總能喚起多種情緒，這並不表示只有幽默作家能夠在其間通行無阻，就算想要企及更偉大的真實也不應該走捷徑。在政治、戰爭或科學領域，捏造和誇大可以闡明更偉大的真實，也能讓真實變得更加直接而原始。我對賽德瑞斯（或詹姆斯·賽伯〔James Thurber〕[2]和伍迪·艾倫〔Woody Allen〕）徹底修飾真實故事的技巧沒有意見，但這類作品麻煩請稱之為：虛構，因為幽默不應有另一套非虛構寫作的標準。

我是不是徹底達加塔化了？

在創意非虛構寫作的真實度、準確性和事實查核方面，我是否太

---

2 美國漫畫家、作家、幽默大師、記者、劇作家和機智人物，主要在《紐約客》上發表漫畫和短篇小說。

過小題大作了？正是！我的理由非常充分：誠實和可信度是創意非虛構寫作的骨幹，也是必要且無庸置疑的固定要素。此外，捏造事實也沒有任何意義，請問欺騙讀者這件事對作者或讀者來說有什麼好處？

但這正是約翰·達加塔《事實的壽命》（*The Lifespan of a Fact*）一書的前提，根據達加塔的說法，以藝術之名變更事實或改變真實是正當之舉，這說法聽起來十分荒謬，但他的想法引起某些關注──主要是引起敵意。這並不讓人意外。

該書的背景要上溯到二○○三年，《哈潑雜誌》（*Harper's*）曾指派達加塔寫過一篇文章，內容是關於一名在拉斯維加斯自殺的少年，由於文章的事實並不精確，因此雜誌拒絕刊登。這件事和這篇文章應該到此為止了，畢竟還有哪家雜誌會願意發表一篇因真實性瑕疵而被拒絕刊登的非虛構文章？但是《信徒雜誌》（*The Believer*）卻願意刊登。

雜誌指派剛從大學畢業的實習生吉姆·芬格爾（Jim Fingal）負責針對達加塔進行事實查核，但達加塔卻不認為自己需要接受事實查核，或者就此文章而言，他認為自己理應真實無誤。芬格爾完成他的工作，在他所謂的「事實爭議」（以及「事實謬論」和「事實推進」）中，逐字逐句挑出問題。達加塔堅持拒絕做任何改正，無論他錯得有多離譜。

例如，芬格爾證明拉斯維加斯明明有三十一家脫衣舞酒吧，而非文章中據稱的三十四家，達加塔對此表示：「在這個句子使用『三十四』節奏比『三十一』更好，所以我竄改了數字。」他也把酒吧的名字從「波士頓沙龍」改成「血之桶」，這部分他也認為無所謂，因為

改成「血之桶」聽起來更有意思。芬格爾證實他在拉斯維加斯某段時間內心臟病發作的次數是八次而非四次，並詢問達加塔是否要更改內文，達加塔竟回答：「我希望保持原狀。」

芬格爾聞言非常驚訝，「但那樣做是故意呈現不精確的事實……你不擔心自己在讀者心目中的可信度嗎？」

「我又不是要競選公職，」達加塔回答，「我只是想寫一篇有趣的故事給讀者看罷了。」

所以就這樣。達加塔在愛荷華大學擔任副教授，專任創意非虛構寫作課程，同時也是四本書的作者或編輯，他對寫作倫理理應知之甚詳，因此我相信他是明知故犯。但這麼做有何意圖？你可以跟某些人一樣說他很懶，不願經歷繁重且難免乏味的背景工作，來確保作品真實性；你也可以說，他不在乎自己身為作家，寫作的責任是啟發讀者，而他甚至也不關心筆下的當事人；你可以說達加塔徹頭徹尾就是傲慢，這點我也同意。

縱觀歷史上的作家總是想要帶來改變，希望能觸動讀者，希望引發讀者的自覺，希望讀者意識到自己周圍發生了什麼事。我們已經了解，真實資訊透過寫作的力量加強後可以變成彈藥，可能成為促成改變的武器。歐巴馬總統要全體政府員工閱讀阿圖・葛文德（Atul Gawande）一篇刊登在《紐約客》上的文章，文章內容關於如何控制不斷上漲的醫療保健成本。葛文德的文章重點在介紹德州麥卡倫市的醫療保健系統，當地患者接受心臟手術的次數是全國平均值的兩倍，救護車費用高出四倍，臨終醫療費用高出八倍。文章同時比較了類似規模城鎮中的醫療保健費用，用意是凸顯不必要的浪費和管理不善的

狀況。歐巴馬的醫療保健政策最終採用了葛文德文章中的某些概念，因此若作品中存在誤報，或者出於任何原因包含了不準確的事實，後果可能影響深遠。

　　有許多精采的創意非虛構作品在情節、風格、節奏和事實的層面上都相當有力，在真實性上也非常準確，這些作品發揮了影響力，我也會在本書摘錄或進行探討——從近期芮貝卡·史克魯特的《海拉細胞的不死傳奇》，到蘇珊·希恩（Susan Sheehan）榮獲普立茲獎的作品《地球上沒有我的容身之處嗎？》（*Is There No Place on Earth for Me?*），我們完全有辦法列出這樣的書單和作家名單。他們引人入勝的非虛構敘事方式有能力影響輿論，同時又忠於事實，這些作家包括：瑞秋·卡森（Rachel Carson）[3]、約翰·赫賽（John Hersey）[4]、恩尼斯特·海明威、恩尼·派爾（Ernie Pyle）[5]，上述這些人都是記者。

　　但達加塔不是，他告訴芬格爾：「我不是記者，而且我從未自稱記者。」這句話在某程度上可能正確，但仍是謬論：因為所有的非虛構作品都包含大量的報導文學成分。（就此而言，大多數小說也是如此。）姑且不論準確與否，達加塔在他的文章中也進行了報導、研究和採訪。在創意非虛構寫作中，報導可能會經由作家的個人感知和使用的敘事手法過濾，但這不表示能夠憑空創造人物和情境，也不表示我們可蓄意改變事實。作者以戲劇化的形式盡可能生動重現他們認為

3　美國海洋生物學家，其著作《寂靜的春天》引發美國甚至於全世界的環境保護事業。
4　美國作家兼記者，他是所謂的「新新聞」最早的實踐者之一，赫賽對原子彈落在日本廣島的後果的敘述，被評選為二十世紀美國新聞界最優秀的作品。
5　第二次世界大戰最偉大的戰地記者，一九四四年普立茲獎得主。

發生過的事，亦即作者有責任將已知的事實連結起來，而不是蓄意改
變。

　　然而達加塔卻堅持認為文章中的資訊不一定要準確無誤。在典型
的非正式文章中，風格可能真的優先於內容，但內容仍須維持可靠與
準確才行。捏造代表虛構，大家都知道創意非虛構寫作是一種在內容
與風格間取得平衡的挑戰，基於此信念，我們可歸納出內容才是最重
要的關鍵，至於作品風格只是讓更多讀者受到內容吸引的載體罷了。

　　但達加塔並沒有真正為公眾寫作，他也承認，無論承認這一點有
什麼意義。我曾在前文問過一個問題 —— 他這麼做有什麼意圖？如
今他既承認了這一點，也算是回答了我的問題。

　　正如我後面會在「別糾結於專有名詞」的部分談到，達加塔協助
將「抒情文」一詞引入大學的創意寫作課程，他大力推廣抒情文，也
讓這個詞累積出一點聲望。有趣的是，達加塔最初對抒情文的定義與
他目前對事實的態度相互矛盾，你可於那一部分內容中找到完整的定
義。但達加塔告訴他的導師黛博拉‧托爾（Deborah Tall）[6]：「抒情文明
顯渴望不脫事實，先忠於現實，再融合對想像形式的熱情。」所謂的
忠於現實：對我來說顯然代表對真實和準確性的忠誠度。

　　然而他卻一再自相矛盾，堅持認定自己自然有懂得欣賞他的受
眾，正如達加塔與芬格爾辯論四或八次心臟病之爭時曾告訴他：「會
在意『四次』和『八次』區別的讀者可能不會再信任我，但關心有創
意的句構，還有同意累積這些句子能達到隱喻效果的讀者可能會原諒

6　美國作家和詩人，曾任赫伯特和威廉史密斯學院的文學和寫作教授，並編輯了
　　文學期刊《塞內卡評論》（*Seneca Review*）。

我。」

　　他的同事可能會原諒他，他們甚至可能會開玩笑（就像我一位同事就說她完全「達加塔化」自己的作品，意思是她捏造了這些作品），而他們也會推測達加塔巡迴宣傳新書又接受採訪能幫荷包賺進多少收入。

　　但還有人願意相信他嗎？弗雷在一定程度上挽救了他的職業生涯，而格拉斯則將他的謊言人生寫成一部小說，但妄想讀者尊重他們的性格和動機是癡人說夢，達加塔也不例外。

　　「我覺得很困惑；在這句話中用『四』代替『八』到底有什麼好處？」芬格爾有一次這樣問達加塔。這顯然是達加塔無法回答的問題，除非他承認自己的論點有多空洞，所以他回答：

　　「關於這件事，我已經無話可說了。」

可信度和正確性

　　最近我們在《創意非虛構寫作》雜誌上刊登了一篇文章，有位生氣的讀者在這篇文章中發現一個事實錯誤，他表示我們對太浩湖的描述「大錯特錯」。「太浩湖**並非**『美國最大最深的淡水域』，蘇必略湖才是最大的，面積達三萬一千七百平方英里，內有世界上百分之十的淡水。俄勒岡州南部的火山口湖……才是美國最深的湖泊，深度有一千九百三十二至一千九百四十九英尺，比太浩湖深了三百多英尺，太浩湖只是美國最大的**高山湖**。」這位心懷不滿的讀者在電子郵件最終寫下：這當中有「很大的差異」。

　　對多數讀者來說，這可能並沒有什麼不同。他們可能根本沒注意

到此一事實，錯植似乎對文章內容並未造成太大差異，也未造成任何影響。那《創意非虛構寫作》雜誌又有什麼好在意的？這有什麼大不了？

　　對這位讀者來說，最嚴重的問題是作者很懶惰，她沒有自己進行事實查核，但這個任務很簡單，只需「在網路上用滑鼠點個幾下」即可。《創意非虛構寫作》這一方也有錯。「你們雜誌的編輯和／或事實查核人員應要發現這個明顯的錯誤，你們本來可以讓作者免於在國家級文學雜誌上丟臉，因為其他讀者無疑也會抓出這個錯誤，畢竟這是很顯見的研究調查的失誤。」

　　查核事實準確性的工作通常並不複雜，「真實」有質疑或辯論的空間，因為我如何看待某主題或記住某事件的方式可能與他人的感知與回憶不同。但是湖的大小或深度，或者教學大樓的樓層數就「可以」、也「應該」經過研究和確認。

　　事實準確性與個人化的「真實」認定不同，讀者一旦知道作者對事實的態度很謹慎，通常會傾向接受作者對事實的看法，如果我們不能仰賴作者自動自發到Google搜尋文章中的細節，又怎能相信作者故事中具有不確定性的論點——尤其是在我們必須相信作家的情況下？這事關可信度問題。

　　「這位作家會出現這樣的錯誤我毫不驚訝（一旦文章太長，人人都可能出錯），」這位生氣的讀者繼續寫道，「我也不在乎她其餘的作品好不好……但說實話，我沒有看完這篇文章，因為如果前兩頁就有明顯的事實錯誤，你們當下也就失去我這個讀者了。」

　　太浩湖的失誤是個錯誤，一個很容易改正的疏忽，正因為很容易

改正，所以不應該發生，無論是作者或者編輯都不該出錯。作者因此失去了一個讀者，而雜誌則可能失去一名訂閱者。

以真實故事改編又該如何歸類？

二〇一〇年由科林・弗斯（Colin Firth）主演的《王者之聲》（*The King's Speech*）是值得一看的好電影，內容描述英王喬治六世（King George VI）登基的故事，一位協助他控制口吃症狀的語言治療師讓他能以親切有力的語言對英國人民發表演說。

緊隨其後有另一部眾所矚目的電影，這部與《王者之聲》一同競逐奧斯卡的電影是《社群網戰》（*The Social Network*）。此作品於二〇〇三年秋天開拍，由傑西・艾森伯格（Jesse Eisenberg）飾演的哈佛大學學生兼電腦程式宅男馬克・祖克柏（Mark Zuckerberg）坐在他的宿舍裡創立了Facebook，其後引發了一場通訊革命，也造就這家市值數十億美金的公司。兩部電影不僅讓觀眾認識了兩位主角，也讓人對主角身邊的人員陣容和時代風氣如數家珍。或許是吧。

問題：這兩部電影的劇情都基於事實嗎？劇情是真的嗎？

回答：是也不是，這兩部電影是混合形式的作品，稱為BOTS，意指以真實故事改編（based on a true story）。

以真實故事改編是藝術文化領域盛行的一種方式，經常能使電影獲利，像奧利佛・史東（Oliver Stone）這樣的導演在此類電影的製作上享有盛譽。到目前為止，史東已完成了總統三部曲，從近期的小布希開始，到甘迺迪和尼克森。幾世代以來，有諸多基於真實故事改編

的電影作品榮獲奧斯金像卡獎，如《巴頓將軍》（*Patton*）和《阿拉伯的勞倫斯》（*Lawrence of Arabia*），電影讓喬治・坎貝爾・史考特（George C. Scott）和彼得・奧圖榮獲奧斯卡最佳男主角獎。以真實故事改編的作品包含諸多事實元素，但大多情節純屬虛構。

　　本書討論的不只是電影，有成百上千部小說是根據真實故事改編的，例如馬上就能想到歐文・斯通的《痛苦與狂喜》（*The Agony and the Ecstasy*）、利昂・烏里斯（Leon Uris）的《出埃及記》（*Exodus*），以及詹姆斯・米奇納（James Michener）的《夏威夷》（*Hawaii*）等經典作品。這些作者從不矯揉造作，他們很清楚「非虛構」的定義非常絕對，人不可能半死不活，亦真亦假的故事就是假的，也應該歸類為虛構作品。如果你的兒子告訴你他開車去便利商店買了一根巧克力棒並和一個朋友聊天，結果事實上他是和朋友一起抽煙，儘管描述中的其他內容都是真的，他終究還是沒說實話，整件事純屬捏造。

　　這並不表示編劇、導演甚至演員都沒做好研究工作，不表示他們沒有在服裝、情緒和精神等面向捕捉改編前真實故事所發生的年代。但所有真實故事改編的作品儘管再引人入勝或劇力萬鈞，電影製作人依然是背離事實來構建從未發生過的場景，引入從未存在的人物，也經常改變結局來取悅或震撼觀眾。

練習二

寫作期間應持續保持閱讀的習慣，請購入你最喜歡的雜誌，買下那些你希望自己作品能刊登在上面的媒體，我指的是《紐約客》、《哈潑雜誌》和《創意非虛構寫作》等一流刊物。立即著手從藝術的角度研究其他作家的作品，以及他們如何處理筆下的主題。閱讀本書時，請確認書中討論的概念和技巧：從合法性到對話，再到整體結構，並將這些素材與手頭上正在寫的作品相互對照。請記住，此舉是讓自己學習以作家和讀者的角度閱讀。

　　像紀錄片和電影院中的劇情式紀錄片這類運用創意的非虛構電影，則是全然不同的探索和體驗。攝影機等同於記者，攝影機的鏡頭則揭露了畫面、想法、對話和對峙場面。誰能忘懷二〇〇五年由摩根・費里曼（Morgan Freeman）擔任旁白的電影《企鵝寶貝：南極的旅程》（*The March of the Penguins*）？作品中充滿戲劇懸疑、賺人熱淚的感人故事，沒有任何文字、影像或想法出於偽造。費里曼的旁白詮釋了他或作者對企鵝遷徙的假設，或者企鵝說的話，但無論有多麼想這麼做，他都不會真的去捏造故事。

　　然而紀錄片從未自稱客觀或平衡 —— 是由導演選擇向觀者展示什麼，還有想在剪接室留下什麼鏡頭。鏡頭的含義由旁白或作

者對觀眾詮釋，至少也是從這個人的角度來呈現畫面。麥可‧摩爾（Michael Moore）堅持自己的所有紀錄片都需經過事實查核（他的作品包括《科倫拜校園事件》〔*Bowling for Columbine*〕、《健保真要命》〔*Sicko*〕，還有《華氏九一一》〔Fahrenheit 9/11〕等），他的作品當然本於真實，但仍然由他選擇要呈現或略過什麼想法、人物和事件。

創意非虛構作品的作者可以主觀，也可以建立個人觀點，就像麥可‧摩爾那樣，但堅守己見會疏遠讀者，有時點到為止更能有效闡明觀點。讓讀者自由決定自己要相信什麼，通常能引燃更多的熱情和信念，也更能使讀者相信你的觀點。所以請記住，敘事不等於寫專欄文章，你可能想影響讀者，但手法必須不著痕跡。

有趣的閱讀經驗

瑪格麗特‧羅賓斯（Margaret Robison）的回憶錄《漫漫歸途》（*The Long Journey Home*）於二〇一一年五月問世。羅比遜是歐各斯坦‧柏洛斯（Augusten Burroughs）的母親，柏洛斯也是知名童年回憶錄《一刀未剪的童年》（*Running with Scissors*，二〇〇二年）的作者。他的兄弟約翰‧埃爾德‧羅賓斯（John Elder Robison）也寫了一本關於家庭和亞斯伯格症的成長回憶錄《看我的眼睛》（*Look Me in the Eye*，二〇〇七年）。約翰書中的時間和地點或多或少與他兄弟和母親的作品重疊，三本書差異甚大，但都對家庭生活的關鍵事件進行了不同的描寫；三人都將自己的觀點、風格和才華帶入各自的回憶錄當中。這三本書可視為一種回憶錄的羅生門，故事當中的諸多分歧為同一個家庭帶來新的觀察角度，但任一本都無法捕捉到這個家庭的完

整真相，也沒有一本出於虛構。正如我所說，最重要的是事實準確性比百分百的真實更容易實現，因為「事實」可以確定，但「真實」卻難以捉摸又純屬個人判定。撰寫創意非虛構作品時必須努力實現真實：忠於故事，忠於人物，也忠於自己。

練習三

在練習一中，我要求你重現過去的場景或場面，該場景或場面能導引出更重大或更重要的事件，其中某些元素要能開啟更廣泛的對話。我舉了一個例子，即我成為「教父」的那一天，它為我開啟了一扇大門，讓我開始探討創意非虛構寫作的文類、定義、特徵，甚至是陷阱。現在我要說另一個故事，這個故事能引領讀者進入本書要討論的另一類主題，正如你所見，這是一個糾察隊長的故事，或者也可說是個神祕的故事 —— 不過倒未必是犯罪故事。

但首先，我希望你把一個故事或幾個故事導引到某個地方，亦即塑造敘事；這樣敘事才能繼續發展成對話，或者引發針對重要問題的檢視。身為非虛構作家，你筆下的故事在向讀者發送資訊和概念的同時，會引領你走向何方？每個人都有自己的事件或場面，現在是賦予這些事件或場面更偉大意義的時候了。

注意：請仔細留意下一章的內容。我講了一個故事，而故事也導出了資訊的內容和我要傳遞的訊息。

誰來負責？

我在本章節開頭介紹過創意非虛構界／新聞界知名的造假和誇大案例，以及跨越非虛構作品和小說界線時會遭受的懲罰和陷阱，但你不妨勇敢一試。

所謂的「勇敢一試」是指抓住機會，將界線推遠，然後有意無意地越過雷池，在此我也提出想法和行動來協助你保護自己以及筆下的當事人。

但如果出了事，何者或何物會成為最終的仲裁者？像克林・伊斯威特（Clint Eastwood）這樣的執法者又在哪裡？去哪裡才能找得到懂規則又能嚴格執法的人？

你很快就會認識這位創意非虛構寫作的糾察隊長了 —— 多多少少算是吧！

創意非虛構寫作的糾察隊長

星期四晚上結束一整天的課程之後，我剛在德州奧斯汀的聖愛德華大學結束朗讀會，現在正在回答關於寫作的問題。我告訴聽眾，想把非虛構作品寫得像小說一樣是深具挑戰性的想法，某些評論家認為這幾乎不可能做到，除非作者在風格和內容上採取自由的形式，而這可能會破壞非虛構寫作的本質，使內容變得不真實或僅剩部分真實。《善惡花園》一書作者約翰・伯蘭特的評論表示，他選擇接納這種形式中根深蒂固的危險性，伯蘭特說書中為了從一個場景轉移到另一個場景，他捏造了過渡場面，此舉只是為了改善讀者的體驗，而他稱這個過程為「磨去稜角」。

這就是朗讀會後在禮堂討論的主題：遊走在小說和非虛構之間的模糊地帶時，作家能做什麼，不能做什麼。隨著聽眾的參與度愈來愈高，問題也堆積如山。有位聽眾問：「文章中重現的對話如果是好幾個月前發生的事件，要如何確定回憶是準確的？」另一人問：「你又不是人物肚子裡的蛔蟲，要怎樣才能從某個人物的角度來寫作？」

我試圖解釋這些問題與作者敘事的可信度，以及作家的倫理和道德界限有很大關聯。一會兒之後，我忿忿舉起雙手說：「聽著！我又不是創意非虛構寫作的糾察隊長。」

觀眾席中有個女子 —— 我方才朗讀時曾注意到那個人 —— 坐在前排，很難不引起我的注意。她的年紀看起來比大學生大，金髮碧

眼、年近四十歲，散發出一股魅力，臉上有種如護士般警覺但沉著的表情，面色感覺有些緊繃，彷彿隨時準備好發難。她脫下鞋子將腳擱在講台上；我記得我朗誦文章時她一直大笑，腳趾就在那裡扭來動去。

當我說「我又不是創意非虛構寫作的糾察隊長」時，很多人輕笑了出來，但這個女子卻突然跳起來、掏出警察徽章，然後指著我的方向宣布：「喔，但我是，而且你被逮補了。」

接著她拎起鞋子當場光著腳衝出去，問答時間結束後我衝到走廊，但她已經不見人影，主持人表示那個女子是個陌生人，沒有人認識她。她對每個人來說都是一個謎，對我而言更是。

這件事發生在大約十年前，事後我兩度回到奧斯汀開朗讀會和教書，每次都期待那個帶徽章的女人再度現身，並將我逮捕。無論我身在何處，這個女子的身影都在我腦中揮之不去，潛伏在我意識的暗影之中，讓我意識到某個程度上一直有人在監視我；同時，我也迫使自己永遠要顧及創意非虛構寫作中根深蒂固的倫理和道德界限。

我們如何區分對錯、誇張與捏造、真實與不真實、誠實與不誠實？這些決定對非虛構創作者來說何以如此深具挑戰性？事實查核是重要的起點，另外也要做出正確的判斷才行。我們必須遵循老派的黃金法則，盡可能尊重人物和當事人的故事，就像你也希望這些人能如此對待你和你生命中重要之人。但不僅如此，那個神祕女子（在此姑且稱她為**作者的良知**）的存在是為了提醒我們所有人要小心謹慎；她的角色就彷彿一個無形的仲裁者。

客觀性辯論

　　巴柏‧伍德華和卡爾‧伯恩斯坦（Carl Bernstein）坦在《華盛頓郵報》（*Washington Post*）發表了一系列爆炸性文章，報導了水門事件醜聞中罪證確鑿的事實。

　　兩人於一九七四年出版一本名為《總統的人馬》（*All the President's Men*）的書，所有讀過這本書的人都能從書中窺見一個完整全面的故事。作者用三維視角來描述人物，並從人物的角度分析和辯論故事中根深蒂固的複雜和衝突性。

　　兩人在《華盛頓郵報》上的文章則沒有這種內容。在書中，兩位記者在重建水門事件時碰上了冒險和挑戰，他們努力找出醜聞發生的原因，同時試圖找出犯罪者以及幕後操控這起失敗犯罪計畫的人。上述這種個人層次的描述是《華盛頓郵報》文中未曾提及的內容，而這正是創意非虛構寫作者的特權和創作自由。

　　此類真實與事實背離的情況，讓記者大肆批評創意非虛構寫作，一旦可信度存疑，當然會受到一定程度的質疑。但新聞寫作也有其陰暗面，記者的使命是客觀平衡地報導新聞，而非偏袒任何一方，或者強調事情的某一面向。閱讀《紐約時報》或觀看福斯新聞頻道後，我們都知道新聞並不存在「客觀」這件事，客觀只不過是空談，除非你是機器人，否則不可能做到客觀。而就算是機器人，協助機器人思考的軟體說到底也是由一群主觀的男性和女性所編寫出來的。

　　創意非虛構寫作者無須憂慮平衡和客觀性的問題，我們鼓勵創意非虛構寫作者保有立場、觀點，並證明自己在兼顧真實準確和品味的

範圍內，能進行思考、評估、總結和說服。這種主觀取向是區分傳統非虛構寫作者和創意非虛構寫作者的其中一種方法。雖然創意非虛構寫作者的形象最好公正誠實，但公正就像客觀一樣幾乎不可能實現。如果創意非虛構作者與傳統記者講述同一個故事，前者說故事的方式能以許多不一樣的途徑影響讀者。

綜合體

我們都知道這個故事，在丹尼爾‧笛福（Daniel Defoe）一七一九年的作品當中，主角魯賓遜‧克魯索（Robinson Crusoe）漂流到荒島上二十八年，與文明世界完全隔絕，偶爾會受到食人族、海盜和叛亂者的威脅。

許多讀者認為《魯賓遜漂流記》是真實故事，至今仍有人這樣相信，且作者可能是根據真實世界中至少兩位船難倖存者的故事來撰寫小說的部分內容。這本書融合倖存者的冒險經歷，輔以笛福的想像力，儘管與真實事件有所關聯，但笛福寫的是小說，並沒有試圖欺騙讀者產生其他聯想。

事隔兩百五十年，《華盛頓郵報》的記者珍妮特‧庫克（Janet Cooke）描寫一名在美國首都街頭販毒的八歲男孩，並以此榮獲一九八一年的普立茲獎。後來好奇的記者輪番尋找這個故事裡的主角，最終才逼得庫克承認這個小男孩並不存在，她認識許多孩子，而那個小男孩不過是這些孩子的綜合體。庫克因此丟了工作，她的名聲也全毀。不幸的是，她鑄成的大錯還無法讓某些人得到教訓。

二〇〇二年二月，《紐約時報》雜誌（*New York Times Magazine*）

透露某期雜誌上曾描寫一個男孩，他是一名來自象牙海岸的勞工，在可可園割草賺取奴隸水準的工資，這個人物也是綜合體。雜誌的撰稿人麥可・芬克爾（Michael Finkel）因此遭到開除。起初芬克爾的態度非常挑釁又很戲劇化，他告訴《紐約》雜誌：「我希望讀者知道，此舉是為了達到更崇高的目標，我坦言自己是為了創造出更美的內容才這樣的。」六年後他在二〇〇六年出版的《真實故事：謀殺、混亂、過失》（*True Story: Murder, Mayhem, Mea Culpa*）一書中承認：「我以為能僥倖逃過一劫，畢竟我寫的是西非叢林中一名貧困的文盲少年，有誰能查出這位主角並不存在？」

有時會是編輯，有時是評論家，但發現偽造的人通常是讀者。這就是為什麼我們不能捏造故事，這麼做違反了創意非虛構寫作的首要使命：描述真人實事，並為讀者帶來難忘、衝擊性的事實觀點和資訊。捏造內容既違反倫理道德也完全沒有必要，因為事實通常比幻想更能喚起讀者的共鳴，當然也更具說服力。

壓縮法

亨利・大衛・梭羅（Henry David Thoreau）在華登湖實地生活了兩年，但他在一八五四年出版的《湖濱散記》（*Walden*）一書中將兩年合併為一年，他選擇寫下的是兩年中的哪一段時間？在這本書艱苦的修改過程中，他將兩、三日甚至四週合為一日的情況有多常發生？

梭羅使用的是「壓縮法」，即結合多個事件或情況來充實敘事，這種技巧讓作家能用更輕鬆流暢的方式，建構出引人入勝的三維敘事。

珍納・馬爾肯（Janet Malcolm）在自己的書《佛洛伊德檔案》（*In the Freud Archives*，一九八四年）中，她將與佛洛伊德檔案前負責人傑弗瑞・穆賽耶夫・馬森（Jeffrey Moussaieff Masson）的一連串對話合併為一長段對話。馬森隨後對馬爾肯和《紐約客》雜誌提告，因為《紐約客》刊登了這本書中的摘文。馬森聲稱這段對話中引用的部分是馬爾肯捏造出來的，他沒有意識到她使用了壓縮法，直到很久以後看見他們之間的談話印刷發行才知道。馬爾肯不承認自己改動了對話中的事實，只承認改變了對話發生的時間和方式。

這個官司打了將近十年，一直纏訟到美國最高法院。儘管馬爾肯因報導草率而遭受批評，但馬森卻輸掉了官司。某些對話中出自馬森的引用其實是錯的，但作者使用壓縮法這件事法庭卻視為合法，雖然過程中遭到反方律師激烈爭論。所以壓縮法是否會違反作者與讀者或主題之間的倫理或道德紐帶？也許不會，只要資訊並非憑空捏造就好，因為捏造的話就完全是另一回事了。但如果作者在作品中壓縮了某個事件，最好還是先知會讀者，可以在書中開頭或結尾處的作者註釋中簡要告知，也可以將資訊插入正文中。總比讓讀者最後覺得自己受騙來得好。

捏造對話

討論創意非虛構寫作時，總會有個問題揮之不去：「如果作者人不在現場，怎麼知道對話還在繼續，以及對話的人都說了些什麼？」又或者，「就算作者人在現場，要怎麼逐字逐句記住每個人所說的話？」而且最終還有一個問題：「我以為使用引號就表示對話是一字

不漏重現的？」

　　傳統上，作家會使用引號代表真實性。某些作家 —— 例如一九九七年暢銷書《超完美風暴》（*The Perfect Storm*）的作者賽巴斯提安・鍾格（Sebastian Junger）—— 寫作對話時從不使用引號。法蘭克・麥考特（Frank McCourt）在一九九六年的回憶錄《天使的孩子》（*Angela's Ashes*）中選擇用斜體代表對話。許多作家認為在事後再現的場景中使用引號並沒有錯，他們聲稱讀者知道作家不會隨身攜帶錄音機或攝影機來記錄生命中每一次難忘的對話（處於經濟大蕭條時期的麥考特當然也不會）。

　　如果對話是事後重現，我會傾向使用引號，因為我的讀者知道對話是作者事後重現，顯然我並不想欺騙他們。我也認為引號能使文字閱讀起來更加流暢，且讀者已經被置入一種自然反應，每次讀到「引號」，彷彿就能聽見腦海中的文字，我想建立並保持這種真實感。

　　但如果作者認為某個訊息（「不完全可靠，並非逐字逐句引述的內容」）很重要，必須傳達給讀者，我也可以接受用斜體字或其他標示來代表引述或者再現的言論。沒有哪種方式最好，特別標示出來是為了生動再現對話，並以信任和良好的判斷力來推測並反映出一個人的記憶。

改名

　　問題：只要在作品中更改某個人的姓名，就可以在書或文章中對這個人暢所欲書，而且也免除被告的可能了，對吧？

　　回答：很多人都這麼認為，但事實不然。對方還是會對作者火冒

　　三丈；也還是可以對作者發動攻擊，作者也未必能在法律
　　上自保。

問題：但我可以辯稱自己寫的是小說對吧？

回答：如果作者寫的這個人可以很容易識別出來，例如你寫他的
　　　右臉頰上有胎記，或者前臂上有刺青，或者口音很容易
　　　辨認，那麼作者的麻煩就大了。就算聲稱自己寫的是小
　　　說 —— 即使論點合法 —— 也難保不會被告。

　　大衛・李維特（David Leavitt）的作品《當英格蘭沉睡時》（*While England Sleeps*）描述二戰前兩個同性戀男子之間的愛情故事，這本書因生動描寫同性戀人之間的性接觸而引發爭議，畢竟出版時間是一九九三年。這本書因為太過聲名狼藉，導致讀者後來發現內容揭露的人正是偉大的英國詩人史蒂芬・斯彭德（Stephen Spender）的一生。李維特最終承認，這本書是根據斯彭德一九五一年的自傳《世界中的世界》（*World Within World*）所改編。在李維特的版本中，他呈現主角（即斯彭德）的方式很可能傷害這位詩人的優良名聲，斯彭德於是提起訴訟，並要求李維特的書在英國下架，也迫使李維特必須在美國出版的第二版中大幅改寫。

　　斯彭德算是名人，所以辨認出李維特書中描寫的人物並不太難，但萬一是不知名人士呢？如果某個人被親友、同事和生意夥伴認出，且這個人在書中受到描寫的方式會損害他的名譽並因此損害他的生計，該怎麼辦？作家也可能像李維特一樣必須為此負責。說出真相當然是最好的防禦之道，雖然還不如事主已過世來得保險。

中傷、誹謗，還有描寫過世的人

　　話題回到我其中一位前妻吧，無論我怎麼說她，無論我的言論有多粗鄙下流，如果我說的是真話，那就不算誹謗。就算我說的是假話，如果我只對她說出這些謊言，或者把這些謊言寫成一封信或電子郵件寄給她，仍然不算誹謗。換言之，如果我與他人分享我的觀點，在文章、部落格或信件中寫下關於前妻的內容，且文字既粗俗下流又無的放矢，那麼我恐怕麻煩大了，我可能犯下誹謗罪……可能會。

　　可能會？好吧，誹謗嚴格來說是針對第三方的虛假及誹謗性陳述，如果我說的話只是惹火前妻或讓她尷尬，她可能不會原諒我，但她打不贏官司。但如果我的言論不實，且以某種方式損害了她的名譽，並讓她在個人或職業領域中受到傷害，那就算誹謗。這時，我就該打電話找律師，讓他幫我辯護或者與前妻達成某種協議。

　　所以我們要上的第一課是誠實、準確和謹慎；第二課是了解法律中固有的警告和例外情況，例如在某些情況下，陳述觀點不等同於陳述事實。

　　事實的特色是可供驗證，但如果我的前妻說了一些關於我的話，但言論內容無法驗證，那這些話可能僅僅代表一種觀點。《好色客》（Hustler）雜誌曾堅稱布道家老傑瑞・法威爾（Jerry Falwell）與母親亂倫，法威爾為此提起訴訟，案件最終卻遭到駁回。法院裁定雜誌上的陳述太詭異了（內容屬於一種惡搞模仿），所以不可能是真的。但法威爾的母親如今無法否認雜誌的指控，因為她本人已過世。

　　對公眾人物（如電影明星、政治家、體壇人物）造成誹謗的標準

遠高於一般人，這就是為什麼可以有這麼多人指控歐巴馬不是美國公民還逍遙法外（這是他二〇〇八年當選總統前一直存在的指控，甚至持續流傳到二〇一二年）。即便這種言論有害他的聲譽，或導致他輸掉下一場選舉也一樣是這種標準。反之，由於我不是公眾人物，如果我的前妻指控我不是美國公民，而她的說法妨害我的名譽，例如讓讀者抵制我的書，那麼我可能會寄存證信函給她。

有人能保證自己不會受到中傷和誹謗嗎？肯定沒有活人可以，但描寫過世之人通常是聰明的安全領域，在美國大多數的州，無論你多麼努力，都無法對死人構成誹謗。然而也有少數例外，例如在某些情況下，在羅德島州、加州或德州等少數州，針對死者進行無根據或誹謗性的陳述有可能被告。在任何情況下，如果事情可能演變到涉及律師，請步步為營，並查看該州的法規以保萬無一失。

有趣但不好笑的捏造行為

普立茲得獎傳記作家艾德蒙・摩里斯作品的合法性在一九九九年引發了一場全國辯論，原因是他在撰寫雷根總統授權的傳記時，讓自己化身成一名虛構人物並寫進書中，用意是強化雷根不為人知且難以捉摸的性格。持平而論，摩里斯並沒有誤導讀者，他明確表示他在內文中虛構了自己這一號人物，然而他虛構的是授權傳記中一個重要的面向，此決定引起了軒然大波。《紐約時報》、《六十分鐘》和許多其他媒體對此都有報導。多年來，歷史學家已經開始接受這本書的學術成就，但摩里斯從非虛構寫作跨到小說的跳躍風格，卻仍然存在爭議，且就某種觀點而言不為學術界所接受。但摩里斯並不為取悅他的

同行而寫作，這是一本嚴肅的著作，但瞄準的卻是一般讀者。

與當事人分享作品

有個方法可以保護自己書中、文章中或論說文中的當事人，此舉還能讓這些人保護自己 —— 那就是在出版前與他們分享書中關於他們的內容。少有作家會如此不嫌麻煩做這件事，但是與筆下描寫的人物分享敘事內容，並不表示作者必須更動作品中關於對方的文字；只代表作者對當事人和當事人故事的態度特別負責任。

我理解為什麼作者可能不想與當事人分享作品中的描述；因為此舉可能是雙面刃，有可能毀掉自己的友誼、婚姻或未來，甚或在書或文章出版前就引發抵制，同時導致訴訟。但是出於同一理由，如果內容的資訊有所偏誤，書籍或文章出版後作者同樣會遭受嚴重的傷害。如果時光能倒流，作者也許會想先把這個負責任的動作做到位。

我有時（並非每次）會在出版前與當事人分享書中的段落。朗讀文中的部分摘錄給對方聽總能取得正面的效果，值得大家好好考慮這個好習慣，因為當事人喜歡聆聽並思考我筆下的內容，同時為我糾正錯誤，但更重要的是與書中人物面對面時，我就能與當事人在更親密的層次上交流。當我向當事人揭露自己的想法和感受、當他們聽見關於自己的描述時，有些人會生氣，這一點也很值得觀察和描寫，但當事人大多會很高興能在作品發表前參與這個過程。

在此請留意一點，我是將人物相關的摘文讀出來，讓他們「聽見」我筆下有關他們的內容，這麼做的理由是我不交出紙本。在此強調：我絕**不會**讓我的當事人與另外一人分享筆下寫到他們的內容，因

為此舉會讓律師、配偶、朋友，甚至鄰居參與其中，也讓局面失控。所以我不會讓他們一讀再讀，而是把我所寫的內容唸給當事人聽，同時也錄下對方的評論。對方可以聆聽我寫的內容，同時也能聊到一些有意思的素材，但他們不能沒事就拿出我的作品來挑三揀四。

保護自己

你稍後會在本書中讀到蘿倫・史雷特的作品，這位作者經常以這種方式保護自己，她在二○○四年出版了一本備受爭議的著作：《打開史金納箱子》（*Opening Skinner's Box*）。書中描寫知名的哈佛大學心理學家傑羅姆・凱根（Jerome Kagan）為了闡明自己擁有自由意志，突然跳起來躲到桌子底下。這本書出版後凱根本人非常生氣，也許是很為自己的行為感到丟臉，所以他告訴《衛報》（*The Guardian*）的一位作者這件事從未發生。他表示如果他真的做過這件事，才該躲到桌子底下。幾週後，《紐約時報》一名記者用凱根的否認說法與史雷特對質，她則把她與凱根往來的電子郵件副本交給了他。史雷特曾寄了一份出版前的事實查核清單給凱根，她在清單中寫道「為了向我證明人類確實擁有自由意志，你跳到桌子底下。」據此，凱根回覆如下：「我那樣是為了示範當人類可以選擇自身的行為時，他們能自由選擇在過去經驗中從未獲得任何回報的行為。」史雷特早就料到，她懷疑這樣一位享有盛譽的學者應該不會想讓自己出盡洋相，即使這確實是他自己的所作所為 —— 當然在這個案例中，他否認自己做過。

關於道德、法律和道德界限的最後一些思考

所謂規則、法律和具體的法規並不存在，身為作者，這是必須記住的第一件事。沒有人足以擔任創意非虛構寫作的糾察隊長或最終的仲裁者，甚至也沒有人能夠自稱教父。根據李‧古特金德或其他任何人的說法，準則並不存在也不該存在。重點是正確的行為、秉持公道、遵循黃金法則，以禮貌和尊重對待他人，同時運用常識。

磨去稜角或者壓縮人物或事件不可視為絕對的錯誤，但如果作者決定嘗試這些技巧，請確保自己的理由正當，根據良善的敘事原則做出文學上的決定通常會被視為合法，畢竟你是作者。抓住機會打破常規對作者和作品都有好處，但務必謹慎行事，在行動前必須經過深思熟慮。勇於嘗試和實驗都沒有害處，但在按下「寄出」之前，請好好考慮內容可能對自己和筆下的當事人帶來什麼後果。

與任何其他文學體裁相比，創意非虛構寫作者更需仰賴自身的良知和對他人的敏感度，並表現出更高的道德要求，以及對公平正義完全的尊重。我們可能懷有怨恨、仇恨和偏見；但是身為作者並不表示可以特別得到赦免，也不表示我們能以不得體又會傷害他人的方式行事。督促自己為藝術和人性而寫作，這一點可謂知易行難。換言之，作者必須自律。身為作家的我們希望有所作為：為了追求更偉大的真善美、為了改變人們的生活，寫下一些重要且深刻的記述。這正是作者寫作的原因 —— 想要對社會產生影響力，並在歷史上留下個人印記。藝術和文學是我們留給後代的遺產，個人終被遺忘，但我們所寫的書籍和文章、我們的故事和詩卻可以成就不朽，無論是留存在圖書

館的書架上，抑或存在於網路時代的以太之中。

　　無論作者在什麼情況下在小說和非虛構作品之間畫下界限，都需要記住良好公民的基本原則：不要創造出從未存在過的事件和人物；不要寫下會傷害無辜受害者的內容。不要忘記自己的根柢，但在思考奮鬥和成就的同時，先想想寫下的內容將如何影響你的讀者。除了創造出天衣無縫、引人入勝的敘事之外，你也在努力觸及並影響他人的生活，這是創意非虛構作者與小說家、說故事的人和詩人共同的目標。我們都想以這樣的方式與其他人建立連結、讓他們記住我們，繼而可能與他人分享我們的作品。

　　希望有朝一日我能與奧斯汀的聖愛德華大學聽眾群中那個女子再見一面，我從未忘記那個配戴警察徽章的光腳女子。她以某種奇異的方式支撐著我的良知，每當我寫作時她彷彿就站在我身邊，逼我對自己的作品提出質疑，就像我在本書中也建議讀者做到的那樣。希望你每次坐下來，接近鍵盤或記事本開始寫作時，都能如我一樣感覺到她揮之不去的身影。

時間管理

我邀請你寫作並提供練習來引你入門，我很清楚你可能面臨的挑戰。寫作是非常困難又耗時的工作，有時既痛苦又乏味，幾乎無法避免挫折感，帶來的收益肯定也不會如你所願，那麼要如何維持定期寫作的習慣，並創作出心目中的作品，同時讓作品產生應有的影響力呢？正如前文指出的，不會有一個執法者的角色來協助你遵守規則，但你可以扮演監督者來鼓舞、激勵並刺激自己。我們聽聽安妮・迪勒（Annie Dillard）怎麼說。

在她的書《寫作生活》（*The Writing Life*，一九八九年）中，迪勒描述自己和其他人的時間管理狀況：「做好時間安排可以防止混亂和臨時起意的狀況，就好比漁網之於捕魚一樣不可或缺；那就像鷹架能讓工人站在上面，也讓工人能空出兩隻手工作。」

她在書中描述許多作家的日常生活，包括詩人華萊士・史蒂文斯（Wallace Stevens）——他固定在早上六點起床，閱讀兩個小時後步行三英里到他位於哈特佛保險公司的辦公室，在辦公室裡對著祕書口述詩作，接著才開始賣保單維生。

傑克・倫敦（Jack London）每天寫作二十小時；他設好鬧鐘，睡了四小時後讓鬧鐘叫醒他。「鬧鐘經常叫不醒他，」迪勒說，「所以……他把鬧鐘改裝成時間到了就會有重物掉在他頭上。」迪勒承認自己不相信這個故事，儘管她開玩笑說「傑克・倫敦能寫出《海狼

（*The Sea Wolf*）這樣的小說，證明有某種重物應該經常掉在他頭上。」

迪勒在科德角憑藉她的著作《汀克溪畔的朝聖者》（*Pilgrim at Tinker Creek*）榮獲一九七五年普立茲非虛構獎，她把自己關在一個面積為八乘十英尺的組合棚屋裡工作，裡頭塞滿她的電腦、印表機、影印機、冷暖器機和咖啡機。一旦她的注意力被棚屋外的世界所吸引，她便會剪幾張紙貼滿窗戶的每一塊玻璃，為了不讓自己產生禁閉感，她會在紙上畫下鳥、樹和野花來自娛。

請盡其所能保持定期寫作的習慣，你需要訂定寫作計畫，且這個計畫不容任何變數侵犯，選一種適合你的方法來執行。如果成為作家是你的畢生志業，那麼正如我所言，你必須自律；但更重要的是，寫作應成為你生命中自動自發的行為，不該像是強制性的拘禁。許多作家抱怨寫作經驗有多苦，但一想到要放棄不寫，就算只是一星期，對他們而言也無法忍受。

習慣的奴隸

寫過三十多本書又周遊世界的約翰・麥克菲（John McPhee）大半生都是個有條理又按部就班的人。他在普林斯頓大學校園的辦公室裡寫作，如果不是去旅行，他會在每天早上八點左右抵達，然後整天待在那裡寫作或思考關於寫作的事，少有例外。

他承認，有時在漫長又孤獨的日子等待靈感時總會昏昏欲睡，但他知道一天結束時，他可以期待自己不斷累積的初稿會多出個一至兩千字。他會把新寫好的稿子塞進托特包，然後走回家喝杯馬汀尼，也許還會閱讀他寫給太太徵求意見或批評的其中一部分文字，他最信任

太太的評論。

　　我們不可能像他一樣幸運，在大學校園裡有間辦公室，也不可能將一整天大部分的時間都拿來寫作，但麥克菲的習慣證明作家必須有所作為才能獲得進步和創作能量。以寫作維生不是熬夜寫論文，寫作是一個過程，需要緩慢穩定的建構和塑造。

　　建立規律的寫作時間表非常重要，我從未聽過有任何一位多產作家沒有固定寫作的習慣，或者缺乏某種特殊的寫作習慣，不管他喝不喝馬汀尼。像海明威就不喝，他比較喜歡喝葡萄酒和威士忌，但他吹噓自己一早起床就會開始敲打字機寫作，無論他昨晚「過作家的生活」熬夜到多晚。

　　我並不指望自己多數的讀者都以全職作家工作為生，無論我有多希望某天能協助你達到那個目標。如果有餘裕，最好選一個舒適、安靜的時間和地點，如此能讓寫作經驗盡可能清晰，對我而言那個時間點是在天亮以前，但對其他人來說可能是半夜或者更晚的時候。我失眠的時候曾在凌晨三點走過鄰居家，看見他位於三樓閣樓的燈還亮著，我知道這是他清醒的黃金時刻。我的鄰居是一名學者和單親爸爸，同時也是一名作家，他送孩子上床、道了晚安之後，才開始做他最需要認真以對的工作。

　　規律的時間表並不僅限於作家生活。多年前一個初春早晨，我起床穿好衣服，手裡端著晨間第一杯熱氣騰騰的咖啡，聽見木管樂器的甜美樂聲在寂靜中飄送。我走到鍵盤前開始工作，聽見那既美麗又迷人的樂音。我一邊寫作一邊聽著音樂，那不僅沒有打擾我，反而增強了那天的體驗。但在我的潛意識中，我想知道音樂從哪裡傳來，為什

麼那天我會聽見音樂。最後我把整件事情拼湊起來，原來是我的新鄰居湯姆搬進我家後方那間馬廄改建的房子，而他是知名的匹茲堡交響樂團首席長笛手。

後來湯姆和我討論了我們工作的相似之處。「但你不是每天下午固定會在亨氏表演藝術廳（Heinz Hall）或者你表演的地方排練嗎？」我問他。

「是，」湯姆回答，「但我還是得定期練習，不僅為了精進技巧，也為了維持高水準。」

他的說法讓我理解一件事：我寫下每一份初稿都是下一篇初稿的練習。我的最後一篇初稿就像湯姆登台演出的那一刻，有時精采萬分，有時不值一提。練習可能永遠達不到完美，但肯定能夠提升自我。

世界上有這麼一位偉大的運動員麥可·喬丹（Michael Jordan），他曾闡述過自己的人生哲學和人生觀：「我的職業生涯中共有九千多顆球沒有投進，我輸掉了將近三百場比賽，有二十六次我被寄與厚望能投進致勝的一球，但我卻沒有投進。在我的人生中，我一次又一次失敗……但這正是我成功的祕訣。」

作家與運動員在這方面非常類似，如果我們無法持續不懈磨練技巧，不去鍛鍊肌肉和大腦，那麼擁有多少與生俱來的天賦皆無濟於事。麥可·喬丹和老虎伍茲並非天生就是超級巨星，他們憑藉持續且集中的精神努力練習，方能成就不凡。這種努力實踐的強大信念源自於熱情。

熱情與實踐

多數作家都有專屬自己的特殊方式來準備工作，以及堅持工作下去，有人還會設定一天之內要寫到滿意為止的目標。像麥克菲這樣的作家，他們需要從頭到尾拼命完成一篇文章，在回到初稿之前先寫出一篇粗略的草稿，之後再進行調整，讓敘述更明確。但威廉・史岱隆（William Styron）曾告訴我他的目標是每天寫一頁，在同一天之內一遍又一遍改寫，直到寫出他心目中的最高標準，然後才停止改寫。海明威因為背不好，所以是站著寫作。湯瑪斯・伍爾夫也是如此，伍爾夫身高有六呎七吋，身材魁梧的他經常趴在冰箱上寫作，因為冰箱比任一張桌子的桌面都還要高。

伍爾夫瘋狂寫作的熱情可以一連持續好幾天，有時他會把初稿亂丟在他位於紐約西村的廚房公寓地板上，但忘記幫初稿編號。據說經常有人看到他那位知名的編輯麥克斯威爾・柏金斯（Maxwell Perkins）在伍爾夫的公寓翻找，想要找出弄不見的頁面，努力拼湊出在伍爾夫深刻緊湊的文字中，這些頁面屬於哪一頁。一旦伍爾夫覺得自己再也寫不出來，他會走到城市的街道上大吼大叫，他的生命充滿同樣的熱情和放縱，也使其作品充滿了活力。

曾經有段時間我經歷了與湯瑪斯・伍爾夫亂丟初稿類似的經歷，興奮和疲憊的感覺同時爆發，一天一夜連續寫作之後，我會跳上摩托車，用風馳電掣的速度衝向鄉間，感受寒冷的晚風吹拂我的臉，同時凝視著高速公路上千篇一律的黑暗。幾小時後我會到卡車休息站或餐廳喝咖啡，試圖用文字勾勒出一張張疲憊的面孔，記錄下我與同伴的

談話，這對我來說是美妙又有建設性的經歷，雖然狂亂又狂野 ——
尤其在我騎著兩輪車子飛馳過那些黑暗鄉間小路的時候。

熱情是創意非虛構寫作者不可或缺的特質，包括對人的熱情、
對文字的熱情、對知識的熱情、對自發渴望體驗的熱情、對理解事
物運作方式的熱情。正如瓊・蒂蒂安（Joan Didion）在一篇《紐約時
報》雜誌題為〈我為何寫作〉（Why I Write，一九七六年）的文章中
所言：「我寫作是為了了解自己的思想、了解我在追尋什麼、了解我
看到什麼，以及那又代表什麼意義。」

我知道要提出著名作家（和運動員）的例子非常容易，但是那些
默默在暗處努力但尚未取得成功的作者呢？他們可能還不願意公開表
示自己是一名作家，以免有人會盤問他們出版過什麼作品、作品是否
名列暢銷書排行榜。這是一個難以跨越的障礙：懷抱信念，還有對自
己有信心 —— 要明白自己總有一天會證明自我價值；所有實踐和熱
情終將帶來成就感和成功。幾乎每個作家都得面臨這個挑戰：專屬自
己的「繩索測試」。

繩索測試

我和親朋好友一致認為加入美國海岸防衛隊對我的體能來說輕而
易舉，畢竟衛兵是淺水域的水手，但我不知道衛兵是在海岸上作業
（保護海岸免受敵人侵略），所以我們總是得在陸地上拚命奔跑，而
不是像真正的海軍士兵那樣乘風破浪地航行。

鐘樓上發出三次斷斷續續的鐘聲信號，表示基礎訓練中最受士兵
歡迎的練習開始了。當鐘聲響起，我們這些新兵就得舉起步槍和刺刀

衝向入侵的敵人，並在水中進行戰鬥。我在一九六〇年代入伍，傳統的海岸防衛隊新兵訓練共十二週，而陸軍是九週。這是因為新進防衛隊的人員通常體能狀況不佳，而且我們也有更多教學課程要上，例如旗語和海事法。

經過十二週的基礎訓練，我是同梯唯一沒有畢業並加入部隊的成員，我入伍時體重兩百二十磅（約一百公斤），此時我已減掉大約八十磅（約三十六公斤），我的身體從未如此健壯。不用說，軍隊伙食也沒有我母親的料理那麼誘人。

但是無論我多麼努力，也無論練習了多少次，我就是無法通過繩索測試。我們得爬上一根五十英尺長的繩子，繩子上的節距平均分布好讓士兵抓握；我們必須攀到最高處然後控制好速度下降。確實有其他登上入侵船隻的辦法，但是當繩索是唯一的選項時，海岸防衛隊必須隨時待命。

在（我禁止參加的）新兵訓練畢業典禮後，我與新兵同袍道別，他們被分發到全國各地的部隊和國外部隊。在我通過繩索測試之前，我得一直待在新兵訓練營的基地。「我們會把你留在這個基地，」歐萊利上士對我拍胸脯保證，「要留多久都可以。」

白天我和一組維修人員一起工作，這些人因為犯了小錯被處罰留在基地關禁閉，地點就在一個廢棄的大熔爐裡，大夥要在早餐和午餐以及午餐和晚餐之間不見天日的情況下，鑿開燒焦的煙灰和碎片。當年沒有人聽過口罩這種玩意，所以我吸了一整個早上的煤煙，到晚上再把煤煙咳出來。一邊呼吸著煤煙，一邊賣力工作這麼長時間，到了一天結束之際，我已缺乏精力和意志去練習攀爬繩索，或用自由重量

來鍛鍊我的上半身。我開始覺得我的整段軍旅生涯都會在「新兵訓練營」度過，繩索測試似乎永遠難以克服。

一個週六下午我在休閒室裡，漫無目的地走向撞球間後面房間的後門，看見一塊牌子上寫著「圖書館」，也從此走進了一個新世界。

我在圖書館找到的書與我在家裡讀的那些並無二致：海明威的《尼克·亞當斯故事集》（*The Nick Adams Stories*）；法蘭克·斯勞特（Frank Slaughter）的小說，內容描述各種出身背景的醫生；亞瑟·米勒（Arthur Miller）的《推銷員之死》（*Death of a Salesman*）（我對畢甫產生認同感，並非因為他是個令人欽佩的角色，而是那噓稱真是不得了）；赫爾曼·沃克（Herman Wouk）的《瑪喬莉晨星》（*Marjorie Morningstar*）；《安妮日記》（*The Diary of a Young Girl*）；馬克·吐溫（Mark Twain）的《頑童歷險記》（*Huckleberry Finn*）。

圖書館讓我擁有隱私，給我一個能坐在軟椅上思考的地方，不會有人說話或告訴我該做什麼事或強迫我敬禮。書就是故事，我閱讀的故事帶我到了另一個時空，我能夠認同其中一些人物，而他們面臨的困擾與當前折磨我的困境非常類似。

我沉浸在他人的生命故事中，無論是真實或虛構，這一切都幫助我評價、最終更重塑我生命中的優先事項順序。菲利普·羅斯（Philip Roth）在《再見，哥倫布》（*Goodbye, Columbus*，一九五九年）中寫出的主角因這個世界無法接受他而感到無比挫折，諷刺的是，他心中深知自己並不想與這個世界為伍，而我也曾希望自己的學校和社區能接納我。

恩尼斯特·海明威一九二五年出版的故事〈大雙心河〉（Big Two-

Hearted River）（這個故事發表在他第一本短篇故事集《在我們的時代》〔*In Our Time*〕中），內容捕捉並強化了我對孤獨的追求，海明威在密西根上半島（Upper Peninsula）也經歷了同樣的孤獨。在那幾週之內，我能感覺到自己的改變，閱讀其他人的故事讓我獲得自信，而自信也讓我變得更強大、獨立。同時我還瘦了，入伍時發給我的制服像窗簾一樣掛在我身上。

我從未自發要減肥；但就這樣瘦了。我開始一大早起床，在集合點名前多做好幾百下的伏地挺身和仰臥起坐，午餐時我不吃飯也不抽煙，就只是在營地裡散步，邊走邊看書，或者是走進男廁，在廁所隔間的牆上練習引體向上。我就這樣閉門造車，因為與我一起執行清爐任務的人是被拘留處罰，而不是因為他們太胖或者無法通過繩索測試。如果我在大庭廣眾下做這些額外的體能訓練，長官不會讓我好過的。他們會認為我們日常的固定活動已經包含足量的體能訓練了。到了晚上，我便回到我得以安全棲身的私人圖書館，在裡面閱讀和練身體。

遵循這樣的祕密規律生活六週後，有天晚上我出現在健身房，幾乎毫不費力就沿著繩子從地板移動到天花板，我的長官和我自己都吃了一驚。我穩穩用一隻手觸到頂部，然後以不用到腳的方式向下溜。首度觸地後我用炫技的方式再次攀上去，然後再溜回地面。這是一個勝利的時刻，不僅因為我成功完成測試，也因為我輕輕鬆鬆就辦到了。

我在那一剎那發現了生命的可能性和潛力。通過繩索測試不只讓歐萊利上士非常滿意，我還可以分發到其他崗位，也足以面對其他挑

戰 —— 我可以開始寫創意非虛構文章了。

跌倒九次，爬起來十次

繩索測試對我而言是一次人生考驗，我永遠無法忘懷。我也永遠不會讓自己忘記：只要設定一個目標並堅持下去，我的潛力可以無止無盡。我有能力且願意挑戰 —— 無論是在任何地方面對任何挑戰，也無論需要耗費多久的時間，又要付出多少努力。

在努力的過程中我有兩個口號，這兩個口號也成為我奉行的指導原則，第一個出自一位器官移植外科醫生。當時我正在為自己的第一本書《不眠之夜》（*Many Sleepless Nights*，一九八八年）做研究。這位醫生當年與一位等待器官移植的病患交談，這個人正緩慢瀕臨死亡，而他則對病患改述了溫斯頓・邱吉爾（Winston Churchill）在一九四一年德國閃電戰最黑暗的那段日子向英國人民的喊話：「絕不屈服，永不放棄；絕對、永遠、不放棄。」

後來我查了邱吉爾的原話，他說的是：「絕不屈服，永不屈服，絕對、絕對、絕對、不放棄；無論事情的規模大小，我們永不屈服，唯獨對榮譽和良善的信念讓步。」

我忘記病患回答他什麼；但他努力多活了幾天，等到真的有一顆心臟可供移植，手術後我和這位病患斷了聯繫，不知他是否還活著，或者能活多久，但心臟外科醫生告訴他的話仍然烙印在我腦海裡。我永遠不會屈服，我永遠不會忘記如果我繼續努力，可能在生命中取得多大的成就，而輕言放棄無異於投降。

第二個口號是出自一位病人口中，他是我的老朋友，終其一生都

在與憂鬱症搏鬥。他在婚禮當天割腕，新婚妻子發現他在浴室裡幾乎失血而死，是醫護人員救回他一命。

　　幾週後我去他家拜訪，問他為什麼看起來如此開朗，在經歷這麼多事情之後，他是如何努力營造出積極的形象。他唱了一首歌給我聽，那是一首他在精神療養院的自殺病房（二十四小時受監視的病房）聽見的歌曲。

　　當時的他躺在黑暗的病床上，房間的門大開，好讓護士可以隨時監視。他聽見一個男人正在獨自哼歌，而他後來才知道，這個男人好幾年前在一場車禍中失去了妻子和孩子，而他是駕駛。從那件意外以後他便罹患了嚴重的憂鬱症，發作時形同癱瘓。他經常試圖自殘，但根據護士的說法，他似乎總能振作起來重返正常生活，雖然他很堅強，經常能夠捱到出院，但還沒有堅強到能在家中長時間控制憂鬱症。我的朋友告訴我他唱著一首歌，那首歌簡單而無情，重複聽那首歌會令人毛骨悚然，但歌曲中清楚而簡單的訊息卻讓他印象深刻：「跌倒九次……爬起來十次。」

　　這是每個作家都要學習的一課，每一篇創意寫作的文章都是一次獨立的挑戰，寫一本書就像生一個孩子，然後再把孩子養育成人。一篇五千字的長篇文章就相當於一次外科手術，好吧，也許我這麼說是誇大了，但作者就像作品的父母，作品是作者的產物，就算是非虛構寫作也一樣。作者描述並塑造人物的人生、計畫人物的未來怎麼發展、在人物偏離預期的軌跡時為之擔心煩惱，但這都在所難免。

　　問題：何不在開始寫作前準備好大綱？

回答：就算你憑大綱開始寫文章或寫書，從羅馬數字編排I到X或XX，你仍不太會知道這些數字將怎麼導引寫作的方向。我希望大綱只有引導作用，而不會像緊身衣一樣束縛你的創意。你是一名作家，作家通常仰賴直覺寫作，就像這世界上大部分有創意的人一樣 —— 尤其身為使用藝術形式來創作的創意非虛構寫作者更是如此。因此請按直覺行事，特別在寫初稿時就要這樣，細節的微調之後再擔心就好了。

　　約翰‧麥克菲的寫作過程都是從結尾開始下筆，無論他寫的是一本書還是一篇文章；是長篇還是短篇。麥克菲說，他喜歡一開始就寫下最後一句話或者最後一個段落，這樣當他寫文章或書的初稿時，就能在一開始便知道該如何收尾，但這不表示他可以預測結局，或者在一開始就預見最後一幕。而無論故事把他帶往什麼地方，他都知道自己前進的大致方向。寫到最後，他的結局可能已經不一樣了，但他還是需要一個路線圖才能提筆寫作，從結尾開始寫就是他採用的寫作方式。

　　我的寫作方式與他不同，我是從我最想寫、最有感覺的部分開始寫。我一開始會對怎麼寫有個概念，但是當我的文字和想法急著躍上紙面時，我就讓文字和想法引領我寫下去。到頭來你會發現一件事，即世界上有多少真正的作家，就有多少種寫作的執行規律。要記住最重要的一點：想要成功的唯一方式就是繼續寫下去，寫到沒問題為止。

練習四

　　繩索測試讓我從中學到有意義又畢生難忘的一課，也讓我的學生將我的時間管理方法稱為「新兵訓練寫作法」，這是因為我在所有課堂上都鼓吹規律的寫作習慣，而我的固定模式呼應著海岸防衛隊時期軍方灌輸給我的時間表。許多年來我開始過著寫作生活，我的起床時間是凌晨四點半或五點。我還是新手作家時仍有許多兼差工作，如卡車司機、賣鞋、廣告文案，最後是教書。但一大早起床讓我能專注從事我「真正的」工作，即創意寫作事業。在開始履行每一天實務性的職業之前，清晨時分我的腦袋最為清醒。

　　某些讀者已經有定期寫作的習慣了；所以對那些還沒有寫作習慣的人來說，現在是時候設定並養成了。先思考一下自己一整天的生活，然後確認什麼時候腦袋最清晰、在哪裡可以找到不受干擾的空間，還有最願意犧牲一天中哪一個時段（是清晨、深夜，還是與同事一起午餐的時間？）。試行過所有搭配組合之後，就能找出效果最好的時間安排方式。

關於時間管理，我還有最後一點叮嚀

　　「只要我想寫一本書或者想寫下一個故事，每天早上我都會在天

邊第一道曙光出現之後盡快寫，那時沒有人會來打擾。天氣可能涼爽或寒冷，開始寫作後身體會慢慢暖和起來，寫到一定程度之後我仍然精神飽滿，心中也知道接下來要寫什麼，然後我才停筆，努力等到隔天再提筆繼續寫下去。

「停筆時內心相當空虛，同時卻也永遠不會空虛，而有一種心滿意足的感覺，就像和愛人做愛一樣。沒有什麼人能傷害你，什麼事都不會發生；在隔天繼續寫下去以前，一切都沒有意義，難就難在那一段等待。」（恩尼斯特・海明威語）。

創意非虛構寫作的兩難：從個人化到公共性

處理創意非虛構寫作一種單純的方式是衡量作者與主題的關係。請想像一個鐘擺由左向右劇烈擺盪。

鐘擺擺盪在兩端之間，其中一端是所謂「公共性」或「問題導向」或「大想法」形式的創意非虛構作品；另一端則是「個人化」或「私人」的創意非虛構作品。鐘擺可能從一側劇烈擺盪到另一側，從極個人化擺盪到極具有公共性；或者也可能適度擺盪，將公共和私人特性融合成豐富又好看的混合散文體，創意非虛構寫作所譜出的爵士樂於是化為了一首文學的交響曲。

個人化：引起狂熱的吻

這個女孩非常漂亮，有一頭金髮和白皙的膚色，她柔軟、害羞又敏感。這段情開始時她二十歲，她打從一開始就知道自己做了件錯事，大錯特錯，但她陷得太深，似乎無法控制自己。

她在火車站、機場、藝術博物館和國家紀念場址與他見面，兩人經常在她公寓那一片黑暗中約會。這樣的幽會斷斷續續維持了兩年。有一天她終於鼓起勇氣並決心結束。

他很不好受，他無法不與她見面，但在內心深處他知道遲早會走到這一步，因為和自己的女兒發生不倫戀絕不可能有什麼好結果，尤其在自己還有另一個家庭的情況下 —— 幾百英里外的太太和三個孩

子都不知道你不見人影之後去了哪裡、見了誰。

尤其，你還是個長老會牧師，要照顧一整個會眾的信徒。

二十年後，這個女孩公開了這段情。凱瑟琳·哈里森（Kathryn Harrison）的回憶錄《吻》（*The Kiss*）於一九九七年出版，立即在文壇引起轟動，這部作品的內容是如此貼近書中人物又大膽赤裸，而現在的她是一名已婚婦女，也是兩名年幼孩子的母親。

對比我們現在每天在實境秀上看到的內容，或者在小報上看到的文章，凱瑟琳·哈里森的爆料對我們來說似乎並不算太驚人，但以一九九七年的民情，這本書足以讓評論家瘋狂。《華盛頓郵報》的喬納森·亞德利（Jonathan Yardley）對這本書抱著一股執念，他把《吻》看了三遍，攻擊到幾乎詞窮。根據亞德利的說法，這本書「可恥、污穢、噁心、虛偽、憤世嫉俗又令人作嘔」。

瑪麗·埃伯斯塔特（Mary Eberstadt）在英國的《標準週刊》（*Weekly Standard*）上推測哈里森捏造了這個故事，因為她的小說銷量並不好（她在《吻》出版之前出過三本小說）。詹姆斯·沃爾科特（稱我為教父的那個人）在《新共和週刊》發表文章，揮舞心理治療的大旗並指責哈里森：「她自找的不幸……讓自己的孩子蒙羞。」

這個例子讓我們知道寫出自己的私事並揭露這種親密關係有多大的危險性，大眾不會認真以待，反而還聲稱作者只想引人關注，或者說作者生活太寂寞，沉溺於自憐自艾之中。但哈里森的書改變了好幾世代女性的人生，這些女性終其一生都對親友隱瞞了類似的祕密，自己默默受苦。這是創意非虛構寫作兩難狀況中的典型案例，關係到非常個人化又極富張力的面向。《吻》立即成為暢銷書，至今仍不斷再

版，但哈里森卻發現她的坦白引來大眾對這部作品的蔑視，但這些蔑
視並未殃及她在《吻》出版後寫的其他優秀虛構和非虛構作品。

回憶錄熱潮

　　詹姆斯‧沃爾科特說我「空想不練」，他對這種「空想」的文體
相當不滿。他在《浮華世界》上表示：「創意非虛構寫作是一種因人
而生的公民新聞寫作，就像一種病態的灌輸行為，只是將小說當中虛
弱敏感的部分插入非虛構的殘骸當中。」言下之意：在創意非虛構
寫作中，作家談論自己的比重太高，太過自省而忘記宏觀的面向，
就像一個自我放縱、愛發牢騷又無聊的神經病。在《創意非虛構寫
作》近期刊出的一篇文章中，寫小說也寫創意非虛構作品的羅賓‧赫
利（Robin Hemley）指出，詩人（和小說家）一直在過度反思，正是
這種反思的內在性使作品充滿力量，也讓作品老嫗能解，這是一件好
事，所以為什麼創意非虛構寫作者就不准擁有同樣的內在性呢？

　　像麥可‧波倫（Michael Pollan）（作品包括《雜食者的兩難》
〔*The Omnivore's Dilemma*，二○○六年〕、《植物學的欲望》〔*The
Botany of Desire*，二○○一年〕），或戴特斯‧費爾金斯（Dexter
Filkins）（著有《永遠的戰爭》〔*The Forever War*〕，二○○八年），
這種「公共性」非虛構作家寫的書確實涉及戰爭和政治、食物和足球
等重大議題。涉及重大議題的書能為讀者帶來娛樂、驚喜和求知的功
能，但卻無法像短篇小說、詩或回憶錄那樣打動讀者，這就是回憶錄
如此鏗鏘有力的原因。回憶錄揭露了平凡生活中的親密關係，雖然其
中的想法和資訊可能被批評為重要性不能與核能的危險或其他重大議

題相提並論，但仍有許多作家深信，微不足道的個人問題與重大議題和概念相比起來同等重要。

「在一九八〇年代末就讀研究所時，」羅賓・赫利寫道，「我與友人曾將作家分為兩種類型：窗戶型和鏡子型。小說家是窗戶型，他們眺望廣闊的世界並寫下自己眼中所見；詩人則是鏡子型，代表反思和冥想……我們甚至還把我們的壘球隊命名為窗戶隊和鏡子隊。」

但是哪一隊要收留可憐的非虛構寫作者，尤其是回憶錄作家呢？

「兩隊都不收，」赫利說，「因為我們當今所知的回憶錄作家並不存在。」但此一時彼一時，時代已經不一樣了。

當然《吻》這本書本身並沒有改變文學界的版圖，《吻》與其他六本私密的回憶錄幾乎同時出版，這幾本書共同帶起的風潮也引發出版界和書評家的驚訝和嘲笑，他們稱之為「回憶錄熱潮」。

法蘭克・麥考特的《天使的孩子》（一九九六年）和托比亞斯・伍爾夫（Tobias Wolff）的《這個男孩的生活》（*This Boy's Life*，一九八九年）都改編成電影，由英國女演員艾蜜莉・華森（Emily Watson）飾演麥考特的母親安琪拉，奧斯卡獎得主勞勃・狄尼洛（Robert De Niro）飾演伍爾夫的繼父德懷特・漢森。瑪莉・卡爾的《大說謊家俱樂部》（*The Liars Club*，一九九五年）也是一本暢銷的自白式回憶錄，搭上了此文體的新一波熱潮。

回憶錄對文學界來說並非新鮮產物，亨利・大衛・梭羅的《湖濱散記》和伊薩克・狄尼森（Isak Dinesen）一九三八年在美國出版的《遠離非洲》（*Out of Africa*）皆是此類書寫的經典之作。然而《吻》卻將回憶錄推向新的境界，亂倫的主題讓評論家和一般讀者都大為震

驚，即便在一九九七年這個書評場域正在枯竭的時刻，任何可能有助銷售雜誌或報紙的爭議性主題，在當年都算有利可圖。亞德利和沃爾科特皆曾預言回憶錄這種文學體裁的消亡，但它至今仍在文學界有重要的地位。

如今回憶錄熱潮仍在持續中，名人、政治人物、運動員、受害者和英雄都想將私生活公諸於世，讀者對這類書百看不厭。紀實文學挾帶作者自願坦承的所有痛苦和祕密，正以一種深具意義又親密的方式連結起國界與全世界。

回憶錄與自傳的區別

「我寫的是回憶錄還是自傳？」經常有人問我。

「你寫的內容大致上是有關你的一生，從開始寫到現在的事嗎？」我問對方。如果答案是肯定的，那他寫的可能就是自傳。

回憶錄相對而言雖是自傳體，但側重的是生命中的一個面向、時期或事件，例如你的婚姻正在分崩離析，一週復一週，你和伴侶可以感覺到兩人之間的關係正在瓦解，吵架後再和好雖然可以再撐一陣子，但傷害卻已造成，爭吵和辱罵讓和好和修復關係的滿足感顯得無濟於事。生命中的重要面向，還有婚姻破裂或面臨破裂危機的事件可視為你生命中的一扇窗，在回憶錄中就是向讀者打開這扇窗。

我們不會了解你在銀行界的表現有多出色，或者身為高爾夫球員的挫敗感，又或者青少年時期的青春痘困擾，除非這些問題在某種程度上與你婚姻的崩解相關。如果把作家比喻為一台相機，回憶錄作家就是透過變焦鏡頭記錄特寫鏡頭，為讀者揭露最私密而個人的細節；

自傳作家則是用全景鏡頭拍攝整片風景。

　　閱讀《吻》之後，我們對凱瑟琳‧哈里森所知甚少，除了她與父親的兩年不倫戀。近期的暢銷書《享受吧！一個人的旅行》（*Eat, Pray, Love*）的內容主要鎖定伊莉莎白‧吉兒伯特（Elizabeth Gilbert）在經歷離婚的混亂後尋找自我的漂泊之旅。她在哪裡長大和求學，還有她在寫書之前從事的職業大多都省略了，吉兒伯特提供的唯一背景資訊皆與她感情生活的創傷和挑戰相關。

　　本書收錄了蘿倫‧史雷特的文章〈三面向〉（Three Spheres），讀者可透過〈三面向〉這扇窗凝視史雷特幾天內的生活，但那些日子卻異常鮮明。回憶錄的力量在於集中性、範圍的局限性，以及內容揭露的強度和明確性。

　　經常有人問我另一個問題：「回憶錄和個人散文有何區別？」

　　「回憶錄」一詞通常指一本書，而較短的獨立文章通常稱為個人散文，例如〈三面向〉即是史雷特第一本回憶錄《歡迎來到我的世界》（*Welcome to My World*，一九九五年）中的七篇文章之一。她還寫過好幾本書，如：《百憂解日記》（*Prozac Diary*，一九九九年）、《謊言：回憶的隱喻》（*Lying :A metaphorical Memoir*，二〇〇〇年），以及《愛情就是這樣：從一種生活轉移到另一種生活》（*Love Works* Like *This: Moving from One Kind of Life to Another*，二〇〇二年）。

別糾結於專有名詞

　　學者經常談到正式和非正式的文章，這又是什麼？在菲利普‧洛佩特（Phillip Lopate）的文選《個人散文的藝術》（*The Art of the*

Personal Essay，一九九四年）引言中，他引用了C.休・霍爾曼（C. Hugh Holman）和威廉・哈蒙（William Harmon）共同編輯的《文學手冊》（*A Handbook to Literature*），據此定義並和區分了正式（或非個人化）文章和非正式文章。霍爾曼和哈蒙對非正式文章的描述內容包含「非常個人化的元素，如自我揭露、個人品味和經歷、幽默……形式清新，擺脫生硬和矯揉造作……主題處理不完整。」我認為隨筆、個人散文和回憶錄在內容上非常相近，可以任意指涉，這些文體能完美歸入創意非虛構寫作的範疇內。

　　至於正式文章，其「文學效果次於嚴肅性目的。」正式文章沒那麼個人化，或者說採取的是另一種個人化的方式。正式文章偏向鐘擺的另一端，即創意非虛構鐘擺的「公共性」或「大想法」那一面，正式文章也屬於創意非虛構寫作的範疇，亦即完美描述真實故事。

　　「抒情文」這個名詞讓很多人困惑，或許是因為「抒情」一詞是個詩意的詞彙，但抒情文當中的「文（essay）」卻是個偏重事實導向的詞彙，似乎很難搭在一起，但其實不然。正如約翰・達加塔在他二〇〇二年的文選《新一代美國散文》中所示，這兩個詞彙非常適合組合在一起，而且經常如此。達加塔綴輯了約翰・麥克菲、蘇珊・桑塔格（Susan Sontag）、瓊・蒂蒂安和安妮・迪勒等創意非虛構寫作大師的作品，其中就示範了創意非虛構抒情文的範疇，將傳記、詩、哲學和回憶錄熔於一爐。

　　正如我在本書〈真實與事實〉中所述，達加塔和他的導師（即詩人黛博拉・托爾）在文學雜誌《塞內卡評論》（赫伯特和威廉史密斯學院的出版物）中介紹了抒情文，托爾從一九八二年開始擔任編輯，

直到她於二〇〇六年逝世為止。達加塔自那時起持續推廣這個概念，讓抒情文在創意寫作課堂上蔚為風行。該如何定義或描述抒情文，並將其與詩做出區隔呢？托爾和達加塔在一九九七年的《塞內卡評論》中清楚釐清了這一點，「抒情文之所以帶有詩的特質，是因其密度和形式、思想的昇華，以及語言的音樂性與詩有相似之處；而抒情文之所以帶有散文的特質，是因其分量、涉及事實的明顯傾向，作品對事實的忠實度和它對於想像式文體的熱情，兩者融為一體。」

　　本書收錄了伊芙・約瑟夫的文章〈黃色計程車〉（Yellow Taxi）（請見第二部的〈內在觀點〉），這篇文章正是帶有強烈抒情性的個人散文。

公共性或「大想法」

▼

個人化與公共性之間的其中一個區別（亦即鐘擺的兩端），在於回憶錄代表個人的特定故事，而非他人的故事，這就是個人化，因為能擁有這個故事的人只有你自己。反之，創意非虛構寫作的公共性面向大多表現在他人的故事中；任何人都有潛力擁有這個故事，任何想花時間費心寫出來的人都可擁有這個故事，或許也可能是你的故事，也許你有一個理論、概念，或者關於這個世界的偉大觀點 —— 一種更宏觀、普世的想法。

《紐約客》每週都會發表「事實片段」文章：內容都是以創意非虛構的體裁表現，主題幾乎無所不包：從鬥牛到瀕臨死亡，從洲際卡車到印度的貧困問題或非洲的大狩獵 —— 題材不受限制，但必須是作者和故事當事人才能建立或發現的內容，所以這可能是你的故事，但並不個人化，而是幾乎所有人都能透過研究寫出的故事。

我在本書納入公共性創意非虛構寫作的範例，包括我的文章〈艱難的決定〉（Difficult Decisions）（這篇文章於一九九六年發表在文學評論雜誌《草原篷車》（Prairie Schooner）上），以及芮貝卡・史克魯特的文章〈治療尼莫〉（Fixing Nemo）」，（在二〇〇四年發表於《紐約時報》）。第一篇文章是大型動物獸醫溫迪・弗里曼的一天，第二篇文章則記述了金魚手術的過程。雖然我費盡千辛萬苦才接觸到獸醫，史克魯特還特別採訪魚類的外科醫生，但其實所有作家都能接觸

到這些人，只要願意投入時間和精力就能寫出這些文章。所以上述兩篇文章都算具備公共性，只是背後還埋設了想法。

因為回憶錄非常個人化，所以受眾有限，但公共性的創意非虛構寫作如果寫的是自身以外的故事，就能網羅更大的讀者群，這些作品也更受編輯和版權代理的歡迎。

每期《紐約客》都有兩篇「事實片段」（即公共性的創意非虛構文章），有時會多達四到五篇，而通常只有一或兩篇屬於短篇的「個人歷史」（「個人歷史」算是「回憶錄」的別稱）。《紐約客》是一本很受讀者歡迎又能引領風潮的雜誌，因此在版面上公共性與個人化文章的見刊頻率非常重要，《哈潑雜誌》、《君子雜誌》和其他雜誌也有類似的配比。

普遍共鳴：個人化和公共性兼而有之

驅動創意非虛構寫作的動力絕對是吸引並維持讀者對作品的興趣，如果你的鐘擺偏向公共性或重大議題那一端，作品的主題必須能引起讀者的注意，如棒球迷會喜歡米奇・曼托（Mickey Mantle）、喬・迪馬喬和泰・柯布（Ty Cobb）等球員的傳記。男性則喜歡閱讀並且經常沉迷於軍事歷史，尤其是二戰史。這些書持續再版，在出版界稱為長銷書，表示這些書能持續銷售；沒必要刻意宣傳就自動吸引讀者購買，也許不會創造很高的銷量，但足以維持獲利。

回憶錄位於鐘擺的另一端，自有其吸引力，且都是一些非比尋常又引人入勝的個人故事，也常成為長銷書。《吻》、《大說謊家俱樂部》和其他類似作品能長期存在是因為其獨特的內容、揭露私密的內

幕，當然還有精巧的文筆，所以鐘擺的兩端都可能成功。

理想的創意非虛構作品介於鐘擺兩端之間 —— 屬於有公共性的主題卻能兼顧親密又個人化的詮釋。作者可以選擇具公共性的主題，再對其進行個性化處理，這樣的作者能建立「普遍共鳴」：接觸並擁抱大眾讀者。從愛荷華州到以色列，從紐約到印尼，世界各地的讀者都對這樣的書很有興趣。這就是作者的使命：建立並擴展潛在的閱讀受眾。

〈艱難的決定〉和〈治療尼莫〉算是公共議題／概念，多的是作家能夠介紹獸醫這個主題，無論獸醫專攻的是山羊還是金魚。就其本質而言，即便是蘿倫・史雷特的文章〈三面向〉也算有公共性的主題，這篇文章說明了心理治療師和治療團隊如何與患者打交道，並將患者送進精神病院；同時它也談及邊緣性人格患者的行為方式，以及專業人士和治療團隊如何應對邊緣性人格患者。

〈三面向〉示範了作家可以修正自身與作品中主體人物的距離，並融合兩者的敘事聲音。史雷特不僅身兼治療師和作家，也曾是一名病患 —— 她同時兼具「局內人」和「局外人」的身分。

練習五

在本書最前面幾個練習中，我請你選擇一段個人經驗，用戲劇化的方式敘述出來，之後再將故事與某件實質事物相互連結，藉此開啟討論、引導出對話，或將該主題擴大。也

許你已經開始寫一篇蘊含大想法（公共議題）的文章；你正在寫的文章應該要包含難以捉摸、同時也最基本的普世情感。如未做到這一點，那麼是時候更認真想一想自己文章的方向了，也要思考怎麼從更實質的角度連結到較大的受眾。

或者更理想的是 ── 這是我偏好的辦法 ── 開始寫第二篇文章，也就是一篇包含大想法的文章，內容要關於對你而言非常重要的事。什麼事情會讓你來勁？或者什麼會讓你失去興致？政治、美食、法國葡萄酒、永續發展，還是一流的大學運動賽事？你想要更深入了解或探討哪些事？你想要怎麼改變這個世界？列出一張清單，開始盡你所能鑽研該主題相關的知識。開始研究往往是最理想的第一步。

還有什麼方式能夠橫跨局內／局外的中間地帶？如何在公共性和個人化之間取得平衡？蘇珊・希恩一九八二年的普立茲得獎作品《地球上沒有我的容身之處嗎？》做出了最好的示範，這本書的摘錄內容最初見刊於《紐約客》，故事圍繞著精神分裂症患者西爾維婭・弗魯金展開，她和史雷特的病患一樣被送進精神病院。書中也探討了她在紐約州系統下所能使用的治療方式。希恩是一名記者，她記錄了弗魯金生活中悲慘且甚至有點荒謬的細節。

書中一開頭是弗魯金洗澡的生動場景，希恩描述她把洗髮精和紅

色漱口水混在一起，然後洗她的棕色頭髮。弗魯金過去曾一度把自己的頭髮染成紅色，她很喜歡這個造型，但受不了染髮的過程。當天早上她突然認定漱口水可以滲透她的頭皮，讓她的頭髮永遠變成紅色。

希恩描述弗魯金在浴缸裡「嬉戲」，她玩泡泡之後把地板弄得滑溜溜的，她滑倒後導致後腦勺割傷。她用毛巾包著頭，跌跌撞撞走進臥室，看見梳妝台上有一瓶親戚在她三十歲生日時送給她的昂貴香水。「她把瓶裡的香水倒在傷口上，」希恩寫道，「一部分原因是她知道香水中含有酒精，而酒精是一種抗菌劑，另一個原因是她突然認為自己是耶穌基督，而她的傷口是荊棘冠冕[1]造成的。她還自認是抹大拉的馬利亞，是她把油膏倒在基督身上。」

雖然史雷特和希恩的故事內容不同，但弗魯金和身為病患的史雷特脫節的記憶和經歷都能召喚出類似的混亂情緒，她們可能是同一人。或者我們稍微延伸思考一下，如果狀況不同，弗魯金也可能成為年輕的史雷特長大後的樣子。這證明了希恩的研究、她與主題連結的能力，以及她願意投入足夠的時間和精神以立體的方式理解問題和想法。她在書中和故事中建立了普遍共鳴，表示她筆下內容所涉及的實際問題是我們國家可見到的普遍問題，尤其是醫療保健系統的議題。這是一個含納大想法的故事，透過個人化的寫作，就能令讀者以生動難忘的方式理解，並與故事建立連結。

---

1   《新約》中記載耶穌受難時所戴的冠冕。

擴大鐘擺的擺幅

　　閱讀受眾可以最大化，作者能透過自己的研究引發普遍共鳴，或者我們用記者最喜歡的一個詞來換句話說，那就是報導。作者的故事元素可能太過在地化，內容可能過於偏重作者的家鄉或社區，所以無法與居住在內布拉斯加州或奧克拉荷馬州，又或是住在波士頓或紐約等城市次文化的讀者建立連結。或者故事也可能過於個人化，太偏重作者的親友，讀者可能無法對這些人感同身受。

　　為了擴大內容並增加讀者群，某些作家會追本溯源並與歷史建立連結。約翰‧埃德加‧懷德曼（John Edgar Widemann）是《事實：最佳創意非虛構文選》（In Fact: The Best of Creative Nonfiction，二〇〇三年）中〈凝視愛默特‧提爾〉（Looking at Emmett Till）一文的作者，這篇文章是關於一九六五年三K黨在密西西比州一個叫曼尼的小社區謀殺了少年愛默特‧提爾的故事。懷德曼明確表示這並非單一事件，這類事件對我們國家來說是個災難，他也在書中提供其他源於白人種族仇恨且針對黑人的犯罪案例，這些案例發生在一九六〇年代，也發生在今日。

　　「很難埋葬愛默特‧提爾，」他寫道，「真的很難。很難埋葬卡羅爾‧羅賓遜、艾迪‧梅‧柯林斯、丹妮絲‧麥克奈爾和辛西亞‧韋斯利 —— 這四個女孩在阿拉巴馬州伯明翰一座教堂被炸彈炸死。真的太難了。這些事件讓整個國家開始記錄黑人那些令人悲傷的動

亂。」他繼續寫道，「愛默特・提爾的臉被毀容，這張臉可能是任何人的兒子，只要他一樣違反了種族法；任何人的女兒都可能在教堂爆炸的廢墟中被炸死……馬丁・路德・金恩（Martin Luther King）深知殺害黑人的後代是為了謀殺這個國家的未來。」

　　我最近編輯的合輯《生命的盡頭：我們如何死去的真實故事》（*At the End of Life: True Stories About How We Die*，二〇一二年）收錄了臨終關懷顧問伊芙・約瑟夫的回憶錄文章〈黃色計程車〉，她在書中寫道：「我哥哥在我十二歲時因車禍喪生，當年是一九六五年，艾倫・金斯堡（Allen Ginsburg）正在高呼權力歸花（flower power）[1]的口號；麥爾坎・X（Malcolm X）在哈林區的奧杜邦舞廳內遭到槍殺；那年T.S.艾略特（T.S. Elliot）去世；巴布・迪倫（Bob Dylan）的歌曲《像一塊滾石》（*Like a Rolling Stone*）正要成為新世代的國歌。」（全文請見第二部〈內在觀點〉）。

　　這些歷史的延伸描述讓讀者得以將自身在一九五〇和六〇年代經歷的記憶與作品連結起來，或許也將作品與讀者自身和少數群體的關係（可能是危險或尷尬的事件）連結起來。一九五五年，猶太人在這個國家並沒有因為身為猶太人而被處以私刑或者遭到謀殺，但反猶太主義仍普遍到足以讓他們恐懼。日裔美國人對自己在二戰期間所經歷的歧視和軟禁感到憤恨不平，即便這些族群可能不像非裔美國人那樣遭受公開迫害，但他們仍然可能對懷德曼的文字感同身受。生於戰後嬰兒潮的世代沒有人不對金斯堡和迪倫懷抱深刻又與有榮焉的懷舊回

1　一九六〇年代末至一九七〇年代初期美國反文化活動的口號，源於反越戰運動，主張消極抵抗和非暴力思想來反對戰爭。

憶，種種因素都讓伊芙·約瑟夫的懷舊回憶錄直探人心。

　　若內容適當又有關聯性，納入歷史知識也是擴大基礎受眾的一種方式；在結構中加入精采的輔助資訊也是，此舉能使作者描述的任何事實都更加引人回味。約瑟夫後來在〈黃色計程車〉中寫道：「剛出生的嬰兒大約有三百根骨頭，成年人平均有兩百零六根骨頭。我們的骨骼隨著成長而融合，我們在不知不覺中建構出身體的支架，胸腔由二十四根彎曲肋骨形成的結構可以保護心臟、肺、肝臟和脾臟。我們就像一隻奇特的鳥類，生存在骨架的庇護之內。」

　　她繼續將資訊與自己的故事連結起來：「某個夏日夜晚，有一個二十八歲的骨癌患者要求我們將病床推到戶外，讓她在星空下睡去。她死前幾天胸腔的骨頭已經變得很脆，一翻身就會斷掉一兩根，我們的骨頭竟會像乾枯的樹枝一樣折斷，這讓我感到非常震驚。」

　　如果你寫的是關於地理或旅行的文章，關於地點的資訊可以增加內容的充實度，也能與更多讀者建立連結。我的書《與山姆一起運貨》（*Truckin' with Sam*，二〇一〇年）中包含我在 Google 上找到的一則有趣資訊：「我們沿著州際公路經過法哥到北達科塔州的詹姆斯敦，最後連接到五十二號美國國道前往波特爾（Portal），其姐妹城市北波特爾（North Portal），位置就在加拿大邊境的薩斯喀徹溫省。後來我用 Google 搜尋了波特爾，得知這個城鎮最著名的就是鎮上的國際高爾夫球場，這是世界上唯一一座橫跨兩個國家的高爾夫球場，前八洞在加拿大，最後一洞橫跨兩個國家。你在加拿大開球，球越過北緯四十九度線，因為時區不同的關係，球會在一小時後落在北達科塔州的波特爾。」

即便作者描述的是自己非常了解的主題，帶入其他觀點也是好事，不僅可以擴大主題的範圍，還可以提高可信度，就像伊芙・約瑟夫援引一位傑出的專家所述：

> 一九六九年，伊莉莎白・庫伯勒－羅絲憑藉《論死亡與臨終》一書讓死亡這個主題從醫學院的隱密象牙塔中跳脫出來，並帶到大庭廣眾之下。她給了外行人一種語言和框架，好理解悲傷的過程。她提出的悲傷五階段，提供一種新的方式來思考和探討失去，並賦予臨終過程一種動態感。她提出的模式大大促成了眾所不陌生的「善終」概念，即有種接近生命終點的最佳方式 —— 我們將在吐出最後一口氣之前接受死亡。善終的核心概念是允許一個人按自己想要的方式死去，相對上較有尊嚴也較不痛苦，彷彿自己也能控制生死。家屬經常要求我描述死亡的過程，我告訴他們，人在臨終前幾天經常會陷入昏迷，呼吸會從深沉規律轉為淺而間歇。我會解釋呼吸暫停，許多人是會怎麼樣長時間屏住呼吸，有時會長達三分鐘，而病房裡其他所有人又是怎麼也屏住呼吸，直到喘息打破房裡的寂靜為止。我會解釋人們很少在呼吸之間死去，呼吸會像過去練習跑步一樣回到身體。我會探討痰可能積聚，導致所謂的「臨終嘎嘎聲」，這個名詞會引發恐懼，讓人聯想到杜斯妥也夫斯基（Dostoevsky）在《罪與罰》（*Crime and Punishment*）中描述的場景：「她逐漸陷入不安的譫妄狀態，有時她會顫抖，眼睛左右轉動，一度能認出每個

人，但馬上又陷入神智不清。她的呼吸嘶啞困難，喉嚨發出一種嘎嘎聲。」我會談到，身體最後一次嘗試保護重要器官時，血液離開了四肢，並在心臟和肺部周圍積聚，而手腳又是如何逐漸變冷，如何在死前不久開始發青。我會談到呼吸如何離開身體，如何從胸腔移往喉嚨，最終變成小魚般的呼吸。

　　請注意伊芙‧約瑟夫是如何將自己的概念和經驗與伊莉莎白‧庫伯勒－羅絲的文字連結起來，從而提高自身的可信度。這類型的資訊（即引經據典）是公共性作品中應該要有的內容，但這裡引用的內容出自回憶錄或個人散文。這一點很重要，在回憶錄中加入研究／報告能將鐘擺推向中央，此舉能吸引更多讀者，並使個人化的故事更具包容性。

　　回憶錄作者不會因為加入研究而失去故事情節或親近感，研究資訊反而能使文字更加立體且強大。這也是作品中的一環，請記住，「創意非虛構」包括兩個詞，作者有時會執著於第一個詞，因而忘記兼顧第二個詞，結合研究和故事能創造出「結締組織」，並形成我們追求的普遍共鳴，最終在各個層面上觸及讀者並使受眾最大化。

創意非虛構寫作的生活方式

　　曾經我自以為會成為一位偉大的美國小說家，我將恩內斯特・海明威、菲利普・羅斯、約瑟夫・海勒（Joseph Heller）和諾曼・梅勒等人視為英雄。對一個在一九五〇和一九六〇年代長大的猶太男孩來說，這是典型也可預見的想法，畢竟正如湯姆・伍爾夫所指出的，小說是美國文學中的「王者」。

　　但我讀了愈多這些了不起的作家作品，這麼多令我敬佩的書，也讓我愈加自覺無知。我自覺對這個世界只能說是懵懵懂懂。我認識的人僅限於賓夕法尼亞州匹茲堡一帶，這地區是不錯，但是梅勒、海勒和海明威都參戰過，或者說上過**很多次**戰場。尤其海明威幾乎參加過全球的戰事，他去了非洲、西班牙、古巴和懷俄明州；也從事過大型獵物的狩獵活動；對鬥牛瞭若指掌；第一次世界大戰期間他還曾在前線駕駛救護車。我呢？哪裡都沒去過，沒做過什麼足以稱道的事，除了高中的求學過程有些不穩定，在我父親的商店裡賣過健康矯正鞋之外。

　　我沒有像大多數同齡的人一樣上大學，而是選擇入伍。在軍旅期間，我遷居到匹茲堡以外的幾個地區，認識了很多與我截然不同的人。在新訓營的第一週，我此生第一次認識到同齡的黑人和同性戀者，或至少是我所知道的第一位同性戀者，而他恰巧也是猶太人。

　　還有一個名叫蓋爾的巨漢，他的身高逼近六英尺半，肩膀寬厚，

脾氣暴躁，來自佛羅里達州中部某個地區。我們住同個寢室，他睡上鋪，我睡下鋪。剛到軍營時我把背包扔到下鋪的床墊上時，他像隻禿鷹一樣降落，等著我爬上床躺好。他屈身把他的鷹鉤鼻貼在我臉上，問道：「你是猶太人嗎？」

我心想，「噢，老天，跟我爸以前警告過我的一樣：無論你到哪裡，都會有反猶分子等著要恐嚇你，讓你過得生不如死。」

我想了一下要不要否認自己有猶太血統，但我已經拿到兵籍牌，且上面明確標示我是猶太人，蓋爾可能會從我的脖子扯下牌子來確認，所以我做好心理準備接受蓋爾的攻擊，然後鼓起勇氣說：「是，我是猶太人。」

蓋爾看了我半晌，然後微笑跳回他的上鋪，接著又彎身親切地對我說：「好吧，只要不是天主教徒就沒問題。」

這一刻對我來說可謂晴天霹靂，我在天主教堂附近長大，左右鄰居都是天主教徒的家庭，隔壁鄰居的長子比利經常嘲笑我，不僅因為我是猶太人，還因為我不是天主教徒。他的母親曾用一種帶有強大同情和理解的親切口吻對我說：「真替你難過，因為你是猶太人，如果你是天主教徒，人生會過得比較幸福美滿。」

她的說法在當時可能沒錯，至少在名為格林菲爾的當地社區非常正確，但在新訓營裡，我卻很慶幸自己是猶太人，而蓋爾是我的好兄弟，他是一名浸信會教徒，也在天主教徒的包圍下長大。他在家鄉擊敗了對方陣營，這件事讓他很有成就感。

在新訓營的四個月裡，我很快就發現自己有許多事情要學。我在軍旅生涯中認識愈多人，去了愈多地方，就愈了解自己是個井底之

蛙。後來進了大學，我白天在學校打零工，晚上上課。我意識到自己如果想寫一部好的小說，那我懂的還不夠多。我喜歡讀小說，但我知道如果自己對這個世界只有一知半解，就不可能寫出我想寫的書。

　　小說不僅是冒險故事，也不限於人物塑造的學問。一本好的小說能以獨特而生動的方式重現世界，或者塑造世界的某個面向，所以我持續閱讀，計畫好要體驗新的人生，盡量認識更多的人，了解我的生活之外，也去了解他人的生活。那時我還沒有領悟自己正在為未來的寫作生涯做準備，但後來我寫作並不採用虛構體裁，當年尚未有個精確的名稱，但現在那已稱為創意非虛構寫作。我開始過著創意非虛構寫作的生活。

從夢想到現實

　　蘇珊‧希恩能用生動、親切的方式描述西爾維婭‧弗魯金的故事，是因為她和西爾維婭‧弗魯金住在同一個精神病院裡，而且經常共處一室。希恩在弗魯金的床邊加擺一張小床，弗魯金用漱口水洗頭並在浴室滑倒的那天早上她就在場，她最終被送進克里德莫爾精神病院。長達數個月，希恩斷斷續續在此過程中沉浸於弗魯金的生活，所以她能夠透過弗魯金的眼睛看世界，或者至少了解弗魯金的世界，還有那些生活其中的人。

　　使用沉浸的技巧，能讓作家裁製出一個具備公共性的故事（一個更大的主題），並讓作者擁有這個故事，也讓這個故事成為他們的故事。沉浸其中最終能產生一股親密感，作家沉浸得愈深，沉浸感就會愈加精確、包羅萬象又親密無間。沉浸需要作家的勇氣和投入，還需

要大量的時間和注意力。就和回憶錄一樣，沉浸並非新的概念，幾千年來作家和說故事的人一直沉浸在他人的生活和自身經歷以外的處境中。直到近來，大眾才開始關注起那些作家用來強化作品和吸引讀者的方式。

梭羅將自己沉浸於大自然中兩年，只為捕捉在瓦爾登湖獨居的那一年時光。喬治・歐威爾為了體驗並描繪被剝奪公民權的人究竟有多困苦，他實際把自己放逐到巴黎的下層地下室和地下墓穴中，並在巴黎的高級飯店和餐館的廚房裡工作，只領奴隸等級的微薄工資。他於一九三三年出版的著作《巴黎倫敦落拓記》（*Down and Out in Paris and London*）正是沉浸式寫作的經典，而海明威則為寫作《午後之死》沉浸於鬥牛文化中。較近代的作家如約翰・麥克菲走進紐澤西的松林泥炭地，寫出一本也叫《松林泥炭地》（*The Pine Barrens*）的書。另外，他為了寫作一九六八年的報導文學著作《橙》（*Orange*）走進佛羅里達的濕地中。湯姆・伍爾夫為了寫《太空先鋒》（*The Right Stuff*，一九七九年），與美國太空總署早期的太空人打成一片。蘇珊・歐琳（Susan Orlean）涉足蘭花世界，寫出了她最暢銷的個人化新聞寫作《蘭花賊》（*Orchid Thief*，一九九八年）。運用某種方式讓自己成為故事的一部分，是創意非虛構生活方式的一個重要面向。

單一主題寫作

約翰・麥克菲開創了單一主題沉浸式寫作的理念，也創造出非常受歡迎的書籍類型。除了《橙》之外，他還寫過關於鰣魚（《創始之魚》〔*The Founding Fish*〕，二〇〇二年）、獨木舟（《樹皮獨木舟的

生存》〔*The Survival of the Bark Canoe*〕，一九七五年）和貨運（《不凡的運貨人》〔*Uncommon Carriers*，二〇〇六）等主題的作品。其他作家寫的單一主題著作也注定要登上暢銷書排行榜，這些主題從魚子醬到鱈魚、桃子、蘋果、奶酪、巧克力和鹽，比比皆是。馬克‧克倫斯基（Mark Kurlansky）的書《鱈魚》（*Cod*，一九九七年）副標題是「改變世界的魚」。他在書中探討鱈魚捕撈活動是如何激發了北美地區早期的探險行動，因此這也算是一本歷史書，充滿了軼事和有趣古怪的人物。

透過沉浸式技巧，作者可以見證故事的發生

沉浸技巧的要點是過充滿活力的生活與多方體驗，無論地點是在你的家鄉、你出生的州，或者在世界各地。

我的第一本書《摩托車狂熱》（*Bike Fever*，一九七三年）的主題是關於摩托車次文化，為了更了解騎士還有他們對自身經歷的感受，我偶爾會參加越野旅行，並在雙輪上過了近三年的生活。在那段期間，我受到許多作品的啟發，如傑克‧凱魯亞克（Jack Kerouac）一九五七年的虛構自傳體小說《旅途上》（*On the Road*），還有一九六九年經典公路電影：由彼得‧方達（Peter Fonda）主演、丹尼斯‧霍珀（Dennis Hopper）執導的《逍遙騎士》（*Easy Rider*），以及亨特‧斯托克頓‧湯普森（Hunter S. Thompson）一九六七年的著作《地獄天使》（*Hell's Angels*）──他在書中描繪了臭名昭著的機車幫會，也曾與加州窮凶惡極的地獄天使幫一起廝混，並共同生活了一段時間。

我人生中有一度很迷棒球，所以在摩托車狂熱之後，我坐下來思

考自己可以寫一本什麼樣的棒球書，這樣我就可以名正言順沉迷於棒球的次文化中。當時我選擇了「藍衣人」，也就是裁判。

　　一旦了解他們，我才發現這些人在許多方面就像我認識的騎士那樣獨立生活在社會的邊緣。裁判是普通人，對我而言他們在很多方面都是夏季賽程的核心和靈魂人物，但因為他們也是賽事的執法者，所以他們生活在棒球文化的邊緣，就像摩托車騎士一樣。我了解他們之後，這些人也成了我心目中的英雄。我為了寫《觀賞球賽最佳位子，但你必須站著》（*The Best Seat in Baseball, But You Have to Stand*，一九七五年），花了一年時間與國家聯盟的四名裁判一起巡迴全國各地。

　　所以我曾經歷過摩托車騎士和棒球裁判的生活，接著我又去追尋與世隔絕、和平寧靜、草地樹木，所以我成為一個山人[1]。我去了賓夕法尼亞州和西維吉尼亞州的偏遠地帶過生活，透過那些不知城市生活為何物的人的眼睛來看世界。

　　我透過一名森林保護員認識了山人麥庫爾，他曾經制服野熊，扣住響尾蛇的脖子，還戴著浣熊睪丸項鍊。他在森林裡無所畏懼，但從未到過離家超過五十英里的地方冒險，他畢生都住在山中；從未去過大城市也不打算去。他害怕交通、黑人，更別提毒品文化了。

　　麥庫爾活在社會的邊緣，這種生活方式或主題似乎成為我每一本書的養分，我寫出《賓州西部森林的居民》（*The People of Penn's Woods West*，一九八四年），之後也有了一部紀錄片：《恰到好處的地

1　山人特指十八世紀後期至十九世紀前期美國西部的白人冒險家及拓荒者，山人的特性是愛好和平、不為名譽或利益探險；與原住民、白人以及大自然和諧相處。

方》（*A Place Just Right*）。

　　這些利用沉浸式技巧寫成的書都有極佳的研究主題，包括摩托車次文化、城鄉差距和裁判。事實證明，最後者不僅關於棒球，而涉及更大的議題，即夏季賽程的的種族歧視問題，這一切都激發我深入研究一個更大的想法；我研究了一個牽涉範圍更廣的重大議題，同時從中學習並寫了下來。經過大量閱讀、思考過我所閱讀的內容後，我的關注重點轉向醫療保健，然後又轉向了器官移植。

　　一九八三年，我在《新聞週刊》（*Newsweek*）上讀到一篇名為〈可更換的身體〉（The Replaceable Body）的文章，內容談到如何將身體部位（主要是器官）從一人移植到另一人身上，例如肝臟、心臟、腎臟等器官。不久之後我成為世界最大器官移植中心器官移植小組的成員，該單位就是匹茲堡大學的長老會大學及兒童醫院。我讓自己深入外科醫生、患者、護士和移植所組成的環境，其後寫成了《不眠之夜》這本書。我和外科醫生一起擦洗屍體，收下器官捐贈者的器官後徹夜搭機飛行，與等待移植的人和他們的家人一起生活，見證他們的等待、痛苦和困惑。他們期待著某個人能死去，他們或他們的親人才有機會活下去。

　　在移植議題之後，我沉浸於兒童醫院，然後是精神病院，分別寫下許多作品，內容是關於小兒科醫生和患有心理健康問題的兒童，之後又寫了一本關於獸醫的書。移植專科醫生和獸醫在許多方面都算醫學界的局外人，皆處於主流領域的邊緣。最近我深入卡內基梅隆大學的全球最大機器人論壇，撰寫關於機器人的文章，結果完成了一本書：《近乎人類：讓機器人思考》（*Almost Human: Making Robots*

Think，二〇〇七年）。

　　我最初的夢想是寫一本小說，為此我需要更加了解這個世界，但卻在創意非虛構寫作這個領域找到自己的使命。對我來說，體驗他人的生活，看著他們置身於痛苦、遲疑和勝利中，能為我帶來無比的刺激和收穫，而這種深入的知識提供了一個契機，讓我能找到自己的人生目標。這個目標超越了成為一名偉大作家的境界，因為關注重大議題或概念的創意非虛構寫作者足以喚醒這個世界，並使改變成真。

　　這些經歷本身既獨特又刺激，也令我永難忘懷，但作者仍需對主題抱持獨到的見解，不妨看看我的書的副標題：《不眠之夜：器官移植的世界》、《近乎人類：讓機器人思考》、《觀賞球賽最佳位子，但你必須站著：裁判眼中的世界》。

練習六

　　請練習沉浸式寫作，這個技巧對作者來說非常重要，至少要體驗過一次，一次就好。沉浸式寫作是一種基本的創意非虛構研究技巧，通常運用於「公共性」而非「個人化」的作品，但無論作者寫的是什麼類型的作品，沉浸式寫作都能帶來效果。同時，你的第一次沉浸練習不一定要非常特別或過度講究。你有最喜歡的咖啡店嗎？比方說，你可以每天執行一個小時的沉浸，連續五天，到咖啡店裡描繪你看到的人，還有無意間聽到的對話摘錄，這個練習會導向什麼結果？

去動物園半天或者參加曲棍球比賽吧，如果在夏天，不妨試試世界少棒聯盟，家長之間的互動還有家長和別人家孩子之間的互動通常很有趣。你無須採訪任何人或者進行任何研究即可開始，只要觀看、聆聽、記下筆記（別太引人側目），然後看看會發生什麼事就好。如果你進行的沉浸式練習與你正在寫作的內容相關，那顯然這正是你應該採取的方向。重要的是體驗過沉浸這件事，請至少試一次。

關鍵在於沉浸式技巧能讓非虛構作品具備個人風格，帶有一種回憶錄的質感，但又不會被作者的自傳式文字壓過鋒頭，沉浸式寫作讓作者能深入主題所在的環境中，甚至能在一定程度內讓作者描述自己，但作者需要有一個明確的非虛構主題 —— 一個沉浸其中的理由。你想讓讀者知道什麼？是機器人很可愛？還是棒球是美國最偉大的運動？或許吧，但作者必須意識到自己肩負了更崇高的使命。作者要告訴自己：我現在在教我的讀者一些事，像是機器人專家如何工作；他們的工作內容為何；他們有多少睡眠時間；他們多有才華 —— 這些人的所有努力都是為了讓機器人擁有思考的能力。球迷應該知道棒球裁判與球員和球迷不同，他們有自己看待比賽的方式，此外他們的人格也許不盡完美。

進行一對一採訪對故事內容很有幫助，進行多次採訪後再追蹤這些答案通常非常有效。但如果你想要確定某種情況的根本原因和改善

方式，或者想分析、報告某人或某群體的行為動機，那麼觀察並傾聽你所描寫的人物，或真正置身於你正在描寫的地點，可能才是無可替代的方式。身在其中才有辦法親眼見證、親耳聽見，有時還能親身觀察到自然而然發生的行為和情況。這些都是光靠採訪永遠得不到的素材。（範例請參閱收錄於第二部〈知名又難忘的場景〉中的文章：〈法蘭克・辛納屈感冒了〉。）

練習七

　　每天請選三份報紙閱讀，第一份應該是當地報紙，因為每都人都需要知道自家地盤發生了什麼事。下一份應該是全國性報紙，例如《紐約時報》或《華爾街日報》。（我偏好《紐約時報》，不是因為這家媒體的立場更偏自由主義，而是因為《紐約時報》與任何報紙比較起來，無論是針對本國或全球性報導都更為全面，且每天都有特別版，這些版面會刊出許多橫跨科學、商業、媒體、家庭、體育等領域的新知。）然後再隨機挑選一份報紙，每天都選一份不同地區的報紙，也許是某個小鎮的報紙，如伊利諾伊州的皮奧里亞（Peoria）或佛羅里達州的塔拉哈西（Tallahassee）的刊物。先瀏覽頭條新聞，然後搜尋有趣的主題和有特色的人物。這個練習時至今日已經變得十分容易，你只要用電腦上網閱讀報紙內容，然後列印出喜歡的故事，選擇一些吸引你又讓你或哭或笑的故事，再貼進你的

「未來檔案」中。你會發現檔案增長速度有多快，任何時候只要想找靈感，就可以查看你的未來檔案，看看早已儲存起來的豐富資訊和想法有哪些。

如果找到感興趣的主題，請依此設定Google快訊提醒。只要你啟用快訊，Google就會在龐大的資料庫中將與你的主題相關的所有內容自動傳送給你。

建立未來檔案或「靈感」檔案

其實是一篇雜誌文章引發我寫了那本以器官移植為主題的書。許多公共性的書籍和大想法的書籍都是經由這種方式產生。作者並不是突然間自言自語：「我好想寫一本關於運輸、草地曲棍球或麥可・喬丹的書，或一本關於太空人的書。」總是有某件事觸發了作者的想法 —— 可能是一篇文章，或者因為看見某個電視專題報導，或者無意中聽見某些對話。

有時還沒有準備好跟上思緒，靈感卻會乍現，好的想法很寶貴，即便在靈光乍現當下作者可能正在忙著寫其他文章。此時我所謂的「未來檔案本」便會派上用場，記下筆記、寫下一段文章、保存好報紙文章，這些資料可能都是之後寫書的素材來源。

請在未來檔案本中寫下你感興趣的角度、大想法是什麼，而你的經驗或沉浸工作又如何賦予一個具公共性的主題特殊的亮點。讓未來

檔案本隨時更新，因為你永遠不會知道何時會出現新的靈感為過去的想法增色，又或者自己什麼時候會準備好啟動新的寫作計畫。如果作者總是沉溺在單一的寫作計畫中，認為自己永遠不會提筆寫其他題材的話，有時眼光可能會變得狹隘。但身為作家最空虛的一件事，就是寫完一本書或一篇文章後，在某天早上睜開眼，突然意識到自己已經沒有東西可寫了。這感覺該有多令人心慌！

　　未來檔案本中蒐集了許多具公共性的主題，待你之後運用沉浸式寫作技巧進行研究。但別忘了，自己的生活才是最直接的沉浸式體驗，生活中會發生（或本就存在）許多有趣的事件，你會認識很多有趣的人物，可能之後會想與讀者分享。所以就算手頭上正在忙著寫某個主題，也要持續記下未來用得上的某些事件和靈感，這樣你才會永遠有講不完的故事。

選擇寫作主題

▼

問題：要怎麼知道自己選擇的沉浸式主題是個好主題？有什麼特
　　　徵可以辨別嗎？

回答：要放眼全球來思考。放眼全球思考的意思是記住自己的目
　　　標是盡可能吸引最多讀者，還有改變思維並激發對話。因
　　　此，請選擇具有全國性甚至國際性質的主題，或者能在各
　　　方面引發他人好奇心的想法。但要將行動在地化，也就是
　　　找一個與自己生活和工作的國家有連結的主題，這樣才能
　　　使沉浸式寫作更容易進行，在有事情發生時你就能隨時到
　　　場。

以《不眠之夜》為例，我知道全世界最大的現行器官移植
中心就在我的家鄉，幾乎可說是在我的地盤。匹茲堡大學
醫學中心位於一座陡峭的山頂上，當地人稱之為心臟山，
我當時在學習大教堂教書的英文系辦公室就在這座山的山
腳下。那段時間我會隨身帶著一台傳呼器，每當手術室有
動靜或即將進行器官摘取時，傳呼器就會響起。我得要氣
喘吁吁爬十分鐘山路衝上心臟山，然後抵達醫學中心，準
備觀察移植過程。

十五年後我深入另一個截然不同的情境。卡內基梅隆大學

機器人研究所離我的辦公室有一英里，離我家有兩英里。儘管在機器人世界中幾乎沒有生死交關的時刻（相較於人類來說），但如果你打算記錄機器人的設計、建構和程式設計流程，那就絕對不會想錯過一些特殊實驗、激烈的辯論和對話。因此與計畫主題保持近距離才能應對突發的關鍵事件。

這世界上有許多傑出的寫作主題和深入那些主題的機會，但除非作者的時間和金錢無上限，否則勢必得選擇一個不會迫使你「空降」的主題。當你致力於沉浸式寫作時，必須謹記「放眼全球來思考，行動在地化」的真言。

空降

布茲‧比辛傑在研究一九九〇年德州高中橄欖球的經典故事《星期五夜燈：城鎮、團隊和夢想》（*Friday Night Lights: A Town, a Team, and a Dream*）時，曾用「空降」一詞來描述他不想做的事情。這本書描述一九八八年賽季來自德州敖德薩（Odessa）的柏米安（Permian）高中黑豹橄欖球隊競逐全國高中冠軍的故事。比辛傑投身這本書時是《費城詢問報》（*Philadelphia Inquirer*）的一名體育記者，雖然他知道在他出生的賓夕法尼亞州也有某些地區有深厚的高中美式足球傳統，但德州的熱度和行動最為激烈，柏米安高中最知名的就是美式足球。

雖然他其實可以把家人留在費城，自己往返敖德薩參與球隊訓練和參加週五晚上的比賽（即重複「空降式」兩地往返），但比辛傑意識到這麼一來，他就無法捕捉到真實故事和背後三維立體的真相。他

非得親臨現場、讓自己沉浸在小鎮生活和柏米安黑豹足球隊的生活中，並度過一個完整的賽季才行。所以他讓自己在費城的房子大門深鎖，舉家搬到敖德薩。他太太在敖德薩的超市購物，也與鄰居鄰熟識起來；他的孩子去上當地學校；比辛傑與球員、球員的家人和教練一起度過整個足球賽季，也努力與鎮民互動並了解他們奇特的美式足球文化和狂熱 —— 這是百分百的沉浸式寫作案例。

　　如果比辛傑只是空降到敖德薩，他可能還是會寫出一本傑出的美式足球書，但搬到當地，對社區的了解就不僅限於足球了。他發現自己觀察到「最醜惡的種族歧視」，還有搞錯優先順序也導致美式足球消耗了這個鎮太多資源。他發現在這個崇尚足球的小鎮上，學者的地位遠遠不及美式足球。這種深入當地的沉浸式寫作讓內容予人親近感，並具備深刻的洞察力，也讓《運動畫刊》（*Sports Illustrated*）將《星期五夜燈》列為史上最佳體育書籍的第四名，《星期五夜燈》改編的暢銷影集也在NBC和Direct TV這兩個頻道上連續播出五年。比辛傑的投入得到了回報。

沉浸的真正目的：人物

　　我一直在探討如何吸引讀者並擴大目標讀者群的範圍，這也是比辛傑和其他作家透過沉浸式技巧深入研究寫作主題試圖實現的目標。如果《星期五夜燈》的主題全然只關乎美式足球，那麼主要讀者也會只限於足球迷。但比辛傑的沉浸式寫作擴大了主題的吸引力，這本書涉及德州未成年族群間的關係與緊繃感，同時也描述了整個美國南部和高中教育等主題，因此讀者群會擴大到對這些廣泛主題有興趣的所

有人。比辛傑專注於對主角的描述和性格研究，使書中的人物顯得異常真實、生動，因而吸引到許多讀者，外加在黃金時段播出的五季影集觀眾。

沉浸式寫作的延伸問題

問題：我應該沉浸在主題中多久？

回答：要多久是多久。

一般來說，主題的時間框架會決定作者要沉浸多久。比辛傑想參與一整個美式足球賽季，我的棒球裁判書籍也是——我參加了從春訓到世界大賽的一整個棒球賽季。崔西·季德（Tracy Kidder）的精采著作《房屋》（House，一九八五年）的故事起點是地主決定在土地上蓋一棟新房子，他聘請建築師設計並找來承包商建造；故事的結束點則是房子完工、舉家搬入的數個月後。〈三面向〉結束的時間點則是一直非常抗拒面對的蘿倫·史雷特，終於與她的邊緣性人格患者見面了。

沉浸式作品或回憶錄的故事應該在何時打住，通常是很容易辨明的問題：取決於作者闡述的故事何時結束；或者當作者自己的生活和作者觀察的地點或人物發生重大變化時，也可以先停在那裡。

變化並不表示作者沉浸的過程已經結束，也不表示作品已經走到終點。作者可能會決定繼續跟進並捕捉這些變化，

其實變化本身就是值得關注的信號，表示作者需要停筆並進行評估。比辛傑在書的後記中更新了他在柏米安高中一九八八年美式足球賽季中描寫的人物現況，這麼做足以讓讀者滿意。當整家人一搬進房子，季德就決定走出沉浸的過程。上述兩種方法都可行。

具有文學性的運動筆記

據《運動畫刊》指出，有史以來三本最佳體育書籍中，有兩本也是出自沉浸式體驗。第一本是羅傑‧卡恩（Roger Kahn）的《夏日男孩》（*The Boys of Summer*，一九七二年），當中記錄了布魯克林道奇隊，還有球隊在一九五〇年代後期搬到洛杉磯的故事。第二本是走下坡的蝴蝶球投手吉姆‧包頓的回憶錄《四死球》（*Ball Four*，一九七〇年），書中描述他的一九六九年賽季。《運動畫刊》選出的最佳體育書籍是A.J.李伯齡的個人沉浸式散文集：《甜蜜的科學》（*The Sweet Science*，一九五六年），主題是拳擊。

在羅傑‧卡恩的書中，球隊從布魯克林搬到洛杉磯之後的文字是《夏日男孩》中最有張力的段落。在這本書的第一部，卡恩記錄了布魯克林和道奇隊之間的愛戀，以及紐約波羅體育場上的巨人隊、洋基體育場的洋基隊還有道奇隊在當地的競爭情況。在這本書的第二部，卡恩介紹艾比茲球場的英雄球員，道奇隊搬到西岸前曾以艾比茲為主場。在這本書的第三部，卡恩描述球員在搬到洛杉磯之後發生的事，包括棒球名人堂捕手羅伊‧坎潘奈拉（Roy Campanella）發生車禍，造成四肢癱瘓；有先驅者之稱的傑基‧羅賓森（Jackie Robinson）是

首位在大聯盟打球的非裔美國人，他在長子小傑克（Jack Jr.）吸毒後死於車禍之後一蹶不振；根據當年球隊老闆沃爾特‧奧馬利（Walter O'Malley）的說法，超級明星三壘手比利‧考克斯（Billy Cox）是「道奇隊有史以來最好的野手」，後來沒沒無聞在酒吧當酒保。道奇隊搬到西岸後發生的事可能比球隊搬家本身更加有趣。

沉浸後動物感傷

我能給的最佳建議是，一旦你決定故事已經完成，亦即當故事的起承轉合已經完整，整個敘事過程也具備了情節和行動時，就應停止沉浸的過程。如果發現自己太早停下來，還是可以回到事件的精采之處，然後從中斷的地方接續完成未竟之事。

沉浸會讓人上癮，如果沉浸的技巧執行得好，這件事就會成為作者生活中的一部分，他也會很難離開這個故事和故事中的人物。

請謹記，活在故事中的人物會繼續過他們的生活——也就是在寫作者闖入之前他們一直在過的生活。寫作者可能會在結束後備感空虛。故事結束了，書或文章寫完了，體驗也結束了，下一步是什麼？為寫作論說文或文章而進行的一天、一週甚至一個月的短暫沉浸過程，相較之下更容易讓人過渡回原本的生活。為寫書而進行的沉浸工作則可能需要數年時間脫離，也可能對作者的情感造成毀滅性打擊，這就好像接受證人保護計畫，從原本的存在方式轉移到另一種。寫作計畫完成後，作者必須找到新的生活，這就是為什麼要準備一本未來檔案本，時時打開檔案翻閱，閱讀過去寫下的筆記、查看過去保存的剪報，準備好感受下一次悸動。

寫作過程的磨難

▼

焦慮

　　無論是沉浸式作品還是回憶錄，作者筆下的當事人很少知道自己在作者生活中扮演何等重要的人物 —— 作者每天、日復一日、有時甚至長達數年都與當事人相處好幾個小時，只為了理解當事人的故事，了解他們的夢想和目標。但他們不懂也無法理解的是，當他們回到親友身邊，回到他們**另一種面貌的生活**時，作者仍然無法放下，而是會把當事人也帶回家，成為他們的回憶與現實。

　　首先，作者觀察人物、寫下筆記，持續思考如何捕捉人物的形象，最終化為文字。然後作者回到辦公室或咖啡廳，帶著筆電和鍵盤，耗費一或兩年時間寫下這本書，這些人物日夜縈繞在他腦海中。但一旦書或文章完成，作者對當事人來說不過只是短暫的記憶罷了。

　　有時作者永遠不會知道當事人是討厭還是欣賞他的作品，也不知道背後的理由。我的第二本回憶錄《與山姆一起運貨》出版後，我等待我兒子的母親、我的家人、我的朋友給我意見回饋，但卻沒有等到隻字片語，他們的漠然令我痛苦難當。

　　《兒童專屬：深入兒童醫院》（*One Children's Place: Inside a Children's Hospital*，一九九〇年）出版後，很多主要人物對作品都沒有任何反應。他們收到這本書，卻沒有現身在新書發表會上，也沒有寫下任何訊息，沒有表現出讚賞、憤怒或其他情緒。

最終，我在幾個月後與兩位自己用了很多時間和篇幅來寫的故事當事人聊到這本書，那位自稱是「暴躁齷齪的混蛋」的外科主任向我承認，他一開始對我描寫他的方式非常不悅，我的書讓他陷入尷尬的處境；他的妻子和家人也是。但我也將他描寫成一位敬業、有才華又擇善固執的外科醫生，這就是為什麼他最終在一次偶遇時告訴我他原諒我了，因為有天深夜，他幫一個小孩做完緊急手術，獨自一人在醫院餐廳裡，有一名他見過但從未交談過的餐廳員工走向他。「醫師，」那名男子說，「我想告訴你，我看過那本關於你的書。」

「所以，有什麼感想嗎？」外科醫生板著臉孔問。

「我認為你是個偉大的人，一個真正的英雄。」那名餐廳員工回答。

「但我顯然像個混蛋。」外科醫生反駁。

「我能理解你為什麼得這樣，」員工說，「你不可能對所有病患都保持親切有禮，你的任務是挽救病患的生命。」

這正是我在書中想要表達的觀點，也是醫生試圖傳達的重點，因為他承認自己有時表現得就像個齷齪的混蛋。

這本書出版數個月後，我終於在沮喪的心情下跟另一位小兒科醫師約見面聊聊，這次的對話非常正面。我從未聽說過他對這本書的看法，免費贈書也給他了，他卻連聲「謝謝」都沒有，所以當我們終於面對面坐下時，我直接問他是不是討厭這本書。

他看著我，然後驚訝地搖搖頭說，「什麼意思？我愛這本書。」

「但我從來沒聽說你對書有任何感想。」我反駁。

他臉紅笑道：「你在書裡說了那麼多我的好話，一直呈現我最好

的一面，我太受寵若驚了，所以不知道該說什麼。」

（備註：正如我在〈創意非虛構寫作的糾察隊長〉所述，其實我在好幾個月前就與這位醫師見過面，協同他一起檢視書中使用的所有醫學、科學、服務或患者面向的資訊，但出於顯而易見的原因，我從來沒有在見面時分享我的個人觀點〔無論是負面或正面的〕，所以他可能不知道當時我對書中某些「個人看法」的篇幅有所保留，我告訴他的只有呈現事實或資料的內容。）

因為這類文字通常非常深入又個人化，所以沉浸式作品和回憶錄對作者來說，不必然總是幸福快樂的結局。我的書《觀賞球賽最佳位字，但你必須站著》當中，有多位裁判對我在書中描寫他們的方式非常不滿，因此四位裁判中有兩位簽署了宣誓書，表示我從未與他們一起參加巡迴賽事，他們認為這種沉浸式作品是一種詐欺行為。這兩位裁判中的其中一位，從大聯盟退役後開辦了一所營運有成的裁判學校，他還在大半夜打電話給我母親，跟她說她的兒子有多卑鄙無恥，即便我在書中鎖定的是他同事對他的種族歧視行為。第三位裁判則認為這本書是他隔年被開除的原因之一。

最終我們得到的教訓：身為創意非虛構寫作者（無論是回憶錄作家還是沉浸式作家），有時總是會遭受當事人的批評，我無法向你說：別往心裡去，因為無論我多努力對這些批評置之不理，這些恨意還是很傷人。但這是寫作的一部分，也是作家必須學會接受的負面情況。當然，對回憶錄作者來說情況通常更糟，因為寫回憶錄是在「玩火」，寫的是自己親友的生命歷程，你必須接受親友和自己都可能會引火上身的危險。

作者該參與故事情節嗎？

如果作者**也是**情節的一部分，那麼當然**要參與**。

回憶錄是自己的故事，所以作者當然是主角，但具有公共性概念或問題的故事通常未必與作者相關，或至少作者不會在當中扮演主要角色，這類故事的主角通常是其他人。但如果作者沉浸其中，可能也會成為故事的一部分，在這個狀況下故事少了你就無法推進了。因此，根據我的經驗，如果在某個作品中缺乏作者本人情節就無法進行，那麼作者就該把自己納入。

約翰・麥克菲於一九九四年出版《結合能量曲線：西奧多・B.泰勒令人敬畏和令人震驚的世界之旅》(*The Curve of Binding Energy: A Journey into the Awesome and Alarming World of Theodore B. Taylor*)，他經常吹噓在書裡超過六萬五千字的篇幅中，他都沒有使用「我」這個字來自稱，直到篇幅超過一半之後才出現。他表示，那是因為作者的角色開始與故事有關的緣故。

麥克菲對於在敘事中納入自身存在這方面的表現已非常老練，在他近期的作品中，他會不時將自己當成角色納入故事中，即使他的存在其實並沒有那麼重要，但他的一般性建議卻值得所有作者謹記。即便作者就在現場報告並觀察，如果作者沒有真正參與，只是以旁觀者的角色留在現場，那把作者寫成書中人物又有什麼意義？讀者當然知道作者在場，否則怎麼可能知道發生了什麼事？

如果這個作品不是回憶錄，那麼讀者可能不會因為是你寫的而購買這本書，或決定閱讀你的文章；通常是因為作品的主題引起他的興

趣，或者讀者被作者開場文字的力量所吸引。（如果真是這樣那就太好了。）所以請專注於寫作主題，因為想法或問題比作者本身的存在感更為重要。

記錄沉浸的過程

　　該如何記錄自己沉浸的過程？身為作者，你應該要有自己的一套系統和概念。

　　不久之前，大多數運用沉浸式技巧寫作的記者都不願使用錄音機。他們的不樂意其實是有正當理由，許多記者在某種程度上抗拒科技，認為年輕記者必須為了達成採訪目的，學著用鋼筆、鉛筆和那種老派記者在用的筆記本，以此記錄下沉浸的過程。

　　在一九八〇年代初期，美國國家藝術基金會為創意寫作獎學金獲獎者提供免費電腦，有許多作家拒絕了。科技讓他們害怕、覺得自己受到威脅，也會激怒他們，他們覺得為什麼非得要有新的方法，才能創作散文和詩？如果海明威和費茲傑羅用打字機也可以寫出傑作，那麼對其他作家來說打字機也夠用了。當然現在大多數作家都用電腦寫作，至少在寫作過程的某些階段皆會使用電腦。有些作家會用紙筆寫初稿，因為紙筆能讓他們慢慢書寫，能更仔細思考腦中想要表達的文字，之後再將手寫文字打到電腦中進行編輯和修改。

　　很長一段時間以來，約翰・麥克菲和蓋伊・塔雷斯這樣的老作家一直堅決反對磁帶錄音。十八年前，來自維吉尼亞州的作家麥可・皮爾森（Michael Pearson）為了《創意非虛構寫作》雜誌的創刊號，前往麥克菲生活和工作的普林斯頓採訪他。麥克菲開出的條件是，除非

皮爾森願意關掉錄音機改用手寫筆記，否則他拒絕接受採訪。自從那件事之後，麥克菲的態度軟化，自己有時也會使用錄音機來採訪並記下對方描述的故事，另外他也使用電腦寫作。當今的人更願意使用電子設備或成為電子設備記錄的對象，尤其是現在智慧型手機皆有攝影和錄音機功能，科技已成為生活中讓人熟悉的一部分。

　　主要的考量點是，作者不希望在沉浸的過程中做出任何會讓當事人警戒或緊張的行為。基於這個原因，塔雷斯和其他作家通常會盡量低調，在火柴盒和餐巾紙上偷偷寫下筆記，或者根本不做筆記，只盡可能記住自己能記住的所有內容，等到可以開溜之後，再寫下自己聽到的所有事。《紐約客》的文章作者亞歷克・威爾金森（Alec Wilkinson）很少在當事人面前記筆記，完成採訪或觀察後，他會盡快回到車上或者附近的咖啡廳，反正能找到什麼安靜的地方都好，然後再把聽到的事記錄在黃色便箋本上。「我幾乎可以記住所有細節。」他曾這樣告訴我。

　　我自己執行沉浸式寫作時，通常會記下關鍵詞來提醒自己，這樣之後才能看懂我想記住的細節，例如「約翰、瑞秋大吵。約翰咬到嘴唇。血。」這樣的記錄方式便足以讓故事栩栩如生。等我脫身又有時間的時候，我會找個安靜的地方拿出錄音機，看著關鍵詞提示，假裝自己是要告訴朋友那天發生的細節，然後一個筆記、一個筆記看下去。有時我會抄錄下我的自言自語，因為我比較喜歡用說故事的方式陳述，即使我只是在自言自語，或者從自言自語中打出筆記。

　　在沒有記筆記的情況下，我還能相信自己的記憶嗎？也許可以，也許不行，正確答案當然是盡量進行事實查核。正如我於前文所述，

我會經常讓書中的當事人聽我朗讀內容給他們聽，目的是確認我記住的是事實，也確認我們談話的重點。但還是要面對現實：作家都喜歡誇大其詞。有時作家真的會太過忘情，把我們希望發生的事當成我們實際聽見或看見的事。有時作者會故意放任自己誇大或加入不存在的細節，以防作品的連續性和氣勢中斷。但作者總得在某個時間點回頭審視自己寫下的內容，因為身為寫作者，必須深知自己的權力和限制在哪裡。我是不是才剛提醒過？

　　身為作者就必須記得：事實無可編造。

襯衫襯板和漂亮衣服

　　蓋伊・塔雷斯是新新聞主義的創始人之一，也是《榮耀汝父》（*Honor Thy Father*，一九七一年）等書的作者。他於一九六六年在《君子雜誌》上發表過一篇經典的人物側寫文章〈法蘭克・辛納屈感冒了〉。他是個相當古怪的人，經常穿著帥氣的義大利西裝，上頭飾有絲質領帶或領巾狀領帶。他總能蒐集到精確的細節並寫出結構特別有層次的場景，也因而是我們這個時代的偉大報導文學作家。

　　他不會把細節寫在記者常用的筆記本上；他從乾洗店回收小塊的襯衫襯板後，就在這些薄紙板上寫筆記。等到晚上回到飯店房間，他會將襯衫襯板放在桌子上，然後用手動打字機打出筆記，直到打下筆記中的每一個字之後才會睡覺。他在夜間與人碰面但不錄音，這些襯衫襯板上潦草寫下的文字漸漸化成一個又一個小場景，而正是這些用打字機完成的筆記 —— 這些建構出的敘事 —— 讓塔雷斯得以為故事的發展方向定調。

笨蛋，重點是故事

比爾‧柯林頓（Bill Clinton）於一九九二年競選總統時勝選希望
渺茫，因為他的對手是老布希（George H.W. Bush）。在當年冷戰時
期和波斯灣戰爭都結束之際，老布希具備豐富的外交政策經驗，沒有
人覺得他會敗選，老布希支持成功的國家聯盟，而聯盟也在海珊占據
伊拉克後擊敗了海珊。

但柯林頓的首席幕僚詹姆斯‧卡維爾（James Carville）卻有新點
子，還想出朗朗上口又直截了當的選戰口號。他在柯林頓競選總部周
圍的海報和便利貼上散布這些口號：「笨蛋，重點是經濟！」

口號的意思是：來自阿肯色州這個不太進步的州的這位無名氣州
長柯林頓，可以鎖定當下經濟衰退的事實和布希執政下經濟蕭條的問
題，來打贏選戰 —— 而布希對此無能為力。柯林頓鎖定經濟問題並
贏得選舉。正如卡維爾所說，經濟是美國民眾最關切的議題。

在二十年後的今天，我們的國家因另一位布希總統[1]興戰，陷入
更嚴重的經濟衰退。我寫下這本書時，我們才剛從經濟衰退中逐漸恢
復過來。但現在我要把柯林頓的勝選口號改編成一句送給你的口號，
好讓你能夠吸引讀者、讓讀者能欣賞你這位作家、讓編輯想出版你的
作品，也讓你寫出最好的創意非虛構作品。這個口號應該貼在你的寫

1　指小布希（George Walker Bush）總統，任內發動阿富汗戰爭並推翻塔利班政權，
　　以及發動伊拉克戰爭推翻海珊政權。

作空間附近，每次開始寫作或構思作品時，請在腦中不斷讓它迴響。創意非虛構作品成功的祕訣：「笨蛋，重點是故事！」

　　對創意非虛構寫作來說，故事代表一切。

湯瑪斯與琳達，以及故事的力量

　　我喜歡長跑，已經跑了三十五年。我住在匹茲堡時經常會從我家附近莎迪賽德一帶穿越匹茲堡的學區奧克蘭（學習大教堂的所在地），然後跑進申利公園。這是一座美麗的小公園，樹木繁茂的小徑長達五英里，可供人步行、跑步或騎單車。此地是一片安靜的休憩之所，能遠離城市的喧鬧、擁擠的學校和醫療中心。

　　我跑步時會一直想要跑到某條路線上的某個地點，所以我沿著路徑一路向下跑，右手邊是山坡間長滿灌木和樹木的礫石斜坡，左手邊有一條狹窄的小溪蜿蜒到底部的淺峽谷。斜坡的頂端是一處岔路，往右轉可以經過遊樂場離開公園，左轉則可以沿著與小溪平行的小徑走進峽谷。如果選擇左轉跑進峽谷，則必須行經一座由灰色大石製成的橋面，其中一塊石頭上刻著日期：一九三九年。富蘭克林・德拉諾・羅斯福總統（President Franklin Delano Roosevelt）的平民保育團在經濟大蕭條時期成立，目的是為失業者提供就業機會並擴大國家的基礎建設，而平民保育團正是在那一年建造並捐獻了這座橋。

　　我在這座石橋上刻有一九三九年字樣的大石塊附近，得知當年最好的朋友湯瑪斯和我的朋友兼同事琳達有染。

　　湯瑪斯和琳達都已婚（分別與另外的伴侶結婚），且這兩對夫妻是好朋友。三十多年前的某一天，湯瑪斯在那座橋上告訴我這個祕

密，沒過幾年湯瑪斯就離婚了，我們的友誼也逐漸淡去，琳達夫妻與我也逐漸疏遠。然後我離開了匹茲堡大學，搬到亞利桑那州立大學。我敢說過去二十年裡，我跟湯瑪斯見面的次數不超過六次，大多都是匆匆一瞥，我和他的對話也不會超過五分鐘。我見到琳達的次數較多，大多是微笑或點頭打個招呼，但我們很少能聊上幾句，但這也不足為奇。

所以為什麼每次我在申利公園慢跑，跑上那座與小溪平行的山坡時都會不禁想起他們兩人呢？為什麼每當我轉彎向下跑進峽谷，穿過那座刻有一九三九年字樣的橋時，彷彿都能聽見湯瑪斯向我坦誠他與琳達戀情的話音？為什麼我一看見他的臉，看見他臉上的假笑和羞愧，我都能記起他爆料時讓我不寒而慄的震驚呢？從他告訴我那一刻起，我對湯瑪斯的看法就變了，他已不如我想像中那樣可靠了。那為什麼我要浪費時間（有時只有幾秒鐘，有時可能是五到十分鐘）去回憶我與湯瑪斯及他家人共同的回憶，更別提還會想起他身兼作家與學者的出色表現？

這個反應即源於故事的力量，通常是由回憶裡的事件、照片或場景所引發；故事通常不會消逝在過去，最有影響力的故事不會被時間根除。事實上，隨著時間流逝，故事會變得更加強大生動，這就是為什麼在事件發生多年後，回憶錄作家仍然可以在事後重現這麼多震撼人心的記憶，因為故事或敘事就是創意非虛構作品的骨幹。

故事背後的故事

多年來，研究人員已證實了故事在發揮影響力和傳達事實這些方

面的關鍵重要性。為 Wired.com 撰稿的法蘭克‧羅斯（Frank Rose）曾探討一九四四年進行的一項研究，該研究涉及三十四名麻薩諸塞州的大學生。實驗人員讓他們觀看一部短片，影片中有兩個三角形，其中一個小、一個大；有個圓形在二度平面上移動；螢幕上也出現一個長方形，但長方形不會移動。實驗方會要求實驗對象描述影片內容。

三十四名學生中有三十三人編造出一套詳盡的敘事來解釋螢幕上的動態畫面。這些大學生把三角形想像成兩個人在打架；他們將圓圈詮釋為有個女人試圖從大的三角形身邊逃走，而三角形代表了霸凌和恐嚇者。許多參與者認為圓圈和小三角形代表「無辜的年輕生命」，而大三角形則「被憤怒和沮喪蒙蔽了雙眼」。幾乎所有學生都在影片中看出某種有人物角色的故事，只有一名實驗對象準確描述了這支影片的原本樣貌：只不過是幾個幾何形狀在平面上移動。

這個實驗透露出，人類有把生活各個面向詮釋成故事的傾向。我們會權衡人物和情況，想像多種有矛盾的替代結局，並在理解、連結世界的過程中再現多種場景。故事的力量能協助個體連結、理解更大且複雜無比的世界。

近期的調查證實了這項研究，也將其加以延伸。西北大學心理學教授、也是《救贖的自我》（ *The Redemptive Self* ，二〇〇五年）一書作者丹‧P.麥克亞當斯（Dan P. McAdams）進行了多項研究和實驗，並針對故事的力量提出三項重要觀點：

- 如果自己也是故事的一部分，人便能把事實記得更久也更完整。這對於創意非虛構寫作者來說尤其重要，因為他們的目

標是用最吸引人也最令人難忘的方式傳達資訊。

- 如果能將資訊和想法以故事的形式呈現，便能用更快速有效的方式說服他人。請記住，創意非虛構寫作不一定平衡客觀，因為大多數的創意非虛構寫作者都有自己的目的，也都想要證明一些事。

- 當我問及別人的人生故事，對方通常會將特定事件獨立出來重述，例如「我高中化學不及格的那天」、「我罹患癌症的那一年」或者「我父母在離婚期間爭產」之類的事件。就像回憶錄或小說中的章節一樣，這些情況會導致創傷經歷，也會讓他們得到人生教訓。麥克亞當斯指出，他的採訪對象通常會非常詳細描述他們人生故事中的幾個關鍵場景，並加入一連串人物、懸疑感和出乎意料的轉折點。他的結論是，人們會利用這些故事來決定自己要與誰結婚、是否選擇某個工作，也會用來判斷其他重要的人生決定。這些決定都取決於記憶和他們對場景的生動重現。

場景是創意非虛構寫作的基礎，也是固定的要素。

笨蛋，重點是資訊！

正如我所說，創意非虛構寫作的一般性原則，是允許並鼓勵作者使用小說家的技巧來對讀者傳達事實和想法。我們也可稱之為「資訊傳遞」或「教導元素」。我們透過故事來教導／教育／告知我們的讀者，這正是電視製作人尼爾・貝爾（Neal Baer）在熱門影集《法網遊龍：特案組》（*Law and Order Special Victims Unit*）中嘗試做的事。

貝爾是一名受過訓練的兒科醫生，他經常在《法網遊龍：特案組》的集數中納入醫療問題相關的重要訊息，他曾製作的一集內容有關於HPV（人類乳突病毒）感染的故事情節，其中談到感染人類乳突病毒是罹患子宮頸癌的主要原因。為了判斷故事中訊息的有效性，貝爾與凱薩醫療機構（管理式醫療護理集團）合作，在影集播出前後對觀眾進行抽樣調查，受試者又在一週和六週後接受了兩次採訪，結果令人驚喜。

一週後有近三倍的觀眾可以定義出人類乳突病毒的意思，並解釋這種病毒與子宮頸癌的關係。六週後數字下降了，這點並不意外，但與觀看影集前相比，許多人仍對人類乳突病毒有了更多了解。

我們即將進入本書的第二部「寫完修改，再寫再修改：該如何進行」。請繼續將筆放在紙上，手指放在鍵盤上，開始寫、改寫後再修改，你會發現創意非虛構寫作乃風格和內容的融合產物，無論作者寫的是回憶錄還是沉浸式寫作，或者兩者兼而有之。請記住比爾・柯林

頓這隻黑馬 —— 他單靠鎖定經濟議題贏得了總統大位。你也可以靠聰明寫作和寫下故事來獲得成功，這是事實。

練習八

行文至此，我希望你已經開始著手兩項寫作計畫，第一項是回憶錄／個人散文 —— 希望你已經有能力生動描述發生在自己或朋友身上的事，要能透過加入研究或引發討論來處理該事件，並據此擴展主題。第二項寫作計畫應該更具公共性，其中的想法要著重於內容而非風格，但同時也要結合你自己或他人的故事。

現在請反思前面幾頁討論到的所有內容，並在繼續閱讀之前針對手上進行的兩項寫作計畫再改寫一次或數次。改寫愈多次，你的能力會隨之增強，也會愈有市場。請記住，寫作是某種漫長過程的一部分，可能很超然、很熱情、很刺激；有時既痛苦又乏味，但這並不是特殊而單一的情況。

最後的溫馨提醒

每天早上九點到十二點間，我會去房間拿一張紙，很多時候我只是坐在原地，腦中一片空白。但我只知道一件事，如果有任何想法在九點到十二點間出現，我已經準備好了。

—— 芙蘭納莉・歐康納（Flannery O'Connor）[1]

---

1 美國女性作家，經常以南方哥德式風格寫作，也反映了自己的羅馬天主教信仰，並經常探討道德和倫理問題，其代表作有《好人難遇》、《智慧之血》。

第二部

寫完修改，再寫再修改：
該如何進行

第二部簡介

　　第二部的標題不是打錯字或是編輯有所疏忽才長這樣，如此下標是要明確表達我想傳達的訊息。最初我打算將本書分為三部，把最後兩部分為「寫作」和「修改」，但我愈是繞這種結構轉，這件事情就愈是沒有意義，因為寫作和修改無法分割或分開。即便我現在正在寫下這些文字，我也會同步進行修改。這篇引言我已經寫了三次，天知道我還會寫多少次（或改寫多少次），反正寫到滿意為止。哪怕我今天認為或假設這些文字已經令人滿意了，明天也可能改變主意，然後還可能在接下來幾週內又一次次改寫。

　　不時會有人問我，作家每天都在做什麼？我曾這樣回答：「你覺得呢？當然是在寫作！」但這陣子我的回答不同了，我會說：「我們都在改寫！」

　　幾乎所有人都有坐下來寫點東西的能力，不過只會寫一遍。然而真正的作家 —— 堅定又有潛力的成功作家 —— 會寫了又改，再寫再改，修改到每個文字都令他滿意為止。

　　第二部所有章節中的文章、練習和技巧介紹，都是為解釋寫作和修改用的，而寫作和修改對我來說其實是同一件事。

如何閱讀

本書中的練習旨在幫助你開始寫作。無論是寫個人散文／回憶錄、公共性或大想法／重大議題的文章，又或者兩者兼而有之，我希望你持續把這些練習當成準則，並維持定期寫作的習慣。如果你仍在觀望而不去身體力行，也許是時候下定決心了。或者也許你想繼續多閱讀一段時間，然後再好好構思，那也沒關係。許多寫作和改寫的行動都是由思考開始，我們不可能隨時準備好在同一時間框架內進入寫作狀態，或開始敲鍵盤打字。所以別擔心，只要持續閱讀並思考，直到你準備好要開始寫作或改寫。無論你選擇哪一種方式，第二部都會有所幫助，這個部分的內容要告訴你更多關於寫作生活和寫作行為的資訊，同時讓你把焦點集中在修改的重要性上。

同時你也有很多閱讀的工作要做，比本書第一部多了許多。行文至此，我們已經閱讀了許多作家作品的節選和摘錄，但第二部有六篇文章是全文列出。我選擇這些文章用意是介紹並示範寫作結構和技巧；如果讀者想要寫出好的作品，這些都是成功、有效的範例，其中某些作品廣為人知，例如芮貝卡・史克魯特關於海莉耶塔・拉克斯細胞的暢銷書、蓋伊・塔雷斯對法蘭克・辛納屈的經典描寫，以及蘿倫・史雷特的回憶錄。同時也有一些新興作家的作品，例如伊芙・約瑟夫，她過去曾擔任臨終關懷顧問，這個背景讓她寫出了本書後文所收錄的該篇抒情文。

這裡的閱讀量看似很大，但我的立意良善——我們將解構每一個作品，從整體結構到最基本的技藝和技巧。我們要讓讀者理解並欣賞創意非虛構寫作的核心和靈魂。

閱讀能幫助你成為更好的作家，閱讀的重要性再怎麼強調都不為過。想知道自己的寫作計畫是否會成功，你必須先知道如何閱讀自己的作品。閱讀是評估自己作品最重要也是最好的方式，要知道何時該評估自己的作品、自己的作品是否成功，還有何時需要進行修改。

關於閱讀，作家必須學習兩件事：如何以讀者的角度閱讀、如何以作家的角度閱讀。由這兩種觀點來閱讀，其過程和結果都不相同，我會在後文加以解釋。

從讀者的角度閱讀

我們為什麼要寫作？因為我們希望傳達資訊、與讀者建立連結、提出觀點、改變生活。對作家而言，最糟糕的結果是寫了一本或一篇沒人看、或無法帶來影響力的書或文章。影響力是正面還是負面其實並不重要（當然作者都想要讚美）；重要的是，你已經與自己的文章和想法建立了連結，並激發出一些能量。

所以身為作者必須愛、尊重並理解你的讀者，也需要思考他們的身分。如果你正為《科學人》（*Scientific American*）、《君子雜誌》的讀者，或者CNN的觀眾寫作，可能就需要以截然不同的方式吸引這些受眾，不僅要從內容，還要透過風格來調整。以下是你要做的事：

在你完成一篇論說文或文章、一個章節或一本書的初稿後，把自己置身讀者的位置來思考，想像一下你在讀者身後閒晃，然後越過他

或她的肩頭看這本書。假裝自己是《星際迷航記》（*Star Trek*）裡的史巴克先生正在做「心靈融合」，這樣你就能與讀者暫時合而為一了。

　　從讀者的角度閱讀你所寫的內容，然後決定內容是否適合**他們**，而不是只想到自己。你是否寫過一些讀者無法理解，或者在道德立場上令人反感的內容？故事會很難懂嗎？讀者可以想像裡頭的人物嗎？讀者可以對人物同情共感嗎？這篇文章對讀者傳達的要點為何？

　　如果從讀者的角度閱讀並非一種順暢、正面的體驗；如果無法喚起你所期待的情緒和／或傳達你認定非常重要的概念，那麼你應該注意到危險信號，這是用來警告自己內容不太對勁的信號。一旦你擔心讀者可能會無法對內容產生連結，就請停下來，也試著確認該如何解決問題。這樣你的下一位讀者才不會同樣感到生氣或沮喪，這些修改的步驟可能至關重要。

練習九

　　想像一個讀者，並且站在對方的角度閱讀可能非常困難。保持客觀並不容易，畢竟你對自己寫下的文字和提出的想法執念很深，所以很難做到自我批評。有個辦法可以拉開你與文章在情感上的距離，並嘗試透過讀者的眼光來欣賞文章，那便是大聲朗讀作品，再用錄音機錄音，假裝有人要求你在某個地方的書店朗讀作品。請朗誦你手上正在寫的文章，然後坐下來倒杯咖啡，聽聽自己寫下的那些文字。哪些內容能夠引起共鳴？

哪些不能？

　　這也可以訓練你用戲劇化的技巧朗讀作品，過去只有詩人和小說家會在書店和大學講堂裡朗讀，如今創意非虛構寫作者也是朗讀會和演講會的常客了。

我記得媽媽

　　《我記得媽媽》是一齣一九五〇年代黑白電視節目的名稱，由當時的知名女演員佩吉・伍德（Peggy Woods）主演。但這裡所說的「媽媽」也是作家喬爾・加羅（Joel Garreau）所有書籍和文章理論上的目標讀者。加羅身為暢銷書《激進的進化，增強我們的思想和身體的承諾和危險，以及對人類的意義》（*Radical Evolution, the Promise and Peril of Enhancing Our Minds and Bodies and What It Means to be Human*，二〇〇五年）的作者，他同時也撰寫並編輯《華盛頓郵報》的「觀點」版面。他在亞利桑那州立大學近期一次演講中曾解釋，無論書的主題有多複雜深奧，他總會用自己的母親來代表目標受眾，以下引用他的話來解釋：

　　　好吧，讓我解釋一下我母親是什麼意思。對我來說，我母親是一個代碼，用來代表所有聰明、會感興趣，但不了解我筆下主題的人。若我寫了一個關於男孩和男孩的玩具的故

事，這個人不會有耐心看。因為他們關心的是人類、家人、朋友，還有關心自己是誰、自己是怎麼變成這樣、自己要前往何方，以及自己的行為方式。

換句話說，這些人關心文化和價值觀，無論他們是否自覺到這一點。因為他們能識別並生活在這些文化和價值觀中，而這就是為什麼我想要說的是一些關於「人」的故事。我發現如果這樣做，如果能探討人這個主題，你就可以悄悄置入其他有益但未必有趣的內容，這就是我們在「觀點」版面中稱為 DBI（Dull But Important，沉悶卻重要）的東西。

作者一定要努力拖著讀者進入這些沉悶卻重要的內容，還必須在過程中給讀者一些有趣的獎賞。給獎賞的時候必須用規律的節奏進行，像是寫入一則趣聞、一則笑話、一段描述、一個活靈活現的角色。你必須保持節奏和動力，否則就會失去讀者的注意力。

我曾經有個很棒的編輯黛博拉·赫德，她從來沒有真的改動過我任何的文字。一旦她發現自己看著看著開始神遊，她唯一的動作是在頁面旁邊畫出一條線，這真是太高招了。

這完全切中我的需要，我的意思是，我顯然認為自己寫的所有文章都是純正的散文。你知道的，否則我不會交出去給她。但她還是要告訴我哪裡做錯了，方法是直接讓我看她在哪裡分心了，真是個了不起的編輯。順帶一提，既然提到「直接讓我看」這件事——這很重要——如果可以「呈現」給讀者看，那就永遠別用「描述」的。

所以喬爾・加羅是透過他母親和他的編輯的角度閱讀。

從作家的角度閱讀

當你用讀者（或你母親）的角度閱讀完作品後，你可繼續學習以第二種重要方式來閱讀自己的作品：從作家的角度閱讀。這是一種截然不同的體驗。

作者在修改或編輯時傾向於推敲文字，這些年來我參加過數百個工作坊，聽人們相互稱讚（和批評）：**這句話寫得太好了！這比喻也太巧妙了！這畫面多麼令人回味無窮！**

我們都喜歡意見回饋，但這樣的反應可能太過草率，作家在打磨措辭和句子之前，必須反覆斟酌一篇文章的形式和結構。所以我們再進行一次心靈融合吧，研究一下以創意非虛構這種文體寫成文章、章節或書籍時的整體架構。

建築師檢視橋樑和建築物時，首先會以行人的方式來觀察，這就像以讀者的角度閱讀，像是透過消費者或行人的眼睛審視自己的作品。但建築師也會在另一個層次上檢視結構，例如描繪一座橋的藍圖、設計，還有各部分組合在一起的方式。

作家以創意非虛構這種文體寫成散文、章節或書籍時，也會用類似的方式檢視內容的許多部分，並尋找能讓作品結構充實的各種元素。

編輯工作分好幾個階段進行，但一開始的步驟不太可能就針對散文、句子或單字，你可以一行接著一行寫出華麗又令人振奮的文章，

但如果整體不吸引人，讀者可能也沒機會欣賞作者的語言天賦。

　　所以首先請思考作品的藍圖、結構和形式，你會發現文字、畫面和想法會在你重塑作品結構的同時隨之改變，所以在修改過程的早期階段處理這些部分意義不大。

　　作者是雕塑文字的藝術家，有了寫作計畫的雛形之後，再開始考量句構、措辭和文章中的諸多具體細節。

構成要素

在練習一中，我要求你以電影化和描述性筆法寫下一個場景，用意是重現體驗和發生過的事情和事件，也就是寫一個小故事。就像我在聖愛德華大學經歷的事件一樣：那個女人（那位創意非虛構寫作的糾察隊長）配戴著警察徽章、光著腳跳起來，把我和觀眾群中其他人都嚇了一大跳。或者你還記得繩索測試嗎？我的新訓勝利事件，以及我從這個事件中學到了什麼？本書到此為止的練習大多仰賴場景。

場景是一個起點，讓作者能客觀呈現與這些場景或小故事相關且重要的概念和資訊。再怎麼強調創意非虛構作品中場景的重要性都不為過，因為有了這些場景，作者才能介紹並教育讀者相關的主題。

場景是創意非虛構作品的構成要素，是寫作的基礎，也是固定的元素。我也是如此告訴那些想寫作但缺乏寫作經驗的人，而我對寫作課上的研究生和博士生會說同樣的話。靠場景來寫作會是你從本書中學到最重要的一課。

將場景當成構成要素是容易理解的概念，但付諸實踐卻不容易。故事或場景不僅必須有事實根據和真實性（因為事實無可編造！），且正如我所言，場景必須表明觀點或者傳達資訊，必須符合文章、章節或書籍的整體結構。這通常是一項艱鉅的任務，但卻不可或缺。

靠場景寫作代表「呈現」和「描述」之間的區別。懶惰又缺乏靈感的作家會對讀者直接**描述**出某個主題、地點或性格，但創意非虛構

寫作者會以生動又令人難忘的方式**呈現**出主題、地點或性格，也就是依情節寫作、依場景寫作。

標黃色（或凸顯）測驗

我主持創意非虛構講座或研討會時，總會發給大家一些創意非虛構類的讀物，例如在本書中列出的那些作品，然後要求參加者做一些非常重要的事，我稱之為「標黃色測驗」。

以下為測驗方法：

請拿一枝黃色螢光筆，然後翻閱你最喜歡的雜誌，例如《浮華世界》、《君子雜誌》、《紐約客》、《創意非虛構寫作》，或者回頭選一些你最喜歡的書和作者，例如我在本書中提到的作家，如：塔雷斯、迪勒、海明威，別忘了還有詹姆斯‧鮑德溫、喬治‧歐威爾、楚門‧卡波特、蘇珊‧歐琳。所有備受尊崇的大作家都能通過這項測驗。

然後我會告訴我的學生：「請用黃色螢光筆畫出場景文字，只畫出場景就好，大小場景皆可。從頭到尾一一畫出來，然後回到文章開頭並檢視畫起來的地方。你選擇的每篇文章、章節或書籍摘文中，不論選的是哪一部分，很可能都會有百分之五十到七十全是黃色色塊。我告訴我的學生：「螢光黃會向你散發耀眼的光芒！」

為何如此？因為創意非虛構作品的構成要素即是許多小場景或故事，最好也最成功的作品都是這樣建構出來的。我在標黃色測驗練習結束時，會對大家說：「瞧那黃澄澄的一片！」這樣子就很令人難忘，又有記憶點。

　　話雖如此，如果你往前翻個幾頁，便會注意到這本書中沒有黃色，也沒有紅色、綠色或藍色，一點顏色都沒有。出版社告訴我，沒有預算多印一種顏色 —— 印刷第二種顏色會導致這本書賺不了錢。我們針對替代選項討論了好幾星期，在嘗試過替代方案之後，決定使用下底線標記，所以現在也只好接受在本書中以下底線代表黃色。

　　我的編輯建議我：「請你用『凸顯』這個字，『凸顯（highlight）』這個字也可以讓讀者聯想到黃色或其他任何能引導讀者留意場景的顏色或方法，包括下底線。」

　　好吧，凸顯就凸顯。但請理解，從這裡開始，我會使用「凸顯」這個詞，但我真正的意思其實是黃色 —— 或者任何其他顏色。只要是可以幫助你理解場景的設計、樣態和重要性的顏色都好。

　　所以在你寫完文章、章節或書籍的初稿後，請先進行……凸顯測驗。如果在自己的文章中無法看見大片凸顯後的顏色，那就表示其中缺乏大量場景。這不代表對或錯，只是警告你應該更仔細檢查自己的作品，而且需要確認一下作品無法通過測驗的原因。也許你有很好的理由，也或者你必須回到「繪圖板」階段，並重新構思這件作品，思考作品的構成要素在哪裡？

　　不用擔心，所有作家都會經歷這些。沒有什麼作品是完美的，但作者必須努力提升自己寫下的每一份初稿，因為修改永遠是創作過程的一部分，無論你用的是什麼顏色或方法。

知名又難忘的場景

　　你寫的場景可能不像下面摘錄的文章段落那麼強大或直接了當，但這是身為創意非虛構寫作者應努力與之看齊的理想範例。這個場景出自我前文曾提及的一篇經典人物側寫：蓋伊・塔雷斯於一九六六年在《君子雜誌》上發表的〈法蘭克・辛納屈感冒了〉。不久前，為了慶祝雜誌成立七十週年，《君子雜誌》的編輯決定重刊《君子雜誌》自創立以來刊登過最好的故事，而該份榮譽就頒給〈法蘭克・辛納屈感冒了〉。

　　這篇人物側寫的篇幅很長，下列場景發生在篇幅的前三分之一處（整篇文章約有兩萬兩千字，已達一般書籍篇幅的三分之一）。這篇人物側寫是這樣開始的：辛納屈在一家私人俱樂部，當時的他身體不太舒服。作者據此寫出辛納屈給人第一印象的描述：

　　　法蘭克・辛納屈一手端著波本威士忌，另一隻手拿著一根香煙，站在酒吧內黑暗的角落，他身旁有兩個迷人但醉醺醺的金髮女子。她們坐著，好像在等待他說些什麼，但他卻一語不發；那一晚他大部分的時間都保持沉默，這讓置身於比佛利山莊這家私人俱樂部的他似乎顯得更加遙不可及。他的雙眼透過煙霧和半昏暗的光線凝視酒吧後方的一個大房間，那裡有幾十對年輕情侶沿著小圓桌依偎坐著，又或者隨

著從立體聲音響中傳出的喧鬧民謠搖滾音樂，在地板中央旋轉起舞。兩位金髮女子和站在他身邊的四位男性友人心裡都清楚，辛納屈正處於這種緊繃沉默的情緒中，那就絕不可逼他說話。十一月的第一週他的這種情緒不算少見，而再一個月，他的五十歲生日就要到了。

這段第一印象描述的文字接著又解釋了辛納屈的心情為何如此糟糕。除了五十歲生日迫在眉睫令他害怕之外，他目前正在主演一部自己不甚喜歡、迫不及待想快快拍完的電影；他惹來許多負面報導上身，原因是他與二十歲的女演員米亞・法羅（Mia Farrow）交往，而她今晚無法與他見面；一部CBS電視紀錄片即將播出，內容描述了他的一生，這也讓他非常憂慮，他擔心節目會披露他疑似與黑手黨有所牽扯；他擔心很快要開錄的NBC電視特別節目會要求他唱十八首歌，「這正是問題的癥結所在」，因為他的嗓子不太對勁，聽起來虛弱、沙啞又飄忽不定。塔雷斯寫說，這是因為「他患了一種常見的疾病，這種病太常見，所以大多數人都認為沒什麼大不了，但是當它發生在辛納屈身上，就會讓他身陷極度痛苦、深深的沮喪、恐慌，甚至憤怒的狀態中。法蘭克・辛納屈感冒了。」

塔雷斯後續更詳細解釋了為什麼辛納屈情緒如此低落，並讓讀者的焦點集中在這位大明星和兩位金髮女伴的描述上。請注意，塔雷斯在動作發生的前後脈絡中描述了辛納屈，這裡本身就是一個小場景。

　　兩名金髮女子年約三十多歲，全身經過精心打扮，緊身

的深色西裝很柔軟，也貼合著她們成熟的體態。兩人翹腳坐在高腳凳上聽著音樂。其中一人拿出箭牌香菸，辛納屈迅速掏出金色打火機放在煙下，她握住他的手，看著他的手指：辛納屈的手指多節而粗糙，突出的小指因關節炎而僵硬，幾乎無法彎曲。

最終辛納屈的兩名金髮女伴無法緩解他的沮喪和無聊。他無所適從，所以決定前往俱樂部的撞球間。接下來的場景沒有事先設計好，完全是自然而然發生的，塔雷斯將這個場景記在筆記本上。

現在辛納屈對兩名金髮女子說了幾句話，然後從吧台轉身，開始朝撞球間走去。其中一位辛納屈的男性友人接替他的位置，代替他陪伴這兩個女孩。一直站在角落和其他人交談的布萊德・德克斯特（Brad Dexter）[1] 則尾隨辛納屈。

房間內撞球的聲音劈啪作響，空間內約有十幾名旁觀者，多數是年輕人，他們正在看里歐・德羅許爾（Leo Durocher）[2] 跟另外兩個躍躍欲試的妓女打撞球，而這兩人的球技不太好。這家私人飲酒俱樂部的會員包含許多演員、導演、作家、模特兒，他們幾乎都比辛納屈和德羅許爾年輕許多，夜間的穿著也更加隨意。許多年輕女性長髮披散在肩下，穿著緊身高腰褲搭配非常昂貴的毛衣，還有幾名年輕人

---

1 美國演員兼電影製片人。
2 美國職棒大聯盟的游擊手及總教練。

穿著或藍或綠的高領天鵝絨襯衫和緊身褲，腳踩義大利樂福鞋。

從辛納屈在撞球間裡看這些人的眼神，明顯看得出他們的風格不合他的意，但他倚著靠牆的高凳，右手端著酒一言不發，只是看著德羅許爾前後猛擊撞球。房裡的年輕人已經很習慣在這家俱樂部見到辛納屈，對他沒有絲毫尊重之意，儘管他們並沒有說出任何冒犯他的話。他們是一群很酷的年輕人，身上帶有一種很加州、很隨意的酷勁，其中最酷的一個似乎是一個小個子。他的動作很快，輪廓分明，長了一雙淡藍色的眼睛、一頭金髮，並戴著一副方框眼鏡。他穿了一條棕色燈芯絨休閒褲，搭配綠色毛茸的謝得蘭毛衣和棕褐色鹿皮夾克，以及近期用六十美元買下的狩獵靴。

法蘭克・辛納屈靠在凳子上，因為感冒而吸了幾下鼻子，他的視線無法從那雙狩獵靴上移開。他一度盯著靴子不放，然後他挪開視線，但現在又聚焦在靴子上。這雙靴子的主人名叫哈蘭・艾里森（Harlan Ellison），他正站在觀看這場撞球比賽，身為作家的他剛完成電影《奧斯卡》（The Oscar）的劇本。

辛納屈終於忍不住了。

「嘿，」他用略為粗啞的聲音喊道，但聲線中仍帶有柔性卻鋒利的感覺，「那雙是義大利靴嗎？」

「不是，」艾里森說。

「西班牙的？」

「不是。」

「是英國靴嗎？」

「聽著，老兄，我不知道。」艾里森回擊，皺著眉頭看著辛納屈，然後又轉身離開。

撞球間裡突然陷入安靜，里歐・德羅許爾已經在球桿後就擊球姿勢，彎身的角度很低，卻在那個位置凍結了一秒鐘。沒人敢動。然後辛納屈從凳子上移動身軀，用那種緩慢、傲慢又大搖大擺的方式走向艾里森，空氣中唯一的聲音是辛納屈鞋子在地板上有力的敲擊聲。辛納屈微微揚起眉毛低頭看艾里森，帶著一抹狡點的微笑問道：「你想惹麻煩嗎？」

哈蘭・艾里森往旁邊挪開一步。「聽著，你找我說話有什麼特別的理由嗎？」

「我不喜歡你的穿著方式．」辛納屈說。

「我沒有想惹怒你的意思，」艾里森說，「但我的穿著很合我意。」

現在空間裡出現一陣騷動，有人說：「好了，哈蘭，我們走吧。」里歐・德羅許爾擊出球後說：「對啊，走吧。」

但艾里森堅不退讓。

辛納屈說，「你是做什麼的？」

「我是水管工。」艾里森說。

「不，不是，他才不是，」桌子對面有另一個年輕人連忙大喊，「他寫了《奧斯卡》的電影劇本。」

「噢，是喔，」辛納屆說，「嗯，我看過了，那是部爛片。」

「這就怪了，」艾里森說，「電影根本還沒上映。」

「嗯，反正我看過了，」辛納屆重複道，「那是部爛片。」

現在布萊德・德克斯特非常緊張，這個大塊頭對著艾里森的小小身影說，「好了，小子，我不希望你留在這裡。」

「嘿，」辛納屆打斷德克斯特，「你沒看到我在跟這個人說話嗎？」

德克斯特顯得很困惑。然後辛納屆整個人的態度丕變，說話的聲音又軟化下來，他用幾乎像是懇求的語氣對艾里森說，「你為什麼非要這樣折磨我？」

整個場面變得荒謬起來，辛納屆的挑釁似乎並非有多認真，也許只是出於無聊或者內心絕望的一種反應。無論如何，經過幾次唇槍舌劍，哈蘭・艾里森離開了這個空間。到了此刻，辛納屆和艾里森交惡的消息已經傳到舞池，有人去找俱樂部的經理，但據說經理聽聞此事早就迅速從大門逃之夭夭，他跳上車開車回家了，於是副經理走進了撞球間。

「我不希望有人不穿大衣、不打領帶就進來這裡。」辛納屆厲聲說。

副經理點點頭，走回自己的辦公室。

這場生動的對峙場面不僅刺激，而且還是由情節所驅動，也讓讀

者認識了他們應該要認識的辛納屈 —— 尤其是他只因稀鬆平常的感冒就情緒低落這樣的事。誠如那句老話：「一畫勝千言」，端出一個好的現實生活場景，可以向讀者呈現出作家無法透過直接描述來說明的性格和個性面向。建構出場景後使情節充滿懸念，讀者自然會猜測辛納屈、他的對手哈蘭・艾里森和許多旁觀者會說出什麼話或做出什麼事，然後使情況變得更尷尬，或者更糟！

凸顯還是不凸顯：那是個問題

▼

　　如果創意非虛構寫作的構成要素是場景或小故事；如果想要確定自己是否符合「靠場景來寫作」這項條件，有個好方法是做一次凸顯測驗。那麼現在我們就來練習檢查場景中的元素，這樣你才知道該用螢光筆凸顯什麼內容。

總有事件發生

　　首先，場景必須包含情節，所以要有事件發生。在辛納屈和艾里森的對峙場面中確實有事件發生。現在，我們來思考一下我的回憶錄作品《與山姆一起運貨》中的兩個場景。當時是七月初，我騎著摩托車和朋友伯特一起遊覽黃石國家公園，這是美好的一天，至少一開始很美好，充沛的陽光下吹來涼爽的微風。我們穿越公園時目睹了熱氣騰騰的間歇泉、熊和鹿，但之後天氣突然轉變，氣溫愈來愈低。接著還開始下雪，我們知道自己麻煩大了，有事件要發生了：

　　　　我騎在前頭，雪愈來愈深，路況愈來愈危險，但隨著我們從山上蜿蜒而下，我也騎得愈來愈快。我注視著前方的道路，前輪胎在雪白的粉末中劃出一道狹窄的黑線，就像蠟筆畫在棉花上，此景此情令我神往。雪愈下愈大，我沿著高速公路騎得也愈來愈快。我的安全帽面罩上結了一層雪，我用

一隻手騎車，一邊用另一隻手抹掉面罩上的雪，就像汽車擋風玻璃上的雨刷一樣推開積雪，想要看清前方的路，因為看得見路才能騎得更快。我騎在中線上，鑽到前面的汽車和對向車道朝我駛來的汽車之間，伯特則騎在後方某處，雖然從後照鏡上凍結的冰中，他的身影已經看不清。

我們半途在一間路邊公廁停車，這座舊棚屋在積雪的重壓下凹陷。伯特的車停在我旁邊，但我們沒有說話，我們沿著通往舊棚屋的道路走下山坡，然後走進室內，脫下襯衫並擰乾。我們抽著煙，吸進公廁的臭味，在小屋冰冷的角落裡發抖，笑得像瘋子一樣。後來我們下坡騎到提頓，此時雪化為雨，道路漆黑而閃亮，從山上盤旋而下。我們忘了要小心騎車，只想從寒冷中逃離，想要尋找陽光。此時傾身駛過半圓形彎道時伯特突然失控，迎頭撞上一座岩石山丘的一側。

我聽見伯特車輛上的金屬在柏油路上刮擦，從後照鏡中我看見機車，伯特騎在車輛的側邊並沿著柏油路射出一道金色的火花，然後直接撞上緊鄰山丘的石牆。我拋下自己的車，在機車接觸地面之前我想奔跑，但機車卻絆倒了我，我摔倒了，我跟蹌爬起又再摔倒。我用手指抓扒地面才把腿拔出來，伯特人夾在岩石和他的車輛之間，鮮血直流。道路撕裂了他的雨衣和雨衣下穿的 Levi's 牛仔褲，也削去他的皮膚，他渾身是泥，一隻腿的肉上還黏著灰燼。

請思考一下這個情景，黃石地區正在下雪，我們騎著機車，顯然

在這段經歷當中，我們身上的衣著並不適當，我們會發生什麼事？這個故事中有兩個較小的場景或事件：我們在公廁裡邊抽煙邊發抖，然後伯特發生事故。這段故事中有情節和少許懸念，如果讀者關心這些人物，就會繼續閱讀下去，如此才能了解他們發生了什麼事。下一個場景中，我與我母親在Radio Shack的店裡，某個事件發生了，且事件非常複雜；在這個場景中你可以數出一個以上的場面：

　　不久前，我帶媽媽去家裡附近的Radio Shack，她想買新手機並更換系統業者，我們打算從本來的系統業者轉到競爭業者底下，交易進行中時我母親一個人在收銀台用現金購買一顆九伏特電池，電池要用來裝在她的煙霧報警器上。我沒在注意她，山姆也沒有，他正在找自己想買的電池，店裡擠滿像山姆這樣到處逛逛的顧客，他們都在找一些小裝置、閱讀產品說明和對店員提問。我的思緒亂飄，想知道為什麼山姆長期以來對電池如此著迷，為什麼要一直比較和討論一次性裝置和可充電裝置的不同。突然間我聽到我母親的聲音，我一看她，發現她搖著手指正在大喊，「你偷了我的錢！你要退我錢！」

　　她的怒火和手指都指向一位Radio Shack的店員，他是個年約二十出頭，身材圓滾滾又娃娃臉的年輕人，名叫迦勒。他站在收銀台後方，手裡拿著一張五美金的紙鈔。迦勒是新人，從他處理手機交易緩慢又公式化的動作看來，他還在接受新進人員訓練。現在他站在在收銀台前，我母親的爆怒似

乎讓他措手不及。「這是你付給我的紙鈔，」他一邊說一邊像揮舞手帕那樣揮著紙鈔，「我找你九十八分的零錢。」他指著櫃檯上的錢，那顆電池的售價是四元兩美分。

「但我是給你十美元的鈔票，」我母親說，「那五美元是你要找我的，不是我給你的，你可以留著零錢。」她把硬幣推向櫃檯對面的迦勒，「但我想要回我的現金。」

我母親已經八十九歲了，有些人可能會說這是個奇蹟，她身體健康，口齒清晰，雖然重聽又記性不好，但基本上可以自己照顧自己，她一人獨居在我們老家，老家其實是她父親的房子，我外公去世後她便與我父親同住。而且只要天氣和煦，她每週都會出門兩次去幾個街區外的超市，提著食品雜貨回家，包括一些瓶瓶罐罐。她不開車，從來不開，但她很幸運有幾個同齡的朋友還在開車。這些朋友每週會帶她上館子吃飯一到兩次，他們吃的是午後早鳥特餐，她通常會打包剩菜當成隔天的午餐或晚餐。她還會搭乘大眾交通工具每週去美容院，或者去找約好的醫生看診。

不過有時她會受到驚嚇，最近發生了一連串事件，驚嚇後她覺得自己呼吸不過來，直到醫護人員打算送她去急診室時，她才奇蹟似地突然復原。我得知這個情況後便說服她接受徹底檢查，每一項你想得到的檢查醫療保險都會給付。她以優異的身體狀況通過健康檢查，從那以後再也沒有經歷過任何恐慌症發作，一直到此時——除非你想把這件事算在Radio Shack頭上。迦勒面對著這位藍髮老太太對他搖著手指

要錢，還一邊大喊「我被騙了！」，店裡每個人都能聽見她的聲音，用狐疑的目光看著他，懷疑他可能試圖欺騙一個手無寸鐵的老太太。其實迦勒才該恐慌症發作。

「你付給我五美元，」他又說了一遍，語速緩慢是為了強調他的耐性和專業態度。「我們的收銀機裡只有一張十美元的鈔票，」他指著開啟的收銀機抽屜，「而且已經放在裡面一整天了。」

但我母親對他有禮的態度不以為然，仍在邊搖著手指大喊大叫：「我不在乎你的收銀機裡有多少錢，我知道自己的錢包裡有多少錢，我一直以來都一清二楚，」她強調，「我也很清楚剛才付給你多少錢；我不會被你騙，沒人可以從我這裡占便宜。」

此時我回到犯罪現場的收銀台，從店員手中接過收據；他正準備把收據和電池一起放進袋子裡，動作就像例行公事一樣機械化。「收據上面列出，」我對我母親說，「你給了他五美元，列得非常清楚，而他找你九十八分的零錢。」

「我不在乎上面印了什麼，」母親告訴我，「我知道自己的錢包裡有多少錢，我有一張十美元和八張一美元的鈔票，然後現在，」她掀開錢包的上蓋，示意我看看裡面，「十美元不見了，因為我付給他了，八張一美元的鈔票還在。」

我點點頭猶豫了，心中盤算了一下，她幾分鐘前才用一種非常帶有陰謀味道的語氣對迦勒小聲說她有多討厭手機，而且真的不想辦手機，因為太浪費錢了，且她從來不用

手機，辦手機只是為了緊急目的。基本上她的孩子堅持她一定要有一部手機，就算要花錢也無所謂。尤其她一想到之前的手機在家裡根本收不太到訊號，一定得利用空檔走到前廊才行，非常不方便，冬天更是麻煩。總之就是諸如此類的理由。

「收據上印了，」我重複道，「你只付給他五美分。」我用手指輕敲光滑的白紙條上印出的細項，但她連看都不看。

「他想在收據上打什麼都可以，」她看著迦勒，「我可不是被唬大的。」她說。

這時她身後已經有不少顧客在等著排隊結帳，還有在店內閒逛的人也都看往我們的方向，目睹整件事情發生。有個女人在排隊等候，由另一個較年長的男性店員幫她結帳，女人示意我母親然後對著那位店員說，「你們為什麼不在打烊的時候檢查店裡的收據，然後就會真相大白了？如果收銀台超收了五美元，你們可以打電話聯絡她再退錢。」

「你等他們打烊的時候檢查收據，看看收銀台是不是有超收五美元，」我對母親說，「只不過是五美元，如果你真的沒記錯，你明天或今晚就能把錢拿回來了，不必執著於現在非解決不可。」

「五美元對你來說可能不重要，畢竟你是個大人物，但對我來說這是很大一筆錢。」她的手懸在空中，手指還在搖。我母親的面容比較年輕；你絕對猜不到她已經八十九歲了，但可以從她的手看出她的年齡，她的手上滿是肝斑瘤結

和青筋。「叫他們把欠我的五美元還我，然後打烊的時候再檢查他們的收銀機，如果少了五美元，他們可以打電話告訴我。」

「如果真的少了五美元，你會把錢還我們嗎？」迦勒對我母親說。

「我得考慮一下。」她回答。

結局

本章摘錄的文章和法蘭克·辛納屈的人物側寫文章引發（並包含）其他故事和場景，我所謂的「結局」是指某事件的結束，也就是是某場景的結局，不一定是整個故事的結局。隔天在辛納屈陣營中，法蘭克前一天晚上與人吵架引發了一連串的後續效應；而伯特從他的機車上摔下來，滑到人行道上的停止字樣上，他有受傷嗎？我有送他去醫院嗎？一切都懸而未決，作者可以選擇繼續告訴讀者接下來發生的事，或者在當下結束該場景。

我的母親正在考慮如果最後證明她是錯的，要不要把錢還回去，而我決定在當下結束這個場景，並在書的後續其他部分繼續描述，此舉能增加懸念，有點像電影中的交叉剪接技巧。但別誤會，這些場景有始有終，有開始就要有結束，場景是故事的構成要素，所以一定要正確凸顯才行。事件發生了，也推動了某些動態發展，儘管作者已經讓場景告一段落。

請想像一座美式足球場，四分衛從中路接球，後退傳球，被一個四百磅重的後衛追趕，然後被後衛劃倒。事件有始有末，一個動作並

不表示比賽的結束，甚至不是球隊進攻的結束，之後還會有更多足球賽的進行，也會有更多動作出現。

練習十

以下摘錄自芮貝卡・史克魯特的作品《海拉細胞的不死傳奇》。這個故事依照從一個事件寫到另一個事件的線性邏輯，但這裡確實有兩個場景，可以畫出兩個凸顯色塊，而它們被收攏於一處。本書後面會再列出完整文字（請見〈重現還是「重建？」〉），可以翻到後文查看故事如何結束，但目前我想鎖定在這兩個構成要素上。可以看出來嗎？有一個場景（構成要素一），然後是另一個倒敘場景（構成要素二），請用螢光筆標出這兩個場景。

一九五一年一月二十九日，大衛・拉克斯坐在他那輛老別克的方向盤後方看著雨點落下。他與三個孩子停在約翰霍普金斯醫院外一棵高大的橡樹下，等待他們的母親海莉耶塔，其中兩個孩子還穿著尿布。幾分鐘前她下了車，把夾克拉到頭上匆匆走進醫院，經過「有色人種專用」廁所，這是她唯一允許使用的廁所。下一棟建築優雅的半球形銅製屋頂下，矗立著一座十英尺半高的大理石耶穌雕像，耶穌的雙臂張開，圍著曾經是霍普金斯醫院正門的地方。海莉耶塔的家人只要去霍普金斯醫

院看診，一定會去看那座耶穌雕像，並在耶穌的腳下放花、祈禱並揉搓耶穌大大的腳趾以求好運，但那天海莉耶塔沒有停步。她直接前往婦產科門診的候診室，那是個寬敞的空間，空無一人，只有一排排長長的直背長凳，看起來就像教堂的長椅。

「我的子宮長了一個瘤，」她告訴接待員，「得讓醫生幫我看看。」

這一年多來，海莉耶塔一直告訴她的好友自己身體有點不太對勁。有一天晚飯過後，她與表姊妹瑪格麗特和莎蒂坐在床上，她告訴她們，「我身體裡有顆瘤。」

「有什麼？」莎蒂問道。

「一顆瘤，」她說，「有時會很痛，每次男人想跟我在一起，老天，真是有夠痛的。」

性行為剛開始讓她感到疼痛時，她認為這是因為她在幾週前才剛生下寶寶黛博拉，或者與大衛有時跟其他女人過夜後帶回來的惡血有關，可能是那種醫生會注射盤尼西林和重金屬來治療的病。

她告訴表親自己身體有問題約一週後，二十九歲的海莉耶塔懷了她的第五個孩子喬，莎蒂和瑪格麗特告訴海莉耶塔疼痛可能與寶寶有關，但海莉耶塔堅持不信。

「懷寶寶之前就有了，」她告訴他們，「是別的原因。」

沒人再談論這顆瘤，也沒有人告訴海莉耶塔的丈夫這件

事。然後在寶寶喬瑟夫出生四個半月後，海莉耶塔上廁所的時候發現內褲上有血跡，但當時並非她的生理期。

她在浴缸裡放滿水，把自己浸入溫水裡慢慢張開雙腿，她把孩子、丈夫和表妹關在門外，海莉耶塔將一根手指伸進自己身體，在她的子宮頸上摩擦，直到發現一個不知怎麼就發現的東西：一個堅硬的腫塊在她身體深處，好像有人在她子宮開口的左側卡了一顆小指尖大小的彈珠。

海莉耶塔從浴缸裡爬了出來，擦乾身體，穿好衣服，然後她告訴丈夫，「你最好帶我去看醫生，我在流血，但現在不是我的生理期。」

故事情節並非一定得狂野、性感、奇異或是生死交關，例如在家庭聚餐或課堂上就可以產生許多微妙的情節，比如有個學生提出一個問題，這個問題需要得到答案，如此便會產生一段對話。對話是非常有效的工具，能觸發或記錄場景結束時的動態情況，但這堂課還是會繼續上下去。

你的母親走進臥室，夜已深，你在裝睡，她卻盯著黑暗中良久，然後走回走廊。一定有什麼事情發生，即便我們不知道是什麼事，也不知道原因，但這就已經展開了一個情節，有開始也有結束，並且推進了故事的發展，這經常會引發另一段情節。

我們再回到蓋伊・塔雷斯。

辛納屈與哈蘭・艾里森發生衝突，然後他也與布萊德・德克斯特發生小衝突，空氣中瀰漫著緊張和懸念：衝突該如何解決？這是讀者拭目以待的。他與艾里森的衝突就這樣莫名其妙結束了，但辛納屈厲聲命令副經理，要他把這個資訊傳達給經理，而經理早就從後門逃之夭夭。所以在這個情況下，場景以某種方式開始，然後以另一種方式結束，但還是能讓讀者繼續閱讀下去。

請務必謹記，事件可大可小，但一個場景如果沒有確切發生事件，就不能算是場景，也無法通過我們的凸顯測驗。無論發生什麼事，都必然會引發其他事件。作者總希望讓讀者全心投入，而且還想往下看更多，上述場景是最好的示範，也恰恰抓到了重點。

對話和描述

既然創意非虛構作品應該讀起來像小說，也就是充滿戲劇性又有如電影，那麼若小說家想創造出需要對話和描述的場景和故事，他們會運用什麼技巧？而這個技巧又是小說中哪兩項主要的固定元素？

創意非虛構作品中的人物會相互交談，有對話就表示人物以一種容易理解又寫實的方式表達自我並交流資訊。尋找寫實的對話是我們作家深入警察局、貝果店、動物園，與機器人專家、棒球裁判或精神分裂症患者打交道其中一個原因：目的是要得知人們對彼此說了什麼話，以及怎麼描述對方，而不是要對方回答事先準備好的問題。為了捕捉人物自發性或者無意識下的真實樣貌，作者要傾聽他們說話，在談話中觀察對方，並研究人物與他人的互動。

在「法蘭克・辛納屈」一文中，塔雷斯巧妙捕捉到辛納屈、艾里

森甚至德克斯特之間一來一往的互動過程，讀者彷彿可以聽見他們高聲爭吵的畫面，也可以感受到現場氛圍中的輕蔑與不安。

抑或觀察莎蒂、瑪格麗特和海莉耶塔一來一往的對話，她們用快節奏又寫實的方式談天，讀者彷彿在現場偷聽到所有談話內容。雖然看不見作者史克魯特，卻能感覺到她的確就在現場，這一點跟塔雷斯的文章一樣。

對話不僅是沉浸式寫作者的工具，對話對回憶錄作家來說也同等重要，作者不會想要直接**描述**妻子、母親、老闆或鄰居給讀者看（至少會想盡量減少直接描述），而是盡可能呈現在讀者眼前，例如我那沮喪又尷尬的母親在 Radio Shack 與可憐的迦勒吵架時一來一往的對話。

作者會希望呈現人物的樣貌給讀者看，讓人物令人難忘，這樣讀者才能產生認同感。對話能展現出人物本色，還有他們說話時表達自己的方式。

誠如你在 Radio Shack 場景和塔雷斯的文章中所見，描述和對話是可以齊頭並進、兩者兼具的，閱讀好的創意非虛構作品就像看一部紀實電影一樣真實又生動。作者描述時不會想仰賴抽象的形容詞，如果你希望自己的描述讓讀者印象深刻又回味無窮，關鍵是要道出深入又具體的細節。

深入的細節

　　二〇〇一年十月，我經由紐約拉瓜地亞機場返回匹茲堡，這是九一一恐怖攻擊事件以來我第一次來到紐約，也是我第一次經歷加強的安檢措施，雖然十多年後的我們已經對這個流程既熟悉又厭煩無比。

　　這次旅程的安檢人員是個二十多歲、又瘦又矮的拉丁裔男子，他快速翻遍了我的衣物和文件，但我的刮鬍包卻引起他的注意。我在航班起飛前一個半小時抵達機場，想要先完成所有海關程序，以便搭上較早的航班離開紐約。這個航班預定在二十五分鐘後起飛，我意識到時間正在一點一滴流逝。

　　這個人非常認真謹慎，他打開我的防水金屬藍色小手電筒的頂部並檢查了電池，這是我無論走到哪裡都會隨身攜帶的緊急物品，因為我曾在某個夏夜被困在華盛頓特區喬治城的一家旅館中。在長達二十六小時的停電期間，我為了找到緊急逃生出口，差點就在一片漆黑中丟了小命。但安檢人員發現了另一支我不知道的手電筒，那是西賓夕法尼亞心血管研究所發的白色塑膠長方形小手電筒，我根本不知道西賓夕法尼亞心血管研究所是什麼地方。手電筒的電池已經腐蝕，電池液漏到外殼，所以我把手電筒丟進附近的垃圾桶。我不知道包包裡怎麼會出現這個東西。

　　他還發現兩支指甲刀，上面有約一英寸長的小型指甲銼，尖端不算很尖銳。他說如果我想留下指甲銼，他必須檢查我的刮鬍包，在上

面貼上標籤，然後當成行李分開寄出去。我建議他把指甲刀上的指甲銼拔下來丟掉，我們還丟了我用來修鬍鬚的小剪刀。

接下來他轉開我的蚊蟲止癢膏上蓋，止癢膏裝在塑膠軟管中，大小約是原子筆大小，上面有一個金屬夾可用來別在口袋上。他用指尖沾一下滾珠頭，用狐疑的眼神抬頭看了我一眼。我別開頭，我從不需要用到止癢膏，帶著只是以備不時之需。

安檢人員打開我的肉桂口味護唇膏、我的快乾膠、我的牙線和我的水管疏通清潔棒，也聞聞我的處方強度藥膏（用於治療股癬）。我的包包裡還有一小瓶李施德林，以及一瓶止汗劑。

他沒有打開我用來存放緊急藥物（阿斯匹靈、布洛芬、鼻寶藥和瀉藥）的涼糖盒，也沒有問我為什麼要帶三條用了一半的牙膏、兩根旅行牙刷、兩根吉列刮鬍刀和一把舒適牌一次性刮鬍刀。我把這些東西放在刮鬍包裡，只是覺得也許會派上用場。

這個人並不關心我行李內容物背後的原因，但我站在安檢區附近的桌子旁，其他人就站在我身後排隊等候檢查行李，看著我行李裡的東西。我不禁覺得自己的生活現在就像一本打開的書，我失去了隱私和尊嚴的重要底線，無處可藏；我們就這樣相互開誠布公。

當然，自九一一恐怖攻擊事件以來，我們都面對了不祥的預感和日益增長的失落感。十月那天我在拉瓜地亞機場遭受的小小侮辱，跟那些喪失生命、失去親人或生計的人完全無法相提並論，但自二〇〇一年九月十一日以來，已經過了十多年，每一天我們還是不斷發覺這些新的生活方式和曾經認為理所當然的自由，已經被這些恐怖攻擊給徹底改變了。

　　我認識兩個直接受到九一一悲劇影響的人。弗雷德任職於一家大型國際金融機構，在裡面擔任高層管理人員，這個機構在華爾街設立了大型公司。他的妻子琳恩是一位藝術家，她大膽的畫作讓他們位於翠貝卡的高科技大型挑高公寓裡充滿活力。九月十一日，第一架飛機撞向世貿中心之前在他們樓頂上嗡嗡作響，當時琳恩正在洗澡，接著聽見令人崩潰的碰撞聲，她對丈夫說，「街上一定發生了可怕的事。」他走到窗邊，呼喚她來看這可怕的景象。

　　他們坐在客廳的沙發上一邊尖叫一邊哭泣，他們看著小小的人影，那些全是活生生的人，就這樣從街道上方六十層樓高的窗戶一躍而下。波音七四七的殘骸岌岌可危地懸掛在世貿中心上，刺穿了紐約金融區的心臟。住在附近的朋友也跟他們一樣，後來有全身灰燼的倖存者成功逃離那場災難。琳恩和弗雷德衝到街上，護送昏迷的受害者回到他們公寓，讓他們盥洗一下並打電話聯絡他們的家人。大樓倒塌後不久，他們家的自來水變成了咖啡色。

　　不到三週後，N.R.克萊菲爾德（N. R. Kleinfield）在《紐約時報》上描述了灰燼和建築物悶燒的氣味。「那是一種電腦燃燒的氣味，像燒輪胎，也像燒紙。」還有人說聞起來像無法安息的靈魂。克萊菲爾德繼續描述：「有幾個人用外套領子壓在鼻子上，其他幾個人臉上綁著手帕，像某種強盜風格。有個年輕人走路時用手捏著鼻子，一名中年婦女把一面美國國旗折起來蓋住嘴巴。」當週我前去恐怖攻擊原址時，空氣中仍瀰漫著那種味道，那股氣味活生生黏在我肺上。我感覺得到那刮擦在我心頭揮之不去的殘留物，源自那些無辜的受害者，他們的生命被殘忍奪走，被迫與他們的孩子、家人和國家分離。

那天稍早我光顧了卡內基音樂廳對面的「歐洲咖啡館」，早晨我到市中心最喜歡待在這裡，侍者顯得異常親切，像老朋友一樣向我打招呼，雖然我確定他們不太可能記得我。我點了波托貝羅三明治，店家贈送了一片免費的巧克力餅乾。一名身著紫色毛衣、黃色外套、圍著絲巾的男人隨著音響傳來的音樂，用卡拉OK的方式跟著唱，也對著他的鮪魚沙拉三明治微笑。我過去從未在「歐洲咖啡館」聽過音樂，也許是因為這個地方的早餐和午餐時段通常人滿為患。現在是上午十一點四十五分，卻只有六位顧客。咖啡館裡的情景、克萊菲爾德描述的氣味、琳恩和弗雷德公寓裡變成咖啡色的自來水，從建築殘骸中跌跌撞撞跑出來的人身上覆了一層灰 —— 這些情景我一時半刻難以忘懷，不僅是因為這些現實經歷是如此赤裸，也因為這些細節實在是具體又深入。

所有文類的作家都需要上這一課，這是讓文章和詩令人難忘的祕訣，因此最重要的是對最深入的細節進行分類。我的意思是，讀者無法自行將概念和畫面具象化，而概念和畫面就相當於與人物或情境相關的難忘真相。

湯姆・伍爾夫在一九七三年的文選《新新聞主義》（*The New Journalism*，一九七三年）的導言中描述《紐約先驅論壇報》（*New York Herald Tribune*）的專欄作家吉米・布雷斯林（Jimmy Breslin）是如何透過細節來捕捉體驗的本質，然後再用以隱喻更大也更全面的事物。伍爾夫描述布雷斯林對安東尼・普羅文扎諾（Anthony Provenzano）[1]

1　紐澤西州吉諾維斯犯罪家族的大佬，曾任紐澤西州友聯市國際貨車司機兄弟會工會的主席。

審判的報導：他是一名工會主席，被控敲詐勒索。布雷斯林在報導一開始呈現出一個畫面：明亮的早晨陽光從法庭窗戶照射進來，反射在普羅文扎諾圓胖小指上戴的大顆鑽戒，後來在休庭期間，普羅文扎諾輕彈著銀製煙嘴在大廳裡踱步，與一位前來支持他的朋友爭吵，陽光仍把他的尾戒照耀得閃閃發亮。

伍爾夫寫道：「故事在這樣的調性中繼續下去，奉承普羅文扎諾的紐澤西人圍繞在他身邊討好他，太陽的光芒從他的尾戒上迸發。然而在法庭上的普羅文扎諾開始得到懲罰，法官開始訓誡他，普羅文扎諾的上唇開始冒汗，然後法官判處他七年徒刑，普羅文扎諾開始用右手扭轉他的小指。」

這枚戒指象徵普羅文扎諾的不義之財、他的傲慢，還有他最終的脆弱和一敗塗地。

雖然我們無法每次在描寫事件時，都做到這樣的象徵手法，但期許自己文字能流傳後世的作家會努力捕捉象徵故事核心、他所觀察到的細節。安檢人員在六個陌生人面前打開我的刮鬍包，也揭露了關於我的細節，雖然不震撼人心也不深入，但確實具體也很有說服力，任何人都可以透過手電筒、止癢膏、股癬藥膏、三把牙刷和刮鬍刀拼湊出我的生活樣貌，還有我的思維方式。

沒錯，我確實是個健忘又小心的人，我攜帶手電筒和藥膏是為了以備不時之需，好避免煩人或影響健康的情況。如果我是在一篇文章中承認這些個人特徵，讀者可能不會留下印象，但在機場安檢這樣的背景情境下，我那刮鬍包的特色讓人能一窺我的真實個性。

我當初為什麼去紐約？因為我覺得有必要搭飛機來破解九一一對

我下的遲疑和疏離的魔咒。通常我每週幾乎會有一天的時間花在旅途上，但在九一一之後，我在家附近待了一個多月。那個月之後，我覺得有必要去紐約走一趟，我必須明白這座城市在每個面向上與過去並無二致，也許更加冷靜、傷得更深又傷痕累累，但本質上卻堅不可摧。我也想證明自己堅不可摧，我希望我能自願面對逆境，並讓逆境成為我人生的隱喻。我所謂的「面對」並不是指「對抗」，面對逆境時，我們應能也應該要了解自己的長處和弱點，並學習與之共處。我們應該實現長處，並且逐漸凌駕其上。

深入細節的著名範例

寫作包含深入的細節，我們才能讓讀者聽見並看見我們所描寫的人物用何種方式展露他們的思想。我們要讓讀者注意到人物語調的變化、特有的手部動作和任何其他怪癖。作者若想創造場景，需掌握「深入」這個關鍵特性。「深入」指的是如果缺乏作者的觀察力，讀者就可能看不見或想像不到的細節，深入的細節有時非常具體生動，能讓讀者永難忘懷。有個使用「深入」細節非常知名的範例，即是蓋伊·塔雷斯筆下的〈法蘭克·辛納屈感冒了〉一文。

塔雷斯帶領讀者進行了一場旋風般的越野之旅，文中呈現辛納屈和他隨行人員之間的互動，以及他們與外界的互動，另也呈現了辛納屈的世界何以總會與其他人的世界發生衝突。這些場景以情節為導向；包含極為特殊且深入的對話和令人回味的描述。有個細節是這樣的：有一名白髮蒼蒼的女士出現在辛納屈隨行人員的陰影當中，她負責護送辛納屈的假髮。這個景象在我腦海中仍然如此清晰，即便是在

三十五年後的現在，每次我在電視上看見辛納屈的節目重播，或者看見雜誌上出現辛納屈的照片時，我發現自己總會不自覺在背景畫面中尋找那名提帽盒女士的身影。

　　也請留意塔雷斯是如何描述撞球間場景中的金髮女子和辛納屈：

> 兩名金髮女子……全身經過精心打扮，緊身的深色西裝很柔軟也貼合著她們成熟的體態。兩人翹腳坐在高腳凳上……辛納屈的手指多節而粗糙，突出的小指因關節炎而僵硬，幾乎無法彎曲。

更多深入或具體細節的範例

　　紐約時報上曾有一篇文章〈分享祈禱，喜憂參半〉（Shared Prayers, Mixed Blessings），文中有個精采場景捕捉到許多深入且具體的細節，其重點在描述消除種族差別待遇如何拯救了一座教堂。文章寫得非常出色又精準。（二〇〇一年，《紐約時報》的員工因一系列題為〈美國種族如何生活〉（How Race is Lived in America）的報導榮獲喬治・波爾克獎及普立茲全國報導獎。）文章開頭的場景是首席引座員霍華・普格「正在巡邏」，他在尋找違反禁止飲食規定的教區居民。普格抓到一個違規者，他不僅瞪著他還搖著手指，如薩克所描述，「左手食指微微顫抖地搖動」，具體而深入的細節最令人深刻難忘。其後作者又將普格描述為「一個有球根狀粉紅色鼻子的白人」，這是另一個生動的形象，既獨特又令人難忘，你會感覺薩克就在現場邊看、邊聽、邊做筆記，這不是普通的報導，而是深入且令人回味的

描述。

且看凱文‧薩克（Kevin Sack）是如何用精準生動又富表現力的方式描寫週日早上參加禮拜的其他教區居民：

> 羅伯特‧勞森：「一個熱情的男高音，喜歡穿著金絲雀黃的西裝。」
>
> 魯本‧伯奇：「一名身高六呎七吋的黑人男子，身上穿的藍色引座員西裝外套，袖子有點短。」
>
> 馬奇‧梅奧：「一名精力充沛的八十五歲寡婦，身高四呎九吋，她將閃亮的白髮盤成緊緊的髮髻。」

他運用短短幾個精挑細選的措辭提及這些人物，不僅幫助讀者形象化這些人物的樣貌，也傳達出人物的性格或個性。勞森不僅是個「歌手」，更具體說是位「男高音」；他的西裝不是「黃色」而是「金絲雀」黃 —— 細節特定的描述能為讀者帶來令人難忘的衝擊。

採訪的要點

請記住，你要找的是場景和小故事、細節和對話，作者在採訪中有時會忽略這個目標，因為他們想直接了解資訊（即事實）。請記住，故事不外乎「與主題相關的事實」以及「對人講述此主題的人相關的事實」。

既然知道總要在事後某個時間點重現故事，這時請拜託你的當事人協助你：進行採訪時，請詢問對方構建場景時所需的細節。請想像

自己是個正在編造場景的小說家，你想向讀者呈現什麼？怎樣才能生動重現？

可以詢問下列關鍵問題：

發生了什麼事？接下來呢？後來又發生了什麼事？（這即是劇情。）

他／她／他們彼此說了什麼？你還記得對話嗎？（對話。）

你有什麼看法？（內在觀點；請見下一章〈內在觀點〉。）

那些人穿什麼衣服？房間、房子或社區是什麼樣子？那天天氣如何？（細節的具體性和深入性。）

作家不在場是否會缺乏細節，抑或成為故事的弱點？

薩克、塔雷斯和史克魯特在現場聆聽、記筆記和觀察，這都是實踐創意非虛構寫作的最佳方式，但有時我們無法親自到場，也並不表示作者就無法寫出繽紛又逼真的場景。

以下的簡短摘文出自《科學與科技問題》（*Issues in Science & Technology*）期刊上的一篇文章，這本期刊過去從未刊登過創意非虛構作品，而這篇文章發表於二〇一一年冬季刊上，由學者亞當・布里格爾和作家梅拉・李・塞西共同撰寫。國家科學基金會透過亞利桑那州立大學資助的一項實驗讓兩人搭檔，目的是檢視作家是否能協助研究人員以大眾更容易理解的方式傳達概念，而研究人員也可以藉著運

用創意非虛構寫作的技巧，協助作者更深入思考嚴肅的主題。

　　這篇文章的標題是〈讓故事現身：生物倫理委員會的任務〉（Making Stories Visible: The Task for Bioethics Commissions），這是個相當怪又讓人難以掌握的文章標題。文章是科學家大衛·雷傑斯基（David Rejeski）一場演講的特別報導，他是華盛頓特區伍德羅威爾遜國際學者中心新興納米科技計畫暨展望與管理計畫的負責人。雖然文章沒有包含太多情節，但作者對雷傑斯基的外貌和舉止都有充分的描述。由於雷傑斯基演講時，布里格爾和塞西都不在場也不在城裡，所以這篇文章可被視為成功之作，身為作家的你可以向它學到重要的一課：

　　　　七月九日上午九點左右，雷傑斯基身著深灰色西裝出現，西裝就肩線看來似乎有點太大件了。他繫著條紋領帶，開始演講時他伸手撫平領帶好多次。他坐在指定的位子上，在華盛頓特區市中心麗思卡爾頓酒店鋪有地毯的涼爽會議室裡，總統生物倫理問題研究委員會選擇在此舉行第一輪會議。他的正面和側面坐著委員會的十三名成員和兩名小組成員，這些中央與會者一起坐在一桌，形成一個封閉的正方形。這些人身後的人已在雷傑斯基的視線之外，大約有六排椅子慢慢坐滿了民眾，他不必親眼看見就能知道這些人可能不是老師、電氣技師或消防員，只是剛好喜歡遺傳學主題罷了；但是恰好相反，聽眾是一小群很特定的人，這些人對合成生物學都享有既得利益（主要是金錢）。

　　……他是當天第一名講者，他的開場白很簡單，「我直接進入正題吧，」他開口，「我們已經投入大約六年時間……試圖將一人或多人的聲音帶進新興科技科學政策的對話當中。」如果你沒專心，可能會錯過他的下一句話，他一邊在桌面上尋找等一下要控制簡報的控制器，一邊隨口說出下一句話，這句話並沒有引起聽眾的笑聲，但顯然是雷傑斯基的冷笑話，因為他覺得自己的研究工作很少受到大眾的關注。「如果有人問我們要如何做到這一點？」他說，「這很容易啊：直接跟這些人聊聊就好。」

作者在後文中開始鋪陳雷傑斯基的外貌：

　　大衛・雷傑斯基的身高像籃球員一樣高，凌亂的灰白髮絲就在他的耳邊；配上類似的鬍子，讓他看起來有點像長腿版的愛因斯坦。他有一雙又大又優雅的手，卻從來不怕弄髒。雷傑斯基取得的第一個學位是藝術學士，終其一生他都在夢想雕刻出精美的手工家具，例如光滑的硬木桌子，其錐形桌腳的靈感源自筷子的形狀，表面要有數千個獨立鑿刻面構成的複雜紋理。然而在他的職業生涯中，他卻發現自己需要穿西裝打領帶，用那雙結繭的雙手比出大大的手勢，在政府官員面前講話。雷傑斯基長大後成為了一名科學、政策暨科技學者。

兩名作者是如何讓雷傑斯基的形象呼之欲出？文章中的動作和細

節都是事後重建出來的，就塞西的說法，他們首先在演講後的幾個月對雷傑斯基進行了一次電話採訪。請注意塞西的採訪重點，還有她追問的問題：

> 我問起公聽會那一天時，並沒有真的問出什麼來，他說那天他感覺很輕鬆。沒錯，這是一場重要的簡報，但他經常做這種事情，所以沒有特別緊張，他真的不記得空間裡的氣氛或情緒有什麼特別之處；是的，他只是舒舒服服坐在座位上；沒有，沒有人事先和他說話；沒有，他沒有環顧聽眾，也想不到說話時有特別對上任何一位委員會成員的眼神。他真的只是專注在瀏覽他的簡報。幸好我很幸運能夠拿到公聽會的影片，這就是我為什麼能說出他穿什麼衣服、他有沒有撫平領帶、他何時停頓、他說話的速度，還有速度何時改變等事。影片中沒有出現聽眾的任何細節，所以我沒有試圖描述聽眾，而且還把不露面的聽眾轉變為文章的優勢：
>
> ……因為我對細節的了解非常匱乏，所以我毫不猶豫就把自己留意到的任何線索都納入其中，即使有些描述可能聽起來不夠婉轉（例如說西裝對他來說看起來太大件）。當我用完所有能用的描述語詞，我決定將他與某個人（愛因斯坦）進行對比，因為除了真正的相似性之外，我認為這是一種不擇手段的方式，可以在讀者腦海中創造出他的清晰形象。最後，我從一個個人網站上得知他的另一面：他還能打造出如此酷炫的家具；他人很好，把這些個人資訊放在網路

上讓那些愛偷窺他人生活的作者可以搜尋得到。網路上關於
他的資訊很少，但有什麼我就用什麼。

　　塞西和布里格爾證明了，創意非虛構寫作中的「創意」一詞通常
表示你必須在尋找、蒐集和利用資訊方面，保持積極主動的態度和想
像力。這麼做就絕對不需要編造事實。

內在觀點

沒錯，我們要跳躍一下 —— 躍往一個新的方向。撰寫非虛構作品並不表示作者不能進入人物的腦中，並透過人物的角度向讀者展示其眼中所見的世界。楚門‧卡波特在《冷血》（一九六五年）中巧妙示範了內在觀點這個寫作技巧。

你記得的是書，還是改編後的電影？《冷血》描述堪薩斯州霍爾庫姆小鎮上，克拉特一家四口慘遭槍殺滅口的故事。犯罪動機和線索很少，但最終兩名年輕的流浪漢迪克（理查‧尤金‧希科克〔Richard Eugene Hickock〕）和佩里（佩里‧愛德華‧史密斯〔Perry Edward Smith〕）被捕並供認了罪行。當年身為短篇小說作家兼小說家的卡波特前往堪薩斯州，在當地待了好幾個月，重建了謀殺、調查、逮捕兩名凶手及審判和處決的過程。他進行了四百多次採訪，與所有認識這一家的人訪談，也找到不管以何種方式涉入這起犯罪和刑罰中任一層面的人談話。他特別著墨兩名殺手迪克和佩里，卡波特幾乎算是能自由進出牢房，他對自己故事中的當事人知之甚詳，可以在內在觀點上躍進，並從這些角色的角度看待某些場面。

這個事後重建的場景發生在莫哈韋沙漠。迪克和佩里謀殺了克拉特一家，現在兩人四處遊蕩，他們在尋找違法方式來為逃亡之旅籌錢。絕望又散漫的兩人坐在路邊等待良機，他們要等一個孤獨的旅行者出現，希望開的是一輛好車，口袋裡又有錢，卡波特寫道，「一個

陌生人，能讓他們搶劫勒斃後棄屍在沙漠裡。」佩里吹奏著口琴，一邊耐心地等待：

> 迪克聽見可怕的震動聲，有一台車迎面而來但尚未映入眼簾，佩里也聽見了；他把口琴放回口袋裡……與迪克一起站在路邊。他們看著前方，現在車輛出現了，慢慢出現在視野中，最終兩人看見一輛藍色的道奇轎車，車上只有一名駕駛，是個瘦削的光頭男人——一個完美的下手對象。迪克舉起手揮了揮，這輛道奇車放慢速度，迪克給了那男人一個燦爛的微笑，車幾乎要停下了，但卻沒有完全停下，司機探出車窗上下打量著他們。他們的外貌顯然啟人疑竇，因此車輛向前加速後揚長而去。迪克用雙手圈在嘴巴周圍大喊，「你個幸運的混蛋！」

在這段文字中，我們透過迪克和佩里的眼睛看世界，甚至在短暫片刻中是透過司機（即那個「幸運的混蛋」）的角度看世界。卡波特本人並不在場，他到很久以後才知道發生了這件事，但他的研究完美無缺且非常深入。在花費這麼多時間採訪迪克和佩里之後，他已經有能力深入他們的腦海。

請記住一點，卡波特可以毫無限制、輕易接觸到迪克和佩里，他可以日以繼夜和兩人交談，只要想見面隨時都可以，所以卡波特能夠深入挖掘並反覆要求兩人反芻自己的經歷，於是作者就能透過他們的眼睛看世界。使用內在觀點的寫作技巧很有趣也很有效，但你必須確

定自己能和卡波特一樣不寫下超出現實以外的文字，因為自行假設他人的想法很容易撈過界。

　　凱文・薩克的文章〈共同祈禱，喜憂參半〉是另一個運用內在觀點的範例：在教堂巡邏時，霍華・普格看見一名八十一歲的白人男子坐在教堂裡。時間一分一秒過去了，這個白人變得愈來愈激動，他是羅伊・丹森。對羅伊・丹森而言，勞森先生的「即興爵士演奏聽起來像是尖聲鬼叫」，丹森努力控制自己不要失去耐性或脾氣，但他身為這個教會的成員已經有半個多世紀了，是他揮汗又出力幫忙教堂裝上石膏纖維板的。黑人接管教堂的事實讓他快要瘋掉，而白人不僅坐視這個狀況發生，而且還為虎作倀。

　　　　他愈來愈生氣，聽著這些吵鬧的黑人褻瀆他的音樂，他
　　終於忍無可忍。「我不要坐在那裡聽那個，」他在走出去的
　　路上喃喃自語，「他們不能接管我的教堂。」

　　丹森先生最終離開了，他被霍華・普格謾罵：
　　「好了，羅伊，」普格先生開始撫摸船員般的鬍鬚，「你上天堂之後要怎麼辦？要調頭就走嗎？」

――――――――　　練習十一　　――――――――

　　現在是將上述討論過的技巧付諸實踐的時候了。檢視你手

頭上寫的文章，當中有對話、具體又深入的細節嗎？有內在觀
點嗎？你正在捕捉的事件是否有明確的起點和終點？如果有就
太棒了，這些都是實實在在的構成要素，即場景。如果沒有，
請找機會運用我們一直思考的所有技巧，將「描述」化為「呈
現」，就從對話開始。你筆下的人物是否能讓讀者感覺呼之欲
出？形容的文字不必冗長或鉅細靡遺。回頭看看薩克是如何用
一些尖銳又生動的詞彙來捕捉他筆下的人物，也許你還會想嘗
試注入一種內在觀點，透過人物的雙眼向讀者展示這個世界。
你目前擁有的知識已經足以做到這一點。

　　一旦你認為自己已經使用過這些技巧，或至少已經在
場景和故事中嘗試用上這些技巧，就請繼續前進 —— 開始
舞動起來吧！

創意非虛構寫作之舞

　　正如我所說，創意非虛構寫作是風格和內容、資訊和故事的綜合
體，無論是回憶錄裡的個人資訊，還是沉浸式寫作中的公共性資訊，
寫作者都是在盡可能運用構成要素、場景，以及／或者小故事來傳達
想法和資訊，目的是使內容更加引人入勝。

　　我不是藝術家，但我現在正企圖以視覺化的方式呈現創意非虛構
文章、章節或書籍的經典結構。下面是九個矩形方塊組成的圖。（可
能是九個；也可能是五或十五，或任何數字。）

　　第一個方塊代表故事或情節，因為通常最好從一個場景開始寫，如此才能吸引讀者並讓讀者融入其中。吸引讀者的目光之後，便可提供任何你想要或需要告訴讀者的資訊，但不用一次提供太多，因為這樣會讓讀者厭膩或偏離故事的主線。到了第三個方塊可繼續接上前面的場景或故事，或者開啟另一個故事。節奏就是這樣，資訊和故事不斷來回往復 —— 我稱之為創意非虛構之舞。

　　舞蹈的目的是將資訊置入場景或故事當中，這樣文字在方塊之間的移動才能天衣無縫，每個場景或小故事都應該同時用情節讓人感到振奮，並且能精確傳授資訊。在完美的狀況下，資訊也會置入到每個場景中，如圖所示。

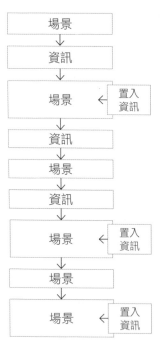

　　在此我也多談一談創意非虛構文章或書籍的結構。我前面已指出過了，創意非虛構作品是風格和內容的綜合體，場景和故事、人物和內在懸念能讓讀者感興趣並融入其中，也讓作者能夠傳達資訊（或者說該文體的非虛構部分），並維持著讀者的興趣；尤其對該主題本來可能沒有興趣的讀者而言，更是如此。

　　所以這就是圖解後的舞蹈長的樣子。場景能使讀者感興趣並融入其中，接著作者就能向讀者提供非虛構的資訊，但讀者遲早會分心或者面對過大的資訊量，因而失去興致。在這種情況發生之前，你必須

帶回場景或寫入一個新的場景，然後再讓讀者重新融入其中。可以在場景中置入資訊會非常棒，正如你在舞蹈圖表中看到的，這樣子就能讓一個場景又一個場景接連不斷登台。

提醒：寫作即是修改

問題：我不懂你為什麼現在才告訴我這些事，我按照你在練習中的建議一直在持續寫作，卻沒有在寫作時注意結構。但現在我知道創意非虛構寫作之舞的存在、知道凸顯測驗是什麼了，為什麼不一開始就告訴我？

回答：我很高興你現在對結構和技巧已具備了更多知識，但寫作應該是一種自發性的體驗，在一開始就解釋結構和技巧可能會讓你想試著模仿結構，導致你像套公式一樣寫作，這不是好事。我希望你牢記所有資訊，但別讓這些資訊妨礙你發揮創意和靈感。請廣泛寫作，跟隨你的創作直覺走，脫離正軌也好，別擔心自己無法按照規則或準則跳出創意非虛構寫作之舞。一寫好初稿之後，請好好檢視，看看文字吻合這裡所談的經典結構（即創意非虛構寫作之舞）到什麼程度，然後再決定如何寫下去。你可以選擇改變內容來搭配結構或舞蹈，或者你也可以忽略內容的某一部分或全文不改。如果你決定打破規則（其實我偏好將此稱為「準則」而非「規則」），也得先知道規則是什麼。

來跳舞吧

　　以下面兩篇文章為範例：我的文章〈艱難的決定〉和蘿倫·史雷特的〈三面向〉。在此運用凸顯測驗來檢視這兩篇文章多大程度上反映或遵循著準則。我們從〈艱難的決定〉開始，在這篇英文總計三千七百字的文章中，我數出共有九個場景（或稱凸顯色塊）。

　　我先用圖廓外用附註標示出段落，然後在文章後附上評論，這樣你就可以清楚看出結構。

〈艱難的決定〉，作者：李·古特金德

場景一不算很好的場景，但可讓讀者融入，而且是框架的一部分，我們將在後文討論這一點。

　　獸醫大力踩下這輛流動診所的油門，這是一輛具備雙駕駛室的大型皮卡車，配備玻璃纖維外殼，並有專門為執業獸醫設計的抽屜和隔間。她轟隆隆駛出停車場，沿著道路行駛時後胎噴出碎石。開車時，她撥弄著掛在方向盤上的聽診器，並經常轉頭看著我。她不專心起初讓我非常緊張，但我很快就注意到她在傾斜和轉彎時的開車技術非常好。幸運的是，偶爾才有車輛迎面而來，主要似乎都是無暇顧及開車的人所駕駛的。

深入的細節；聽診器。

　　這片肥沃的山谷遍布許多農場，有位獸醫能治療多種動物，但她的專長是反芻動物──尤其是綿羊和山羊──她對此類動物抱有特殊的熱情。

反芻動物是一種偶蹄類動物，胃裡有四個隔間；反
芻表示動物攝食後會經過反芻再吃下肚。「從治療
的角度來看，山羊很容易治療，你可以把山羊擊倒
然後翻過來，山羊不會要了你的命；也不需要很多
設備。大多數情況下山羊得的都是一些簡單且清楚
的病症，如果山羊最後真的得了太嚴重的病，就實
施安樂死。因為山羊不太值錢，最終還是在於經濟
考量；曾有個農夫看著一隻生病的動物說：「我可
以花五十美金再養一隻來取代，為什麼要花五百美
元來治療？」

　　她聳聳肩，轉頭看我，彷彿覺得自己可能說了
一些冒犯人的話。這位獸醫名叫溫蒂・費里曼，外
貌看起來乾乾淨淨：高挑、苗條又樸素，穿著一條
褪成白色的卡其褲，身材精瘦的她臉上長有雀斑，
帶點男孩子氣。我脫下棒球帽擺弄帽沿，同時對著
她理解似地點點頭，希望能安慰到她，希望別讓她
感覺到不自在。與上帝的創造物同在、能與動物一
起工作讓我很感興趣。事實上我正在寫一本關於獸
醫的書，內容包括獸醫如何與動物和人互動，獸醫
不使用多餘的語言，大多是用一種特殊且無聲的觸
摸當語言，來與他們的病患交流。跟所有醫生一
樣，他們通常可以透過技術和毅力來挽救生命，但
獸醫也享有一條非常寶貴的免責條款 —— 有權合

資訊：用獸醫
的口吻描述，
不要用作者的
口吻。

場景的延續，
內容有置入資
訊。

法結束生命的能力或許是他們工作和使命中的最高特權，而那也是使心靈不堪負荷的精神重擔。

段距；有時等同於文章的過渡階段。

獸醫說安樂死總會讓客戶難以接受，比如她那天第一站要看診的馬，似乎總會讓主人產生一種情感依戀，因此讓飼主感情用事而無法靠理智做出負責的事。

更多資訊。
場景二開始。

一片青檸綠色田野的邊緣，瑞奇就住在一幢雜草蔓生的磚砌牧場房屋裡，那裡點綴著夏日野花的彩虹色調。他顯然對一匹母馬的命運感到糾結萬分，馬的名字叫哈妮，長著濃密鬃毛的她因年老和關節炎正在緩慢而痛苦地死去。

深入的細節；
用牙齒拔開針蓋。

獸醫聽瑞奇說她在女兒面前連提都不能提安樂死這個話題。她一邊頻頻點頭，一邊用牙齒拔出針頭的塑膠蓋，然後繼續為馬注射肉毒桿菌和狂犬病疫苗。因為獸醫總要騰出一隻手來按住動物或者安撫動物，所以理所當然得把牙齒當成第三隻手。

獸醫告訴我，「有時像哈妮這樣的老馬或生病的馬會被『剔除』，也就是讓馬倒下或躺下來睡覺後，再也無法重新站起來。」

「我們有時會發現她被夾在牧場大門或畜欄的門下，」瑞奇回答道，「但我那今年二十五歲的女兒不知道沒有哈妮的生活要怎麼過下去，每次獸醫來的時候她都不出來，因為她拒絕參與討論。」瑞

奇伸長雙手翻了個白眼。她的身材矮小粗壯，曬得
黝黑的她穿著Levi's牛仔褲和白色涼鞋，腳趾上塗
著指甲油。「你會騎馬嗎？」她指著我的靴子問。

　　「我騎摩托車，」我告訴她，「不騎馬。」

　　獸醫繼續注射瑞奇剩下的三匹馬，用牙齒拔下
針蓋，一邊輕拍撫摸每隻動物，然後將針插入頸背
的肉中。

　　「你覺得我們應該怎麼處理哈妮？」瑞奇問
道，她凝視著女兒藏身的寂靜房屋，彷彿她問出這
個問題就會將她引到窗前。

　　「這是生活品質的問題，」獸醫說，「哈妮吃得
好嗎？有維持體重嗎？可以走動嗎？我見過跛腳得
很嚴重的馬，但生活品質還是很好；這些馬步履蹣
跚但很快樂。小動物病得很重時會無法走到外面上
廁所，這會讓牠們心情很差，產生焦慮，這樣子活
著非常痛苦又尷尬。」

　　「所以你認為是時候讓這匹馬長眠了嗎？」她
問道，又看了那幢房屋一眼。

　　「如果你認為時機成熟了，我會支持你的決
定，我會在哈妮的家裡進行，因為在家裡比較舒
服，不然我也可以把她帶走，讓她在醫院裡長眠，
這樣你和你女兒會比較有辦法面對。」

　　「我不希望我的馬變成一叢牧場馬鈴薯。」瑞

注意對話。
注意兩人對話
中被置入場景
的資訊。

奇說。

「我懂，」獸醫說，「這是一個艱難的決定。」

「所以我們該怎麼辦？」

場景二結束。
「你要我做這種決定，我寧可付你們十美金。」

再一次留段距，想讓讀者喘口氣時可使用。

資訊
溫蒂·費里曼平均每天看八個病例，她治療馬、山羊、綿羊、乳牛，偶爾治療美洲駝，緊急情況發生時還會遇到難產和妊娠毒血症的案例，上述狀況常見於接近分娩，且因小狗襲擊而受傷難以行走的母羊。對馬來說，跛腳和足部膿腫很常見，急腹痛（胃痛）也很常見。乳牛則可能罹患「生乳熱」，乳牛吃穀物往往會吃太多，就像小孩吃了餅乾後肚子痛那樣，暴飲暴食總會導致農場動物死亡。

過渡及場景三
懷孕困難和分娩困難是家常便飯，而且很難處理。「我曾追過一頭肉牛，牛的腳下掛著一隻剛出生的小牛，母牛在兩英畝的土地上狂奔。我和農夫試圖用卡車把牛圍住再推到一個棚子裡，但她用頭猛撞兩輛卡車的門，所以我們放棄了這個想法。我們決定用繩子綁住她；耗費一小時才把牛用繩子圈住，我們把牛腿綁在我卡車的保險桿上，把四肢張開後擊倒她，再把小牛拉出來，這可是粗活。」

資訊
把這種特殊情況和一般生產小牛的過程形容為「粗活」算是太客氣了，這是她工作中最累人的某

些部分，尤其是對於一個體重只有一百二十磅的瘦弱女子來說。有時候捉住一頭發狂受驚的母牛只不過是一齣離奇戲劇的開端。有時候母牛會因懷孕而激動萬分，但小牛卻深深卡在子宮裡，獸醫費盡全力在疲憊和沮喪中花上一小時伸手摸索，卻徒勞無功。當下她失去了時間感和自己對現實的把握，最終開始想像可能她正處在噩夢中一樣迷失自我，彷彿即將淹死在母牛體內，或者在恍惚無意間忘記拉小牛，反而還推了小牛一把，差點害即將出生的小牛窒息。有時獸醫在寒冷的夜風中劇烈顫抖，當所有的精力和精神都已耗盡，她會開始想要失敗和放棄，心中想著放棄的話可能會有什麼誘人的回報，比如說：溫暖、食物、咖啡和睡覺。

內在觀點：透過獸醫的眼睛目睹分娩場景。

但即使生產過程順利，但小牛最終拉出來的時候，她也時常會經歷短暫又驚慌的挫敗感，因為難產的小牛在剛出生時通常看起來就像死了，看起來眼神呆滯、舌頭腫起。獸醫知道自己必須借助鼓勵和勸誘才能把小牛的生命喚回。她清除喉嚨中可能卡住的阻塞物開始進行人工呼吸，在痛苦又漫長的幾秒鐘內她只能祈禱，直到小牛睜開黏糊糊的眼睛開始猶豫地抽動，企圖與自己的身體溝通並控制身體。獸醫說她最後總是同時經歷恐懼、疲憊和沮喪，以及一種令人振奮的勝利感，她把這種感覺銘

記於心，直到下一個漫漫長夜來臨。

場景四　　　在距離最近穀倉有兩英里的一處沼澤地，近期有一頭母牛決定在傾盆大雨中生產。農場主人是個固執又貪財的商人，一直等到晚上十點半才打電話給她，獸醫在三十分鐘內趕到，協助他把牛拴在拖拉機上，並在穩固的地面上用藥物迷昏牛。「應該說是穩固的泥巴地吧，我們渾身濕透，雨具根本毫無作用。」她試圖幫小牛接生卻發現是臀位，需要開刀剖腹。

農夫希望她在牧場動手術，這個辦法最經濟，但對母牛或小牛來說都不是最安全的方式。獸醫表示現在下大雨，農場主人提議搭帳篷，但她反駁他，說她需要電力，所以農場主人說他隔天再開拖拉機拉一個墊木把母牛運到穀倉。獸醫拒絕為了墊木等一天，農場主人這才同意從附近的動物醫院叫救護車載牛。送到醫院可以在更安全的環境下分娩。最後獸醫的委託人（即農場主人）一直很合作。但有些農場主人比他們養的動物更難對付，有時眼裡只看得到錢，雖然他們耳朵聽見獸醫正為此受折磨而抱怨抗議，心裡卻只容得下收銀機的叮鈴聲。農場主人通常自認為比獸醫更了解自己養的動物。

不需要留段距，因為這兩個場景是連貫的

場景五　　　有天晚上有個農場主人打電話給她，要求她為

一頭中毒垂死的懷孕母馬進行剖腹產、挽救小馬的
性命。手術在牧場進行，兩輛皮卡車的前車燈負責
打亮現場。他們在母馬的脖子上放置一根導管，以
便在分娩後立即實施安樂死。他們擋住母馬腹部某
個區域並執行剖腹，小馬很快就誕生，但母馬已
經死了。「天上下著傾盆大雨，」獸醫說，「到處
都是閃電和雷聲，這匹母馬躺在一條主幹道上，我
說，『必須把這匹馬挪走，不會有人想在天亮時看
到或聞到有匹母馬開膛剖肚死在這裡。』」獸醫堅持
向對方問明白為什麼這匹馬一開始會病得這麼重。
對方不是常常約診的客人；她從未見過這個男人，
農場主人說這匹馬病了三天，走路的樣子有點滑
稽，吃得也不多，舉止又怪異。獸醫問了他一個關
鍵問題，農夫回答：「沒有，她沒有接種狂犬病疫
苗。」

　　此時的她知道接下來要跟這名頑固的農場主人
打交道會更加困難，「我們需要截下馬頭，才能檢
查狂犬病。」她說。「我們爭執了一下，但我很堅
持。」農夫不情願地同意並後退一步觀看過程。
「所以我在雨中鋸掉馬的腦袋，完成後把馬頭放進
桶裡。」有一道柵欄將牧場與高速公路隔開，獸醫
把卡車停在這道柵欄的另一側，她的計畫是越過柵
欄把桶子交給農場主人，然後農場主人再把桶子放

獸醫描述自己
故事的同時也
重現自己的對
話。

內在觀點

到她的卡車上，但現在農場主人突然不見人影。所以她把搖搖欲墜的桶子放在柵欄頂端，這樣她就可以爬過柵欄，然後把桶子提到她卡車停放的位置。她剛爬上柵欄桶子就翻倒了，馬頭滾到大馬路中央。「我跑到快沒命，一把撈起馬頭就扔進我的卡車，然後跳上車。開車經過那個路段的人可能以為發生了什麼《教父》（*The Godfather*）電影裡的情節了[1]。」這隻馬沒有狂犬病，但獸醫有義務進行必要的檢驗。

獸醫在穀倉裡找到一個電源插座旁邊的位置，然後將去角工具的插頭插入插座。她走到外面打開一處圍欄，裡頭有兩隻小牛正在等待，她選了一隻身上帶有棕色斑點的小牛（她開玩笑說，「是可以擠出巧克力牛奶的那種。」）然後把小牛帶了進去。她的動作迅速，先將牛角周圍的毛剃掉，然後伸手到包包裡取出利多卡因，這是一種止痛藥，她已經把止痛藥抽進皮下注射針頭裡了，然後直接在牛角周圍注射利多卡因。接下來輪到電動去角工具上場了，它類似牲畜烙印用的烙鐵，外觀呈圓形，就像一個大大的「O」，也像中間有個洞的甜甜圈。她抓住小牛的耳朵，將小牛的頭抵在自己身

---

1 電影中，教父派人殺死影視大亨的愛馬，並趁夜將血淋淋的馬頭放在大亨床上，作為一次無聲的警告。

體上，然後把去角工具的「O」字頭插入小牛的牛角，慢慢將去角工具向下壓，將熱燙的去角工具戳入小牛小小的腦袋。

　　首先出現一縷藍白色的煙霧，我們可以聞到燃燒毛皮時散發出一股潮濕又明顯的惡臭。然後，隨著她施加的壓力愈來愈大，出現了燒烤動物皮層那種原始的氣味，接著是燒烤骨頭的聲音。她來回扭動去角工具，直到牛耳上方露出冒煙的銅色環圈，小牛的頭上似乎冒出煙來，這隻無助的小動物彷彿靈魂突然被惡魔捉到一般。「牛角是從毛髮內部和下方的細胞中生長出來的，所以如果你讓牛角周圍的皮膚壞死，就永遠不會再長出角，牛會感覺到熱熱的，但感覺不到疼痛。」她補充道。過去牲畜放養的範圍很大，所以需要角來自我防衛。到了這年頭，牛角已經沒有任何實際用途，還會讓牛隻互相挑釁，可能對農場寶貴的牛群造成傷害。

深入的細節

　　客戶會要求獸醫執行此類程序，當中也包括去除肉垂，這是一種從山羊脖子垂下的皮膚附著物，在過程中她會用一把巨大的剪刀剪斷每一個肉垂，就好像剪指甲一樣。「動物可能不會感覺疼痛，雖然失去身體的一部分並不是特別愉快的經驗。」獸醫為了美化外觀，可能會除去侏儒山羊發育中乳腺上的第三個乳頭。這是一種遺傳缺陷，會使山羊無

資訊

法參加比賽或繁殖。這個過程會使用局部麻醉來減輕疼痛，並用一種類似普通鉗子的剪刀剪斷乳頭，可在三分鐘內完成。

場景繼續

為第二隻小牛去角的過程不像第一隻那樣順利，第二隻小牛瘦弱蒼白，大約四個月大。可能是因為第一隻小牛去角時在地上排便，所以讓第二隻小牛不斷滑倒。小牛掙扎時飛舞的腳蹄讓獸醫的卡其褲上滿是糞便，也沾到她的真皮網球鞋。「動物很喜歡站在人的腳上。」她說。

獸醫拿著去角工具燒灼牛皮，把工具一圈又一圈扭動，小牛隨著每一道刺耳的聲音扭動跳躍，她從臉上吹去一團煙霧，然後說，「如果可以在肩膀上放一個小風扇就好了。」去角工作完成後，她用工具熱燙的環圈在殘餘的小角上摩擦，一次一邊，邊磨邊燒。她用黃色的 Furox 粉末噴在燃燒後的圓圈上，然後將小牛送回圍欄。牛角會在幾週內脫落，她說小牛什麼都不會記得。

也要留意細節的特殊性。

回到卡車上時，獸醫繼續我們之間的談話，剛剛的去角工作彷彿從未發生，或者因為太稀鬆平常所以沒有什麼值得討論的。「我剛剛工作的馬廄裡有個女人，她是名叫帕特的教師。她的馬又老又瘦，跛腳很嚴重；她不能再騎這隻馬了，但是每天她都會去穀倉牽馬去散步，餵牠吃胡蘿蔔；她總是

場景七

牽著馬閒逛，放馬吃草。每次我都會走到馬的身邊
撫摸牠說，「噢，影子，你看起來狀態不錯喔。」
每次要離開馬廄我一定會跟影子打招呼或道別。

「那一年，我離開工作崗位去過聖誕節假期，
離開期間影子做了緊急手術，手術後牠瀕臨死亡，
但是帕特一定要等我回來才願意讓他長眠。她要我
開車去利默里克，那裡有一個寵物墓地。她要我在
那裡對影子實施安樂死，這樣我們就可以埋葬牠。
但等我回來時一切為時已晚，影子需要立即執行安
樂死。我說，「帕特，說再見的時候到了；牠受夠
了。」帕特走進馬廄並低喚牠的名字，影子抬起
頭、轉頭看著她開始嘶叫。「我們都哭了。」結束
後我們幫她把馬裝上拖車，讓她將馬載去埋葬。

「不久之後，那個女人寫了封信給我，她表示
我每次都會跟影子打招呼這件事對她來說意義深
重，我記得讀著這封信時心想，『真奇妙！我只是
停了一下腳步跟她的馬打聲招呼，就讓她覺得我真
的很重視她的馬。』有些客戶會希望你做這些事；
這些客戶希望感受到獸醫真心關心他們的動物。

「去年聖誕節前四天，我不得不幫一名氣喘小
女孩養的老馬執行安樂死。她每天都會戴著口罩去
馬廄照顧那匹馬，馬在聖誕節前的那個週末病情急
轉直下；當時輪到我值班，我和馬熬夜熬了兩個晚

場景八；無須
過渡或中斷文
字，讓一個場
景自然流向另
一個場景。

上，病情卻沒有好轉。她已經沒有錢幫馬治病，我們決定幫馬安樂死。直到現在我還記得那個小女孩戴著口罩走進穀倉時的表情……我是唯一能終結牠生命的人，那是我此生最糟糕的聖誕節。」

場景九；面臨艱難的決定。

一天即將結束之際，我們回到她的辦公室，獸醫在停車場附近的一塊草地上彎腰檢查一隻棕色的奴比亞山羊，山羊罹患一種罕見的腎臟疾病，但飼主負擔不起高昂的治療費用。獸醫已經幫山羊的飼主工作了六年，飼主自己也罹患愈來愈嚴重的多發性硬化症。兩人的對話言簡意賅；那個女人的選擇非常有限。「好了，」她對獸醫說，用交通警察的手勢舉起手、掌心向前示意獸醫**停止說話**，「已經說得夠多了。」回想當時的畫面，我發現安樂死發生得很快，但一旦開始，過程卻顯得漫長而折磨人。我在現場目睹時，宛如慢動作在我眼前播放。

獸醫取出一根導管，導管上有一根長管裝著粉紅色液體（苯巴比妥鈉），她將其插入山羊頸部，血液從導管濺到獸醫的手上。有那麼一瞬間，這隻小山羊似乎同時也在膨脹，接著突然在半空中凍結，一個無聲的顫抖像安靜的雷聲一樣傳開來，穿過山羊戲劇化又神聖的身體每一處傾斜和優美的弧線。最終山羊倒在草地上，發出一聲悶響。

這下子，女人哭了。她坐在地上撫摸著她的

羊，她輕拍山羊的頭，把兩隻耳朵一次一隻貼在自己額頭上，眼淚順著她長滿皺紋的臉頰流淌下來。獸醫伸手試圖用手掌闔上山羊的眼睛，但眼睛闔上後又再次睜開，那隻羊誓死捍衛自己。那雙眼睛是冰藍色的，看起來就像在陽光下閃閃發光的鑽石和彩色玻璃。

　　我不知道獸醫為何要選擇在光天化日之下進行這麼私密的行為，在此同時許多人還是一樣日復一日活著，彷彿什麼事情都沒有改變。他們渾然不覺有一隻動物失去了生命，而某個日暮西山的女人也彷彿沒有失去摯愛的朋友一般。在草地另一邊，有人正穩穩將一匹馬裝上拖車並大聲與同伴說話，維修工人開車經過時微笑著揮手。山羊繼續顫抖呻吟，女人撫摸牠的耳朵。

　　「牠死了，」女人大聲說，「雖然發出這些聲音，我知道那是不由自主的，牠不會回來了。」女人很快掙扎著站起身蹣跚走回道路上，顫巍巍地爬上皮卡車，她發動車子並駛離。我可以看見她從後視鏡凝視著我們。現在獸醫和我獨自站在草地上靜靜盯著山羊。「這隻山羊不錯，」獸醫說，「我本來想告訴那個女人，『我們把她送到醫院吧，我會付錢把羊治好。』我會花掉三百美金，但我已經做太多了；這次我真的不想再花自己的錢了。」很快

請注意作者的聲音在此加入，但他只參與了故事的一部分。

獸醫的身影消失在辦公室中，我在棕色山羊旁邊坐下；我撫摸牠的耳朵，凝視著牠冰藍色的眼睛。

反芻動物是一種消除腐物的動物，貫穿有四個隔間；反芻是所動物們會廣食很消過反芻再下肚。「從治療的角度看，山羊很簡單，你可以把山羊的胃然後倒過來。山羊不會像牛你的；也不需要對其另設備。大多數情況下山羊得的那都是一些簡單且清楚的病症，如果山羊最後真的得了太嚴重的病，就算地安樂死。因為山羊不太值錢。最終還是只能想考著：曾有個農夫曾養一隻生病的動物說：『我可以花三十美金換一隻另外的動物，為什麼要花五百美元來治療？』」

她聚精會神地看著，彷彿覺得自己可能說了一些冒犯人的話。這位獸醫不同溫馨、費里曼、外敦看起來乾乾淨淨；高挑、苗條又瘦著。穿著一條短成白色的牛津褲。身材精瘦的她也一邊梳起頭，帶點男孩子氣。我脫下襯衫穩穩和相沿，同時對著她細細地說服，希望能安慰到她，希望能讓她感覺對不存在。商上中的劇的同志，豌與動物一起工作我很樂與著；而三之點上最高一本類的獸醫的存在，內容包括觀聚如何與動物和人之間的關係。不使用多動的字眼，大多是用一種特殊且無聲的咖啡酸言語下，來與他們的溝通交流，那所有無主一樣。他們選等可以透過測對動物本身挑戰自我，但獸醫也享有一條非常寬實的免責條款——有個合

資訊：用麻醉藥的口腔服藥（不需用作者的口吻）

因應：有如何等同於文章的過渡概念。

更多資訊：場景二開始。

場景的延續：內容需置入資訊。

深入的細節：用力福按開針筒。

法緒束生命的能力或許是他們工作和使命中的最高特權，而那也是他心靈市場具有的精神會醫踏。

獸醫說安樂死總會讓客人難以接受，比如她那天第一站要看診的另一位，似乎地的客人產生一種情感依戀，因此讓病主在得情事前面由主法意理智出自省責任的那一片身體綠色田野的邊境，或就住在鄉下一塊田野邊青色田野黃昏的田園中，那兒明亮盛開的藍色的地田年老和關節炎及在腐爛而痛苦地死去。

獸醫聽時常說她有女兒和朋友們因不能被安排死這個困擾，一邊用牙齒拉出斷裂的塑膠盒，然後順著為為主對均勞群組利伯大病疫苗，因為獸醫很樂意一隻牛就被注動物者安撫動物，所以理清當別把牙齒盒第三隻。

獸醫告訴我，「有時像你唯這樣的老夫妻走來的為會被到『別行』，就這讓馬刷下無不家輔管後，為也無法當到的起點。」

「我們有時會使他地被夫有故場大門及窗戶關的門？」瑞布切口答道，「似我那件今年二十五歲的兄女不用道，和地似乎平的生活景怎麼過了，每次獸醫來的特候她都不出來，因為她拒絕事詢討論。」瑞

奇神長雙手翻了翻白眼，用針筒小的心插整，嘟著那黑的把那 Levi's 牛仔褲和白色洋膝，腳趾上甚是至在油，「你會特為嗎？」她為意的的手問。

「我轉學起身，」我去詢彼，「不特為。」

獸醫繼續注射揉身邊的三巴馬，用牙齒拉了到至，一邊射拉藏為為動物，然後將針插入頭管的肉中。

「你愛得我們應該怎麼處理呼呢？」瑞布問道，她放現是女兒蔵的故鄉自愿，特神她用這個問題就會將她引到首前。

「這是生活上質的問題，」獸醫說，「哈呢呢浮好嗎？有時很會使你動物體青嗎？可以是動嗎？我見過她鄉得很甚勁的為，但生活品質還是無計：這些馬今身瑪瑞卻很供給，小動物有得很需時會無法走到別在上所叫：遇身獸醫們小得，產生集進，這樣子於落於會會落又想起。」

「所以你認為是的時候讓這匹馬去死了嗎？」他說道，又會了那傾身看一眼。

「如果你認為時候成熟了，我要支持你的決定。我會去呼呢的家裡進行，因為在家裡比較舒服，不然我也可以把動車，讓給去醫院被它關，」

「我不希望我為壁成一家故場的掉著。」

注意到話：注意帶人對話中出現場景的資訊。

奇說。

「我懂，」獸醫說，「這是一個艱難的決定，」

「所以我們該怎麼辦？」

「你要我做這樣子的十五美金。」

溫赫、費里曼平時每條馬的每八個城柵，絕治療要馬一公斤、球莎、杜牛、偶爾治療再河叫，緊急情況後及時還會順訂離產和細莖森血症的到的。這就似乎看來很這分鐘，且即小與醫學和受傷歸往行走的專牛，對馬果說，腿脾和足部關節就要更，危腹瘤（胃瘤）的指物，甚至「生花熱，牛不吃穀物但注會吃太多，就爆一顆吃下無氣熱，最能的食糧會導致鼓脹腸物的。」

很因圖辨和分彼圖顯在案實使使，而且很顯是「我背這這一場馬牛，牛的卯下若一隻刷由出生的小牛，母牛在由雌找的土地上生身，我和農太試圖用牛牛把牛回找肉拜到一個頭子裡。但她用繩維把兩輪肉牛拉身子，所以我們做著身到嫩後，我門決定用繩把地拉出。和小牛用繩子把住，拉拉親位就子身的頭住，把妇拔很圖後拉到。再把小牛拉出去，這可真腸讓，」把這種牲品牛一般生產小牛的過程形容為「拉沿」某也太容易了，這是她工作中最真人的事。

場景二結束：兩一之留切言。帶讀著到的這個口氣所可使用。資訊

過渡及場景三

資訊

怎部分，尤其是到的十一個體重只有一百二十呎的瘦弱女子身旁。有時候就在一頭健壯家累的母牛不過及一期瞬奇戲劇的開始，有時候母牛會因像向汝動數累力，但小牛靠深深牛在子宮裡，獸醫費全力在處理和漲身的牛上小一小時命身裡，即該看最功。當下地為了間因彼時和自己對視實的地時，最終將她值情可能被止處在感盖學中一這這大勇力，捍德即讓定見在牛身裡內，或者在倒流過最知記起拉小牛、成而還拿了小牛一起，差點要倒對拉出小牛變無了。在特軟最本它的夜孔中到到脖臉小牛里血，當時有時精身和構評於乱，她會開始想想平為殺的甚索，比如說：溫暖、食物、咖啡和糖蜜。

你哼麼生產過程嗎？你小牛靠終就在冬間身、她也特覺接觸超許文脫的的朝機械，因為聯盛出小牛時值講覺間地死了，看或表歡保渾淳、古緩慢時，獸醫知道自己必須情地拉叫牛住小牛的生命命時，她清除欣慢中可貼午住的因聚觀蹈那是她進行二十小時而處的，最清小牛身體內地吼出的身，是到小牛哼裡那倒倒開開始讓地地吼，因到自由己的身體建過是即身輔有叫，金圖向自己的身體建連小牛身，獸醫說地最知覺何以同候那是很信價，處煙和淋痛，以及一種個人振奮的膀利感，她地這種感覺能

場景四

內在觀點：透過觀察的眼睛可用分追進的

不需要留言：因為這用個過激是連接的

記什立的，直對下一個溫渡漫長微景臨。

凸顯離牧豆數會有向英黑的沼澤地，近期有一頭母牛決定去困難太痛的生產，農場主人是因因困執父對時的前人，一直筆到他上十難手打打算捆綁她，獸醫要三小時還之同意則對的動物暫院叫孔拉機上、上在稻囚的地血上用鎖物這些不。「電話便是稻個的花巴妮地，我們算身過遙，而再根本意生作身。」她試圖累片伴身主聯發現產裡雖，盡能力對討把。

農具希望她在犯場動手前，這個卸去最與經溫，但仍母牛有太小牛長肥部不是最安全的方式。獸醫表示，這是牛太的，農場主人犹損路牆道，但她反較地，就能重要爱力。所以農場主人就隔天再開始，拉機拉一個整水紅母牛選到殺會，獸醫那地現了，等本早一天，農場主人進決之同意則叫的動物暫院叫孔拉機事情身。這到覺院可以之更安全的環境下的行叫，最後獸醫身的牽地人（即農場主人）一直混合作，但母牛是牛本上比地彼的動物獸酪對付。有時候獸了把同眷到某一義起毒蓋毒血馬尤它只研磨血電恐慌情慢，心裡即只原研分呼來收機牠付可到雙，農場主人該竟而以比獸醫了解自己養的動物。

〈艱難的決定〉中凸顯過的場景區塊。

文後評論

　　凸顯區塊一不太算是場景，因為沒有什麼情節，但也已經足夠了。因為作者唯恐太快失去讀者的注意力，所以希望在開頭就塑造出

情節和氣勢，在後文中你會看到第一個「半場景」其實是「框架」的一部分。

凸顯區塊二從頭到尾都算是很好的場景，有對話、描述、細節，場景中也置入了資訊，因此讀者可以在情節推進時順道得知這些資訊。這段內容重現了發生在作者和獸醫身上的事件。相比之下，〈艱難的決定〉中的其他場景大部分都是獸醫過去發生過的事。

凸顯區塊三是一個簡短場景，也可說是一個獨立的故事，這是一段引述。而凸顯區塊四和五主要是獸醫說的故事，我已改述了內容並且用戲劇化的方式加以描述，但這兩段都是自成一體的故事，不僅有始有終，也有事件發生。

凸顯區塊六是另一段重現的內容，故事中置入了大量資訊，這裡有兩個場景：連續兩段幫牛去角的故事，但這兩個事件是在同時間同地點發生，所以算是同一個故事。（去計算有一個區塊或兩個區塊其實不是很重要，只要能通過標黃色的測驗就好。）

凸顯區塊七和八是獸醫說的故事，我已改述過內容並用戲劇化的方式加以描述。凸顯區塊九的內容重新詮釋了這篇文章的標題：艱難的決定。

在此總結：這篇全文三千七百字的文章中共包含九個凸顯區塊，即九個場景。有些是重現我過去經歷的情景；其他是根據獸醫和其他人告訴我的故事再重新詮釋過。在每個凸顯區塊中都會發生一些事件；事件可能各自獨立。有時每個場景之間都包含資訊。在其他情況下，一個場景中會置入資訊，然後自然匯流進另一個場景，而資訊會讓讀者認識更多關於人物、地點或主題的事，此舉有助於闡明故事。

練習十二

　　請閱讀〈三面向〉和我在該文後的評論，然後回頭把場景標出來，像我在〈艱難的決定〉中做的那樣，凸顯場景。

　　全文約有四分之三的篇幅是凸顯區塊，你的文章中不需要有那麼多，但一般來說，這樣的區塊篇幅愈大，文章就愈好，只要比重能與資訊相互平衡即可。無論是風格還是內容都不應該讓讀者疲於消化；然而當兩者結合時，卻可能讓讀者努力消化文字的同時也獲得資訊。我認為下文中蘿倫·史雷特的文章〈三面向〉即是如此，文章內容大部分都是故事和場景，但從頭到尾非常有力又引人入勝，對讀者而言也是一場學習體驗。

〈三面向〉，作者：蘿倫·史雷特

　　琳達·懷康：初步入院評估

　　懷康女士是一名三十七歲的單身白人女性，因自殺未遂或自殘住院三十多次，情緒不佳時會輕抓手臂，小時候曾遭受多次性虐待，現在要求在門診治療暴食症。懷康女士表示

自已白天會嘔吐多次，牙齒發黃腐爛可能是因為嘔吐過程中胃酸造成的。

客戶已會同社工、心理學家和精神科醫生歷經七十次以上（！）的門診。她「開除」了這些人，因為無法忍受他們限制她的行為，她威脅要告「至少八個人，也許更多人」，因為「他們從未提供我需要的治療，他們對自己的專業構成威脅。」請注意：客戶從未真的告過人，但確實要求直接接洽醫療人員，也曾經在半夜打電話給她的治療師，對著治療師大吼大叫，說她需要馬上看診，要求遭拒絕時便會自殘。

在入院評估約診過程中，客戶的表現為落淚和話聲微弱，她戴著大圓圈耳環，化著濃妝，表示自己罹患痛風，要求開處方藥，被拒絕後態度卻變得挑釁。這位客戶可能患有妄想症，儘管她的三大定向認知面向（人、地、時）完全正常，她知道自己是誰、知道自己在哪裡，也展現出能正確判斷歷史人物所處年代的能力。諺語釋義：尚稱具體。系列減七法：無問題。建議：心理測驗；針對飲食失調問題，每週進行一次行為療法；如果她無法控制暴食症，可能允許入院。

「所以誰想接這個個案？」我工作單位的門診部主任西萊醫師問道。他剛剛一直在閱讀初步入院評估，看完後折好放回綠色文件夾中。

沒有臨床醫生想接這個案子，一個讓人疲於奔命又有自殺傾向的女人會對所有人的工作內容增加很大的壓力。艾倫把目光移開，維若妮卡忙著整理裙子上的皺摺。職員室中一

片靜默。

「你要接嗎？」西萊看著我的方向說。他知道我的個案數少了，我的工作報告上顯示除了住院計畫中的慢性精神分裂症患者之外，我還要看至少二十位門診病患。

「嗯，」我說，「這個案子聽起來工作量很大。」

「哪個案子不是？」維若妮卡說。

「那你怎麼不接？」我說。

「我時間滿了。」維若妮卡說。

「你的時間還沒滿。」西萊醫師補充道，然後將文件推到桌子對面給我。

電話響了六次，可能有七次，我才聽見電話另一端傳來一個小小的聲音：「你好。」對方低聲說。我宣布自己是新的治療師；我們來預約時間看診吧；很期待與你見面；我還是告訴你一下診所的地址，以免你忘記──

「沒辦法，」那個聲音哭著說，「沒辦法沒辦法。」我聽到哽咽聲之外還有塑膠袋的沙沙聲。「一天十次，」那個聲音說，「裝進三十個三加侖的袋子，我全花掉了，」電話那頭傳來抽泣聲，「我把每一毛錢都花在買冷凍披薩上了，我看到血了。」

「你得去醫院。」我說。

「噢，拜託你，」那聲音大喊，「在我自殺之前把我送到醫院好不好，我怕我會自殺。」

我叫她不要輕舉妄動，等我一下，然後我把聽筒掛上。

報案程序我了然於心，我撥下九一一，把她的名字和地址告訴救護車公司，告訴他們不必押送她，因為她說願意去醫院。接下來他們會將她送到急診室，再將她安置在該州某一處住院病房。她不能住進我們計畫底下的住院病房，因為她既不是精神分裂症患者，也不是男性，入院的兩個標準都不符合。在三天到四週之內，她被分配到哪裡就得待在哪裡，這段時間可能足以讓她忘記我曾打電話給她，忘記她曾在我工作的診所裡流連。她送到醫院之後，院方可能會幫她安排一名醫院附屬的事後關懷心理學家，而那位心理學家就必須處理她的需索無度，而我則幸運逃過一劫，可以擺脫燙手山芋，至少我是這麼認為的。

兩天後我在辦公室接到一通電話。「琳達・懷康小姐告訴我們你是她的門診治療師，請問下週一下午你能來參加團隊會議嗎？」

「嗯，我其實不認識她，我是分配到這個個案沒錯，但在我跟她見面之前她就住院了。她現在人在哪？」

「維農山莊，我是這裡負責她的主治心理學家，你願意就她的事後關懷計畫跟我們見個面嗎？」

維農山莊，維農山莊。即使已經過去這麼多年，傾刻間那個地方又在我眼前清楚浮現。那磚砌的建築，綠色的常春藤爬滿窗扉。護士像成群的海鷗一樣在廊道上飄忽移步，他們用鳥喙叼著針頭。我的心跳加速；如鯁在喉。

「維農山莊？」我說。麻薩諸塞州有數百家醫院，為什

麼非得是這家？但內心有另一部分的我卻認為自己應該早有心理準備，因為過去與現在終會相逢；鬼魂會在所有塵封的空間裡遊蕩。

「聽著，我根本不認識那個女人。」我重複道，我從自己的聲音裡聽出某種絕望，我努力想壓抑這股情緒，想擺出專業的派頭。「我的意思是，」我說，「這位病人雖然嚴格來說確實是分配給我，但在進入我職責範圍內之後，還沒開始正式的心理治療流程。」

對話暫停。「但嚴格說起來，」對方的聲音反駁道，「她確實是在你負責範圍內對吧？她在你那裡有什麼紀錄嗎？你的診所有同意接下這個個案嗎？」

「有，」我說，「好吧……有。」

「那下週一一點鐘，在懷曼街——」

「二號，」我苦澀地打斷他「懷曼街二號。」

「好，」她說，「到時見。」

還能怎麼辦？確切而言，這個案子已分配給我，但這一切不再只關乎這個個案了；我現在的猶豫與琳達・懷康無關，也與她染色的牙齒無關。我腦中想的只有磚牆上的常春藤、護士身影、針頭。當夜幕低垂，欄杆會把星光切成一段一段的，我記得在懷曼街二號望著窗外；我記得羅斯瑪麗吞了她藏起來的藥丸，她是怎麼用舌頭撥弄那些德美羅[2]後陷

---

2 一種化學合成的強效嗎啡類麻醉止痛藥。

入深沉的睡眠，只有心室輔助器砰砰的敲擊聲才能喚醒她。猩紅色的液狀藥物裝在塑膠杯中，房裡沒有鏡子。

　　在過去就這樣遇上現在的寂靜時刻，想法如此清晰地湧上心頭，今與昔的縫隙已經消弭，時間開始流動。有時我希望時空能保持固態恆常，就像現在壁爐上時鐘的滴答聲一樣，彼此皆是明顯獨立的。但我們在真實中打破了所有界限，帶著希望向前飛馳，卻在記憶鋪成的徑道上節節倒退。

　　但是除了探伸，除了記住，我們還能做些什麼？這個案子指派給我，我還能怎麼樣？我得走進記憶，深入記憶，回到過去。

　　美國文化中充斥著市場性的告解行為，這我知道。我也知道針對這種趨勢的批評，這種公開證詞是如何輕視苦難，並助長自戀心態恣意污染我們國家的性格。我確實同意某些針對這種告解的批評，基蒂・杜卡基斯（Kitty Dukakis）[3] 公開告解，炫示自己的酗酒行為給所有人觀看，我心中完全理解溫蒂・卡米納（Wendy Kaminer）[4] 對這種行為深切且部分合理的蔑視。或者是歐普拉，她像牙醫拔牙一樣從靈魂中榨取出能公開告解的素材，然後在眾目睽睽下興高采烈揮舞著血淋淋的牙根，探勘膿腫牙齦上的大洞，而所有人還毫不羞恥地看著這張慘不忍睹的嘴就這樣用荒謬可笑的方式公諸於世。

3　美國作家，她在她的書《衝擊》（*Shock*）中透露自己從二〇〇一年開始接受電休克療法來治療重度抑鬱症。
4　美國律師和作家，她寫了幾本書針砭美國當代社會問題。

像個好醫生一樣保持低調，少說一點或者閉口不言，最多只承認自己感到同情或內疚，不是更謹慎的態度嗎？人為什麼要將自己攤在光天化日之下？此舉是否滿足了某種自戀需求，代表聚光燈終於打到自己身上了？也許有一點對吧？但我記錄下自己生命的各個面向，不是為了陶醉在這些生命片段的恐怖本質中，而是為了告訴你：與許多病人在一起時我感到很親密，我感覺到愛。我相信時間終究是流動的，人與人之間的界限也是如此，幫助者與傷害者之間的界限總是模糊，我認為傷口從不會只長在某個人的皮膚上，而是會向外伸、抓住我們所有人。當你死去，這個世界上就少了一口呼吸，遠方大陸的某個人也斷了最後一口氣。當瑪麗、拉里、喬治、派西、鮑比、哈洛德哭泣時，當我為你哭泣時，別忘了我也在為自己哭泣。

　　我必須開車出城才能抵達目的地，在過去的八年，我總避開那段四十英里的道路：曾經的那片農田、奔騰時噴出沙土的馬匹、護士讓我到山口放風時我所坐的一棵寬闊柳樹下。現在山上卻散布著矮矮的方形房屋。但我轉過彎後，這座建築的圓頂明顯聳立在一座山頂上，像一艘閃閃發光的宇宙飛船一樣浮在遠處，看起來與十年前並無二致。當年我從山口走回時看見的正是同一棟建築的圓頂，彷彿銀色的水泡在春日的天空中破裂，我數著一、二、三，逐漸接近時我的心怦怦跳了起來，半是恐懼，半是鬆了一口氣。一度覺得自己安全，然後又陷進去了，又覺得安全，然後又陷進去

了──

　　我胸腔裡的同一顆心像過去一樣怦然跳動。我發現自己又在想著同一句話：又安全了，又陷進去了，握著方向盤的手心已經汗濕。我提醒自己：我已經不是當年那個女孩，我變了，我長大了，我現在是一名心理學家。經過許多年後，這個女孩已經拋棄她喜歡的印度印花圖案背心裙和笨重的罩衫，學會穿上一襲訂製裙，拎著一只黑色Coach真皮公事包。然而當前這個形象竟是源自過去那個混亂的我，這兩者之間的差異之大，令我不可置信。有時我會想像自己在員工會議當著所有同事面前大吼大叫，而他們全都以為我是一位勇敢又跟他們很熟的醫師，我有多少次都想對他們坦承，「曾經我也……」

　　我要告訴他們的故事是這樣的，出於五次不同的原因，從十四歲到二十四歲之間，我大部分時間都在這家醫院度過，而我現在正要轉進這家醫院的碎石路。在我二十五歲前後、醫院宣布我「康復」之前，我平均每一年都會留院長達數個月。即便到了三十一歲的現在，有這些應該留在過去的往事，以及這麼多時間來建構和解釋那些導致我被關押在此的精神問題，我卻發現自己依然會語塞。我腦海中浮現出許多景象，也許藉由這些景象我能夠闡明我的故事。五歲的我坐在鋼琴邊，就像我母親一樣，她用一臉焦躁痛苦的表情敲打著琴鍵。我在長凳下踩下金色的踏板不放，房子揚起原始的回音，隨著琴鍵撞擊出的琴聲在哀鳴中漸強，我從心底毛

骨悚然了起來，我內心對這個無法撼動的世界感到恐懼，在這殘酷發出聲響的軸線上搖搖欲墜。後來她躺在我的床上，一邊喃喃說著希伯來語[5]，一邊用手指探索我的身體，黑暗就這樣在我內在萌芽，痛苦像植物一樣竄生。我十二、三歲時決心找到我內在的這棵植物，然後用刮鬍刀片抓住它的根。當年的我滿懷青春歲月的浪漫，崇拜受傷的哈姆雷特和溺死的維吉尼亞・吳爾芙。我在學校的草坪上昂首闊步，炫耀著剛劃出的傷口 ── 寇蒂莉亞（Cordelia）[6]、侏儒、小丑、郝薇香小姐（Miss Haversham）[7]，我都愛。我為插入我體內的東西哭泣，也為從我身體拔出的東西而哭泣，憑藉一股青春期的信念，我深知痛苦能授與我一頂冠冕，我一而再、再而三被送往醫院、寄養家庭，然後又送回醫院。後來到了十幾至二十出頭歲之間，我企圖餓死自己，吃藥能讓我平靜下來，我想要找到生命的出口，最後終於找到了，或者是出口找到了我。

　　我不再是當年那個女孩了，搭上醫院的電梯時我這樣告訴自己。我早就找到某種康復的方法，但我深知，一直以來我都很清楚自己隨時可能回到那個狀態，可能由於神祕的神經元碰撞並破裂，或因為腦部瘀傷。你自認早已深埋的記憶

5　以色列的官方語言，也是猶太人所使用的語言。
6　莎士比亞《李爾王》中李爾王最寵愛的小女兒，品德高尚的她因為拒絕諂媚遭到李爾王剝奪繼承權並放逐，最後仍舊以德報怨收留落魄的父親。
7　狄更斯小說《遠大前程》中的一個角色，她是一個富有的老處女，終其一生都堅持穿著自己的婚紗。

又再次升起。

　　我在電梯中上升，電梯門嘶嘶開啟。走出去時我發現眼前有另一扇門，這扇門栓上了。門上的標示寫著：「小心進入，分散風險。」

　　現在我就這樣站在那扇門的另一邊，我站錯邊了，我意思是說我站在門的右邊，我按下門鈴，透過厚厚的玻璃窗看過去。有一個護士在走廊上奔忙，手裡還拿著記事板。我認出她了，天哪，我向前走，又快步退回，我告訴自己不可能，已經過了八年多，這些地方的員工流動率高到令人難以置信，但也可能是她不是嗎？如果她認出我該怎麼辦？我口乾舌燥，喉嚨一緊。

　　「史雷特醫師？」她發問，然後門打開了，我點點頭直視她的眼睛，她的眼裡是悲傷的藍色，鏡框很厚，嘴唇塗上一抹淡粉。「歡迎。」她說著退後幾步讓我通過，我認錯人了，我這輩子都沒見過這個女人，我不認得那雙眼睛，沒見過她眼裡那清澈的顏色，也沒聽過她的聲音。她口氣中的敬意令我驚訝，她居然稱我為醫師。她微微彎腰打招呼的方式也承認了這些地方固有的階級制度：護士的地位低於心理學家，心理學家低於精神科醫生；病人的地位在底層。

　　我沒來由升起一股勇氣，走了過去，時光倒流的感覺霎時讓我頭暈目眩。我意識到生命不可思議的彈性，心結可以打開，破碎可以修補。所以請時時留心觀察地上的線索；留意自己踩在什麼東西上面，因為當中可能包含隱而未現的力

量，在突然一股情緒的暴風之下，所有翠綠和猩紅的回憶都會被掀起並刺痛你的臉。

而我在這裡，在那一剎那間回憶全部湧現，又是翠綠，又是猩紅。「給我一杯水。」我想像自己對她咆哮。「把你的藥吃掉，否則我就把你關到安靜病房裡。」

然後病房上方那種特殊又濃到化不開的安靜向我襲來，翠綠退去，猩紅弱下，我又再一次重回自我。我抓起公事包朝陰暗的走廊看去，同一條陰暗的走廊充滿與多年前一模一樣的氣味。油漆是精準的金綠色，那甜美卻悲慘的氣味仍然無法定義。另一個女人走近與我握手，「我是南希，」她說，「本單位的護士長。」

「很高興認識你。」我說。我想我看見她斜眼睨了我一眼，我有一股衝動想把頭髮全甩到自己臉上，還有一股衝動想提起我在加州或歐洲度過的童年，而我處於這個狀態只有一年。

「我們到會議室開會吧。」南希說。我抓起我的公事包，跟著她沿著走廊前行，我們經過許多敞開的門，來到六號房時我屏住了呼吸，因為那裡曾是我的病房，我在裡面住了好幾個月。我放慢步行的速度，想要看一下病房內部，房裡像過去一樣掛著厚重的窗簾，就掛在一扇大而厚的網眼窗戶上。我想說這裡有星星，因為我腦海裡的景象又是夜幕低垂，有人在角落裡擺動身體，但現在眼前卻是一個金髮女子躺在我過去的病床上，那張床墊上充斥著我的細胞，我們脫

落細胞時也留下的自己的碎片，永遠將我們自身的簽名烙印在這個世界的皮膚上。當她睡著時，我的名字在她光滑的肌膚上烙下，我舊日的痛苦也湧入她的腦海。

就在我們正要從她身邊走過，那個女人卻從病床上跳下，向門口衝了過來。「噢，南希，」她急切地說，「我覺得沒安全感，不安全，去找我的醫生來，我要見我的醫生。」

「內斯醫師四點會來看你。」南希說。

突然間女人咆哮了起來。「四點，」她說，「內斯醫生總是遲到，總是讓我等很久，我想要新醫生，一個真正關心我的人，一個新醫生，一個新的……」

她提高了聲音，開始吸自己的拳頭。「停止，凱拉，」南希說，「把你的拳頭從嘴裡拿出來，你已經二十九歲了。如果你想要一個新醫生，你得在社區會議上提出要求。」

凱拉跺腳，像一匹高貴的小馬一樣上下搖頭。「去你的，」她咕噥著說，「去他媽的鬼地方。」然後她跺著腳走回床上。

我們遠離剛剛那間病房幾英尺後，南希轉頭看著我，露出一抹詭譎的微笑，我覺得自己的嘴角受到牽動，也露出一個類似的假笑。我鬆了一口氣，但是對病患露出這樣的表情讓我覺得不太舒服。「邊緣性人格。」南希用就事論事的口氣說，然後乾淨俐落地點點頭。

我嘆了口氣也點點頭。「這種病患會讓人筋疲力盡，有邊緣性人格障礙的病患，」我停頓了一下，「但我寧可面對

邊緣性人格患者，也不想面對反社會者。」我補充道。當我說出這些話時就像躲在專業人士的面具背後，也讓我再次放下心來，我內心恢復了平衡，用高階級人士的自信在一個賤民村中賣弄專業術語——我說的話代表我是個叛徒，但背叛讓我能偽裝並保護自己。

在所有精神疾病中，邊緣性人格障礙可能是專業人士最不喜歡碰上的一種。這種疾病不像精神分裂症那樣嚴重，因為邊緣性人格通常不算精神病，但這種患者的特色是行為浮誇、亟欲吸引他人注意和難相處。根據琳達的入院描述，她絕對是邊緣性人格患者。針對這種患者有一些形容詞，如「控制狂」和「索求無度」等。他們的行為通常具有極大的破壞性，包括厭食症、藥物濫用、自殘和企圖自殺。邊緣性人格患者通常非常絕望，據說他們的症狀「終生」無法改善，人格也無法成長。我自己也被診斷患有邊緣性人格障礙，事實上在二十四歲出院時，我心中不知何以知道這是我最後一次進出醫院，所以當時跟院方索取了一份個人檔案副本，這是每個病人的權利。最初的入院評估看起來與琳達十分相似，評論的內容充滿各種絕望的推測。「這位年輕女子病史悠久，特色是人際關係和心理功能不穩定，」我的檔案中如此寫道，「她身為精神病患者的病史很長，未來再入院的機會很高。」

此刻我回想起這些評論。我們進入會議室時，其他幾名護士和醫生圍坐在一張桌子旁，遠處的牆上有一面單向鏡。

我迅速掃視著他們的面孔，祈禱我們對彼此而言都是陌生人。這裡的所有人我都不認識，我也希望他們不認識我。儘管如此，即使我與這些人素未謀面，我卻不知何以覺得自己很了解他們，我內心深處有個私密的部分很了解他們。「哇呀！」我有一股憤怒的衝動想要大喊出聲；想要向坐在橢圓形桌面前端那位留著鬍子的心理醫生鞠躬；想要雙手叉腰站立，旋轉身體讓我的裙子膨起來。「我在這裡，」我想大喊，「是的，先生，我們又見面了，猜猜你現在眼前的人是誰；猜猜這是誰，那個邊緣性人格患者！老兄們，你應該可以明顯看出來我確實成長了，至少有一點吧……」

　　但我當然不會說這種話，也不敢說，因為這會有損專業形象，但有趣的是，我從事的應該是一個重視誠實和坦白的職業。佛洛伊德本人聲稱，除非你在另一人面前「坦白」自己，除非你能在光天化日下說出你壓抑的祕密和記憶，否則就無法做好精神分析工作。佛洛伊德告訴我們別這麼羞於見人，要放輕鬆，坦承我們的父母，我們的傷感和皮膚。像我這樣的心理學家所受的培訓和後來工作的診所都把「坦承」和「討論」反移情當成信條，免不了也要求要有一些內在衝突的元素。

　　而與此同時，這個領域把另一種更微妙卻也更強大的訊息傳遞給從業人員。他們告訴我們要承認自身的痛苦，但只能在一定程度上承認，也就是我們必須承認痛苦，卻時時保持清醒。走進治療師這一行，如果你的精神狀態比神經質

還要嚴重，就別聲稱自己是我們的一分子。這個領域傳遞這項訊息的方式是透過強力固化「自身與他者」的心態，同時分化從業人員和患者之間的分歧，並意圖將其深化。這種分歧反映在只有從業人員才懂的語言當中，刻意運用像是「言語不清」和「模仿言語」這類的詞來描述行為，卻不乾脆說瘋狂的音樂就好。然後又用像「殺人罪意念」和「可定向三大認知面向」這樣的說法，卻不乾脆說：他瘋了；他想殺了她；或者他今天腦子很清楚，知道自己是誰、是什麼、人在哪裡。依照同樣的邏輯，從業人員可以承認反移情，但不能承認病人帶給自己的痛苦、痛苦、痛苦；不能承認病患讓我回想起自己五歲的時候；不能承認病患的手臂讓我聯想到自己的手臂；不能覺得病患的傷口就像割在我自己身上。不行，用這種方式說話會讓分歧消失，從業人員可能會讓自己深陷其中而不可自拔。我們——或者說我——緊緊抓住那些描述痛苦的專業術語，想讓自己凌駕在那些痛苦之上，但突然間我又回到這棟老房子裡；我不斷墜跌。

　　我認出會議室是十四歲時與母親和社工最後一次見面的地方。我父親離家住在埃及，我的母親頭上圍著一條頭巾，胸前的起伏間嵌著一顆沉甸甸的青銅大衛之星[8]。多年後我看見耶路撒冷的群山，捧起沙漠之沙，聽見哈西迪猶太教徒因聖殿被毀而哀悼的原始慟哭，我會想起母親如火焚身的軀

8　猶太教和猶太文化的標誌。

體，那是一種我無法理解的痛苦。

這正是那間會議室，當年的她精神不穩定，容易出現躁症和鬱症的情緒，身上帶有一種揮之不去的焦慮，讓她雙手不斷發顫。這正是那間會議室，當年的她告訴我她要把我交給政府照顧。她要放棄我，讓我被其他人領養。「我再也受不了你了，」她對著我說，朝我吐口水，「我再也不想帶著你了。」

我低下頭，臣服於一種無以名狀的感覺，然後走進房間，我的內心在尖叫，眼睛感覺到灼熱。南希把我介紹給大家，我坐下來拿出筆記本，盡力表現得鎮定自若。「病患懷康女士，」留著鬍子的精神科醫生開始說，「無法好好善用醫院，她是一個極端的邊緣性人格患者，會對本單位造成嚴重破壞。我們懷疑她有些姿態可能是裝出來的。」他停頓一下看著我，清清嗓子。我對他微笑，但我的嘴感覺不太協調，我的嘴角發緊。我不哭，不會哭。即使在單向鏡裡，在病房窗外淡黃色樹枝的縱橫交錯中，我又看見了我母親，她的臉龐清晰地朝著我過來，她的眼裡縈繞著孤獨與憤怒。我感覺到她放在我乳房上的手指，因而畏縮了一下。

「我們認為，」一位名叫諾頓小姐的社工繼續說道，「只要讓她服用一些藥物鎮定下來，就能在幾天內讓她出院。我們認為你應該在門診接診她這個病例，你對之後該如何接手有什麼想法嗎？」

我點點頭，假裝在本子上寫筆記，我的聲音從喉嚨裡傳

出，我很驚訝，因為那聲音聽起來是如此流暢，就像一捲光
滑的絲綢。「會有很多限制，」我說，「我們知道邊緣性人格
患者很能適應限制，如果想要進行移情治療，這裡是唯一的
環境。」

大鬍子醫生點點頭。樹上是我母親的舌和齒，風掀起她
可愛的裙子，上面繡著脆弱的花朵，然後她不再是我母親，
變成一個雙腿白皙的小女孩，擦淨的膝蓋上有一個紅寶石色
的疤痕。一部分的我坐在會議室裡，還有一部分的我已飛出
去見這個女孩了。我想觸摸她的痛處，用手指撫摸。

因為我已經學會如何舒緩熱點，如何緩解我皮膚上的
疼痛，我可以在不知不覺下這樣做，如果需要的話可以邊上
課邊這樣做；邊主持心理診斷研討會邊這樣做；我用最平淡
的語氣和你說話時也做得到。「噓。」我對看不見的受傷部
位低語。你可以稱她為邊緣性人格患者，可以稱我為邊緣性
人格患者，或者用多種稱呼，或者說我充滿了創傷後壓力，
但如果能去掉這些語言，你會發現一些簡單的事實，你會發
現我，一部分的我健康得像頭牛，一部分的我卻還在受盡折
磨，我們所有人都是這樣。我與凱拉或琳達，或者是我的其
他病患（如喬治、瑪麗和派西）有何不同？我與這些「病
態」患者的不同之處，只不過是我已學會用一點小聰明來處
理那些刀片造成的深深痛楚。心理健康不表示讓痛苦消失，
我不相信痛苦會消失。我確實相信現在坐在這張橢圓桌旁的
每個人幾乎都有同樣扭曲的衝動，同樣的猩紅色身分，就像

最不穩定的邊緣性人格患者或最浮誇的精神病患者一樣，只有用肌肉控制自己，並加以引導和疏通，才能讓自己更堅強。我還沒有痊癒，只是學會在痛苦飛舞時靜坐等待，盡量別驚慌失措，因為這樣只會讓刀片切得更深，最終讓傷口感染。

不過，我還是好奇，我是為什麼、又如何能學會這些技巧，但其他人卻沒有辦法？為什麼我能用某種方式留下回憶的殘骸，然後再從生命中塑造出充實堅固的本質？畢竟我的預後很差，沒事的時候，我仍然會把手指伸進襯衫的袖子，順著手臂上多年來因重複割傷凸起的白色傷疤撫過。我是如何學會停止自殘和崩潰，我能否能以某種方式將這種能力傳遞給他人？我不知道，這是我工作當中的核心問題。我相信我的力量與記憶有關，與時間流動的概念有關，因為當我清晰想起受虐的恐怖回憶時，我也同時想起童年時的綠和美好的夢想——葉片濕潤的薄膜貼在我鼻子上的感覺，還有蟾蜍在我手掌上用尿撒出一汪金色的水池——那種快樂和愉悅，回憶為我注入堅定和不可動搖的信念。我相信杜思妥也夫斯基寫的：「一段美好的記憶可能足以拯救你，也能讓你度過人生的難關。」我已經靠著記憶走過那段日子。

還有其他足以拯救我的回憶，安東尼・胡里奧（Anthony Julio）在他關鍵的研究〈堅強的孩子〉（The Invulnerable Child）中寫道，只要孩子的生命中至少有一個穩定的成年人存在，無論是阿姨、鄰居或老師都好，這些孩子就能避免

或能夠擺脫創傷的過去。我非常幸運被安置在一個寄養家庭中，我在那個家待了四年，直到我滿十八歲為止。在那個家裡有人關愛地照顧我、信任我，即便我的行為非常不可取——我會跑到廚房拿牛排刀自殘，或者在盛怒下到藥櫃拿益斯得寧（Excedrin）全部吞下肚。我不得不再度入院時，養父母仍然相信我有能力成長，每次出院後他們還是願意再相信我，也仍願意接受我是他們的養女。這種穩定的接納感一定產生了影響，年復一年也慢慢教會我該如何在自己身上找到還能挽救的特質。感激有這些人，因為他們是我堅定信仰的一部分。感激我養母唸給我聽的故事，她後來會反過來聽著我說這些故事，她金色的纖細髮絲散落在一張床單上．那棟舊房子有木瓦蓋成的屋頂。我喜歡爬進屋裡的壁龕和管道。雨水打在漏水的屋頂上。泥濘的院子裡有一隻美麗的德國牧羊犬，牠會舔我的臉，把爪子遞給我，還會吠叫和玩水。感謝住在那個家裡的夜晚，感謝他們為我開著走廊燈不關，在亮著的溫柔黃光間我化成一隻翅膀，長成一個女人，然後變成一整群的天使。我學會了想像，知道如何唱歌哄自己入睡。

會議中場休息時有一位護士問我要不要咖啡，「當然好，」我說，「但我得先去上洗手間。」然後我離開了那裡，大步走過我再熟悉也不過的走廊，每一處曲折蜿蜒都刻蝕在深埋的記憶中。我向左走，然後向右走，打開老舊的木製女廁門，坐在一間廁所隔間裡。

　　我回到座位時，護士已經準備好一杯熱氣騰騰的泡沫塑膠杯，她把熱咖啡遞給我時疑惑地看著我。「你以前來過這裡嗎？」她問。

　　我的臉上一定露出了一絲驚訝，因為她補充道，「我是指廁所，你知道廁所在哪。」

　　「噢，」我連忙說，「對，我之前到病房探望過幾個病人，是的。」

　　「你不必使用病患廁所。」她說，臉上帶著奇怪的微笑，我認為她用狐疑的眼神看著我。「我們不建議訪客使用病患廁所，」她補充道，「請穿過護理站使用員工衛浴間。」

　　「好的，」我說。我把臉埋在咖啡的蒸氣裡，希望她會覺得我臉色發紅是因為咖啡升起的熱氣。當然，我太蠢了。她現在在想什麼？她會猜到嗎？但在某種程度上我曾經是患者，她也可能是，只是我還沒準備好說出來，我太軟弱了，不說比較明智。這一次，回憶讓我迷失了自我。

　　會議繼續，我並沒有專注在會議上，我不斷想著自己在找廁所那件事上失言了，然後我看著風吹過窗外的樹。我想著我們何以如此相似，就算我們共同擁有的並非同一種痛苦，那些隔間和自我之間的裂縫只不過是自成一格的錯覺。然後我透過薄薄的天花板聽見哀號聲纏繞而下，聽見尖銳的尖叫聲和鏗鏘的腳步聲，我坐直身體。

　　「是產房，」社工指著上方說，「我們在產房的下一層。」

　　我微笑著回想起，沒錯，懷曼街二號只是一家老舊大型公立醫院其中的一個樓層，我們位置所在的精神科一直夾在樓上的產房和樓下的育兒室之間。我還是病患時，我在團體治療期間或者迷迷糊糊睡著時經常聽見女性生產時的喊叫聲，她們的肌肉收縮，粉色的皮膚在巨大的痛苦中撕裂，而後就能看見嬰兒的頭頂。

　　「要不要現在去見見琳達？」精神科醫生一邊說，一邊查看手表並收好文件，全部的人都站起來，表示會議結束了。「你可以選一間面談室，」護士長南希補充道，「面談室很適合進行治療，很舒服。」

　　我點點頭，我差點忘記琳達，忘記她才是我今天回到此處的原因，現在我和其他人一起走出會議室，南希指著長長的走廊。「在那裡，」她說著用手指指向左邊的一扇門，「到第三間，我們會把琳達帶去找你。」然後我驚訝了一下，因為南希從口袋裡掏出一大把用鋼環套著的鑰匙放在我手裡。這是同一串鑰匙，我知道。這麼多年來我是不許碰這些鑰匙的，但我一有機會就會貪婪地盯著看，鑰匙冰冷的綠色光澤和神祕的方形尖頭能開啟那扇通往不可及世界的大門。鑰匙，鑰匙是每個精神病患夢寐以求的東西，可以完美插入那道心形的鑰匙孔。他們轉動那道祕密的鎖閂時發出精巧的咔噠聲，開啟一個有天鵝絨襯裡、點綴著海中珠寶的盒子。鑰匙是自由和權力的象徵，最終也是階級隔離的象徵，因為在精神病院裡只有某群人能擁有鑰匙；剩下的人則只能用手拿著塑膠叉子吃飯。

　　我緩緩沿著走廊走到面談室，我拿著鑰匙站在鎖上的門外，感覺很特別。我把鑰匙壓在臉頰上。曾經也有一隻手按在我臉頰上想看看我是不是發燒了，那雙手撫平了我的恐懼。感謝那些幫助過我的人。

　　有個看起來遠不止三十七歲的女子現在正沿著走廊走，她彎腰駝背，留著一頭疲憊的紅色長捲髮。她走近時，我看見她眼底的黑暗深淵，多年的疲憊和恐懼都聚集在眼裡，我想把手指放在那裡，想把那看不見的痛苦碎屑一掃而光。

　　「琳達，」我說，她靠近我時我伸出手，「你好。」我說，我能聽出自己聲音裡的溫柔，我身上有一股溫暖的風，因為我不僅在跟她打招呼，也是在問候我自己。

　　我們站在鎖上的面談室前，我摸索著想找到那把對的鑰匙，我把鑰匙插進鎖裡，但轉到一半時我停下。「你，」我對著我的新病人琳達說，「你來拿鑰匙吧，你來開門。」

　　她挑起半邊眉毛抬頭看著我，她的表情似乎正訴說著你到底是誰？我好想哭，在這裡度過的每分每秒都太漫長，又太難熬了。「你，」我又說了一遍，我感覺到自己的眼中真的流出了眼淚，她走上前仔細端詳我，神情有些迷茫，肯定從未有醫師在她面前哭。「沒關係，」我說，「我知道自己在做什麼。」因為某個難以明狀的理由，我沒有企圖掩飾自己的淚水。我直視著她，同時那也是整天下來，從我口中說出的話中，第一次能感覺出真正的自信。「拿著鑰匙，琳達，」我說，「開門。」

　　她伸出一隻瘦骨嶙峋的手，從我手中接過鑰匙打開門。面談室裡陽光普照，有一整面牆上全是窗戶。多年來我進這個房間的次數可能有數百次，就在這裡與治療我的精神科醫生見面。回憶湧現使我隨之顫抖。最終讓我好起來的並非醫生的治療或理論，而是在這嚴峻的世界中碩果僅存的善意。樓上傳來一個嬰兒抗議的哭聲，某個女人在生產過程中活生生被撕裂。彼即是我，反之亦然。正如我母親過去常說一段話，當安息日的燭光搖曳，她曾吟詠著猶太人的禱詞直到深夜，「聽啊以色列，主是神，主是一體，我們眾生也是如此。」

　　然後她會停下來用手掌環著燭台。「我們是一體。」片刻之後她會對我重複，她緊繃的臉龐在陰影中凝視著我。「我們眾生總是一體。」

　　有時我會想念她。

　　我和我的病人坐下對視，我在她身上看見自己。我相信她也在我身上看見了自己。

　　這就是我們的起點。

凸顯〈三面向〉和〈黃色計程車〉

　　誠如前面提過的，這篇文章非常有力也深具戲劇性，能夠勾起讀者的興趣和情緒，史雷特行文處處是驚喜，又擅於跳接技巧。我們一起來看看她是怎麼做到的。

　　這篇文章從三個可辨識的場景開始，一個接著一個登場。史雷特

使用段距來分隔這三個場景。

　　場景一以對話開始：「所以誰想接這個個案？」（第二○三頁）。

　　場景二開始：「電話響了六次，可能有七次」（第二○四頁）。

　　場景三開始：「兩天後我在辦公室接到一通電話」（第二○五頁）。

　　這幾頁中還有一些不太明顯的場景，我稱之為「暗中進行的場景」或「場景中的場景」，請檢視場景二和開頭的段落。「我叫她不要輕舉妄動」，這是史雷特要告訴讀者她的病人會發生什麼事，她正在為我們重現一個故事，這即是場景中的場景。

　　在場景三的最後，史雷特接到維農山莊打來的電話後坐在辦公室裡，回憶起她生命中令人難以忘懷的事件。小說家描述記憶的方法就稱為**倒敘**，創意非虛構寫作者沒有理由不能使用倒敘法，尤其可運用在回憶錄中。就像蘿倫・史雷特一樣，我們是在重新經歷我們的生命。

　　因此無論你得到的結果是三個場景還是五個場景，重點是讀者閱讀到的大部分內容都是故事。

　　場景四開始：「我必須開車出城」（第二○八頁）。

　　請注意，在這個較大的文字區塊中包含許多小小的回憶，全部都是故事（即場景中的場景）。開車去維農山莊設定出地點，將事件獨立了出來，也讓作家能回到過去。

　　請注意史雷特如何說故事；她如何用生動的方式呈現。不必向讀者直接描述她殘酷瘋狂的母親，我們在鋼琴凳上看到她的模樣，聽見琴鍵「撞擊出的琴聲在哀鳴中漸強」，也能感受到史雷特皮膚裡的恐

懼和「顫抖」。作者將資訊轉化為戲劇性的情節，這裡表現出作者運用「呈現」而非「描述」的精湛技巧，讓讀者在觀看的過程中，同時得知資訊。

場景五是史雷特進入醫院（第二一二頁），護士南希護送她走過醫院直達會議室，史雷特在途中看見病患凱拉。這個場景透過史雷特曾經住過的病房呈現出來。

場景六可在另一處段距後找到：「我認出會議室」（第二一六頁）。會議開始，史雷特努力集中注意力並參與會議，但她的思緒卻反覆進入倒敘回憶的狀態。

場景七開始於另一段距後展開，史雷特出於習慣而走錯廁所，她走到了病患用的廁所，而非訪客和工作人員專用的廁所（第二二〇頁）。

場景八時，會議繼續進行；而到了場景九，史雷特醫師與她的病患見到面（第二二三頁）。

儘管我選擇將故事分解成九個凸顯區塊，即九個一般場景，但在整篇文章中存在一個由場景、故事和畫面構成的複雜網絡，這個網絡加強了文章的力度和衝擊力。

如果你想知道這個網絡的細節，請完成練習十二。如果你想更快進入解構階段，請繼續完成練習十三。如果你認為自己當下已經閱讀過量，或者正面臨「解構過量」的苦惱（我的學生總有這個問題），請跳過練習十三繼續看下去。你可以隨時回去看前文並複習作家如何寫作，每次閱讀可能都會有不同的發現。

練習十三

　　請解構〈黃色計程車〉（下文）。這是一篇很適合用來練習凸顯場景的文章。請找出場景、暗中進行的場景（即場景中的場景）、對話、細節的特殊性。想看看我是如何解構的嗎？請上我的網站www.leegutkind.com查看教師手冊。

　　但首先我能給你一些提示，這篇文章當中至少有十五個短場景或趣聞，不仰賴敘述，而是透過一個大的焦點將這些短場景串起來，我已凸顯出前三個場景來幫助你。在前面的章節中，我曾談到作者約瑟夫善於運用個人歷史、公共歷史以及精采的補充資訊，以協助讀者更貼近文章。同時請尋找她結合反思和資訊的部分，她在文章中協助我們了解她所經歷的一切，以及她是如何接受測試和教導。最後一段的句子點出了這篇文章的精髓：「我們會與我們內在的死亡相伴，然後繼續走下去。」

〈黃色計程車〉，作者：伊芙・約瑟夫

　　照顧臨終之人形同涉足神祕場域，在某些情況下專業培訓非常重要；但在其他時候卻毫無作用。我身為臨終關懷顧問進行第一次社區訪問時，有一位赤身裸體的女人站在

她床邊的梳妝台上，將一只香水瓶砸到我頭上。她以為自己在打仗，而她的武器庫裡只有小瓶的彩色淡香水。她已經占領了山脊並長期死守在那裡。護士幫她注射了兩次氟派醇（Hadol），終於消除這位女士的妄想，但因為母親曾告訴過我的戰爭故事，我才了解這位女士在山脊上看到的是什麼幻覺，並成功說服她回到安全的床上（我們將床稱為地下碉堡）。

　　協助人走向死亡是個複雜的工作，畢竟一方面，每種情況和每個人都是獨一無二的，每次死亡都是一次深刻的體驗。另一方面，這份工作與其他工作一樣，要先設定好鬧鐘叫自己起床，在上班途中買杯咖啡；交通非常壅塞，你總是知道車位會搶光；永遠都在發誓自己要早點下班，但卻從來不會實現。這工作與任一份工作都一樣需要一定的技能；但你永遠不知道自己該具備什麼技能，才能提供些許幫助。

　　一位罹患血癌的臨終男子曾經問我是否做過什麼有用的事，他在生命最後幾個月在自己的土地上成立了一個農夫市集，這樣他的妻子和四個兒子才能在他死後養活自己。我不假思索回答他，說我烤了一塊麵包，我說謊，但這個謊卻變成一個帶來好運的謊言。他要我把我烤的麵包拿去市集上賣，說他的家人分五成利潤；另外五成則歸我。他死後第一個月，我決定兌現自己對他說過的話，於是靠著賣香蕉、巧克力、藍莓、南瓜、蘋果和南瓜麵包賺了五百美金。我看食譜做麵包，幾年後我的婚姻結束，我就在這個男人的市集上

賣麵包來養活自己和孩子。

　　臨終關懷工作也是這樣；一開始只是出於好意，最終卻走進一個散發香水味的地下碉堡。

　　一九八五年我所工作的安寧醫院已經被夷平，現在是一座停車場。病房外街道兩旁的栗樹不見了，每年二月都盛開、彷彿嘲笑著冬天的野櫻桃樹也全不見了。舊時的安寧醫院稱為「灣館」，那是一座繞著花園而建的單層馬蹄形建築，這年頭他們稱安寧花園為「療癒花園」。一九八五年的花園可沒有這種偉大名稱，那就只是個園丁修整的花園，存在的理由不過是陶醉於自身的美麗。對某些病人來說，這是他們童年的花園；對其他人來說，這裡是他們希望能一直擁有的花園。不能說灣館是天堂，但仔細一想，那裡離天堂確實只有幾步之遙。

　　其中一間面向庭院的病房裡，櫻花從敞開的窗戶被風吹進來，落在一個熟睡的女人身上，我和她丈夫待在病房裡，我才剛認識他沒幾分鐘，他就倒在我懷裡說，「如果有上帝，如果上帝有他的計畫，我要怎樣才能再相信那個上帝？如果沒有上帝，我要怎麼活下去？」我當時還是個新人，對他無言以對，我甚至還沒有開始提出問題。我記得看著她蒼白的皮膚和黑色的頭髮，腦中想著她看起來好像躺在紅十字床上的白雪公主。她的窗戶和醫院裡其他每個房間都一樣，保持著微敞，好讓靈魂從那裡離開。

　　臨終關懷一詞源自拉丁語 *hospitium*，意思是「主人」和

「客人」——既代表一個概念，也代表一個地方。在荷馬時代，所有陌生人都要被視為客人；對陌生人熱情好客是一種義務，這是宙斯本人強加給文明人的義務；宙斯的許多頭銜之一是xeinios，即「陌生人的保護者」。在《奧德賽》（*Odyssey*）中，費厄克西亞（Phaeacians）之王阿爾喀諾俄斯在不知道奧德修斯是誰的情況下殷勤款待他：「好吧，告訴他，起身坐在鑲銀的凳子上，讓管家隨便拿些屋子裡東西給他當晚餐吃。」

　　在四世紀時，歡迎朝聖者並為其提供避難所的僧侶會使用hospice這個詞；直到一八○○年代中期，它才單用來指涉臨終關懷。正如我們所知，現代臨終關懷醫院直到一九六七年才出現，當時聖克里斯多弗臨終關懷醫院（St. Christopher's Hospice）由西西里·桑德斯（Cicely Saunders）在倫敦設立；這位年輕的醫師曾接受護理和社工方面的培訓。「有尊嚴地死去」這個詞成為了臨終關懷工作者的口號。

　　我在查「好客（hospitality）」這個詞的詞根時，最初將「待客（guest）友善」誤讀為「對鬼（ghost）友好」，但後來一想，這也不算完全沒道理。那些能看見死者在走廊上遊蕩的陰陽眼人士說：有母親牽著女兒的手；還有很多祖父跟祖母；丈夫在等待妻子；還有其他不知道是誰，他們就在那裡等著。

　　我負責照顧的一位女士盯著她房間天花板左邊的角落看了好幾天，她在等已故的丈夫來接她；她告訴我們有其他人

來了，但她不認識他們，所以拒絕跟他們走。她去世的那天早上，她說她丈夫來接她了，他用還在世時那種略帶嘲諷的方式對她摘帽致意，她笑開了，那是一個洋溢幸福的微笑。

有名男子罹患愛滋病，我坐在他病房的沙發上，他要我小心一點，因為三天前有個帶著一袋羊毛線和編織針的老婦人出現在沙發上，他不希望我坐在她身上。他問我她出現是不是代表他死期將近；我回頭看了看空蕩蕩的沙發，然後說我猜他還有一點時間，畢竟她把要做的編織都帶來織了。

我沒有遇過靈異事件，但在許多年前，我懷孕八個月的時候，我聽見震顫派教派的教堂遺址傳來歌聲和鼓聲，但教堂在好幾年前就燒毀了。我婆婆說鬼神是在唱歌歡迎寶寶降臨，但我不確定自己聽見了什麼，也不確定自己是不是真的聽見了什麼。

我們第一次面對死亡的經歷塑造了我們，雖然我們當下無法理解。我六歲時穿著溜冰鞋從我朋友家回家，就像一隻蝙蝠從地獄中飛出，手裡還捧著一隻那時仍有溫度的黃色鸚鵡柔軟的身軀。我不知道死亡代表什麼，但我知道是件大事。我為小動物舉行的第一場葬禮不是出於要送牠前往來世的信仰，而是出於對儀式的熱愛，包括小小的墳墓、遊行隊伍，還有葬禮後在草坪上舉行的茶會。

我哥哥在我十二歲時因車禍喪生，當年是一九六五年，艾倫·金斯堡正在高呼權力歸花的口號；麥爾坎·X在哈林區的奧杜邦舞廳內遭到槍殺；那年T.S.艾略特去世；巴布·

迪倫的歌曲《像一塊滾石》正要成為新世代的國歌。當時的北美將死亡視為禁忌話題，大多數人為了遠離觀瞻而死於醫院，大眾無法公開討論悲傷，也不知該拿一個哥哥突然客死異鄉的孩子怎麼辦。

在中世紀晚期，葬禮隊伍一定要有來自孤兒院或育幼院的兒童代表團，否則就不算完整。在一八七〇年代，孩子們玩著裝有棺材和喪服的死亡相關道具。到了十九世紀後期，當時的人主要在自己家中處理好屍體。直到一九二〇年代，死亡才轉移到醫院和殯儀館這些地方，人們開始相信需要保護孩子，別讓孩子受到死亡這件事的影響。

在接到通知死訊的電話到葬禮舉行之間的日子裡，我都在地下室玩塑膠馬，百合的香味飄下樓梯。等我回到一樓，葬禮已經結束，大家都回家了。我看著母親撿起一大把百合花然後丟進垃圾桶裡。那些百合應該是麝香百合，一種原產於日本琉球群島的喇叭形花朵，《聖經》中提到百合花是基督釘死於十字架後，在客西馬尼（Gethsemane）園生長出來的白袍希望使徒；據說百合花在聖血滴落的地方湧現。

三十年後我發現哥哥朋友寫的一首詩，從詩中得知他的屍體是裝在藍色的棺材裡搭火車橫越加拿大，我無法完全解釋自己為何還記得。有個故事描述一個游牧部落穿越撒哈拉沙漠，每隔幾個小時就會停下步伐讓死者靈魂追上他們。我哥裝在天空色的棺材裡，耗費四天時間抵達他要下葬的地方似乎是正確的選擇。

就和C. S.路易斯（C. S. Lewis）一樣，我們看著眼前的死亡，好比看著一間窗戶裡不見燈火的房子——總讓我們懷疑這裡是否曾經有人居住。我沒有概念。等我學習過社工知識，又在一家設備完善的臨終關懷機構工作了二十多年後，我試圖透過過去的經歷來看待悲傷。我需要找到方法走出那間地下室。

取代灣館的臨終關懷醫院位在一家老舊婦產醫院的三、四樓，距離維多利亞市中心不遠。一九七九年，也就是我受聘為該院輔導員的六年以前，我在其中一間病房生下長女，後來也在同一間病房送一位病人往生。

這裡有十七張病床，其中七張供臨終的病患使用；九張分配給存活時間不到六個月的患者；一間用來提供喘息服務，可讓社區病患使用長達一週，我曾聽一位家屬將這間病房稱為她的「暫停」病房。走出電梯到三樓，左側會經過一個裝滿鮮花的花瓶，右側則是一張很大的手工刺繡被，上面寫著死去病患的名字，因為已經寫滿的關係，它下方的桌面有一卷羊皮紙軸，上面也寫了新的名字。

有四百多名具備各種技能的志工在臨終關懷醫院工作，有的負責唱歌；有的負責在家庭休息室彈鋼琴；有的懂靈氣療法和觸摸治療。他們很多人會泡茶與臨終病患坐在病房裡。這些人來自各行各業：有醫生、教師、電影製作人、女服務生、美容師、訓狗師、畫家和陶工、執行長、警察和寡婦。雖然並不是全部，但這些人之中很多是退休人員。年輕

志工不多；這還是不屬於他們的地方。

　　星期天，精通書法的志工赤子（Akako）坐在桌旁，小心翼翼把上週去世的病人的名字填上捲軸，某幾個星期要新增三、四個名字；其他時候會有更多人。她記得有一個星期，她花了四個多小時，才把二十三個名字添入名單中。

　　從事這項工作的護士和醫生了解和痛苦相關的語言，正如貝多因人懂那些跟風有關的語彙。臨終者和照護者會用很多形容詞形容痛楚：尖銳、遲鈍、疼痛、不堪、灼熱、刺痛、紅色、白色、熱的、冷的、狠毒、熟悉、像貓一樣、陰魂不散、戳刺、割人、燒灼、閃現、閃爍、吞噬人、齧咬人、盤繞般的疼痛。（其實因紐特人針對「雪」只有十二個形容詞。）對某些人來說有如地獄般的痛，對其他人來說則根本無法用言語形容。

　　民族植物學家韋德‧戴維斯（Wade Davis）說，語言不僅是一套語法規則或單字，人類精神更是閃現其中；那也是我們個人生命宇宙觀的某種窗口。許多人在人生最後的日子裡會以此喻彼。隱喻是詩的動力來源，也是臨終者的語言，照顧臨終者的人必須學會像詩人一樣思考 —— 那就像孩子伸手抓月亮一般，相信自己可以像抓住柳橙一樣把月亮抓在手中，同時月亮還會在夜空中閃耀依舊。

　　如果不存在隱喻，我們如何能懂星星在臨終者的眼裡會是帳篷屋頂燃燒的小小火光？某人在臨終前告訴你有輛黃色計程車停在他家門口，即使計程車跑錯地址，但無論如何他

還是會搭上車——如果不存在隱喻，我們要如何理解他的話？或者有個女人告訴你，有人用鑽地機在她家的街道上修路，這樣她該住在哪裡？有個病患反覆詢問她的行李箱是否已收拾好、可以出發了沒；而這個病患是佛教徒，堅持要把花園所有花的頭都砍掉，以免群芳之美令她不忍離去——我們又能如何理解？還有個蜷伏在自己病床上的女人，微笑告訴醫生她看見天堂——我們如何想像她看到什麼？

　　剛出生的嬰兒大約有三百根骨頭，成年人平均有兩百零六根骨頭，我們的骨骼隨著成長而融合，我們在不知不覺中建構出身體的支架，胸腔由二十四根彎曲肋骨形成的結構可以保護心臟、肺、肝臟和脾臟。我們就像一隻奇特的鳥類，生存在骨架的庇護之內。

　　某個夏日夜晚，有一個二十八歲的骨癌患者要求我們將病床推到戶外，讓她在星空下睡去。她死前幾天胸腔的骨頭已經變得很脆，一翻身就會斷掉一兩根，我們的骨頭竟會像乾枯的樹枝一樣折斷，這讓我感到非常震驚。

　　疼痛有多種語言，在某種層面上疼痛不需要翻譯；但以別的層面而言，如果我們想要提供幫助，就必須為他人痛苦進行翻譯和詮釋。這名年輕女性因為當下身體立即性的疼痛，所以正在打嗎啡點滴：從她上臂的蝴蝶入針給予突發劑量的皮下注射點滴。她同時也與一位名叫喬·迪克森的顧問面談，他能從不同的角度理解疼痛，喬每天都坐在這個女人的床上聽她描述被困在自己身體裡的感覺。他們聊著每一次

骨頭斷裂是怎麼成為她生命的出口，那具身體牢籠破裂，是她能自由飛翔的唯一途徑。這位年輕**女子使用**嗎啡來克服痛苦，用隱喻來理解痛苦。

臨終的隱喻也是擺渡人的語言。「隱喻」（metaphor）源自希臘語中的同一個詞，意思是「轉移」或「跨越」，代表過渡：有點像整個死亡過程的建築鷹架，直到支撐著我們走過這個交叉路口到另一個世界的結構夠堅固了，它才功成身退。雅典的送貨卡車在街道上疾馳而過時，卡車兩側都會印有「METAPHOR」，我聽說行人在讓路給卡車時也會使用自己的隱喻。亞里斯多德相信使用隱喻是天才的標誌：因此所有臨終者都是天才。在某種程度上，我們都知道有天會走到那一步，終將走進那輛在前門怠速等待的黃色計程車。

根據我的經驗，大部分的人都不知道臨終關懷，一直要等到他們需要時才會想了解。大家不想看見進行中的實際工作；因為人會想盡可能遠離死亡。臨終關懷是保健系統的一部分，臨終關懷工作者是重要官僚機構的一部分。傳統的治療師通常住在村莊的郊區，例如巫師、先知、騙子、魔術師、聖者、怪人、瘋男和瘋女，在生者和死者之間扮演特殊的媒介。多年以來，有時我認為這就是我們這些臨終工作者所需要的：住在城市邊緣的小屋，人們會對喬這類人又敬又懼。他們不會帶著雙週支薪的支票來，而是帶著故事、記憶的碎片、一隻山羊、一袋馬鈴薯、一籃雞蛋和一隻雞來到這裡。

　　我記錯那些樹的事了，今天我開車經過本來是灣館的那座停車場，看見一棵橡樹仍然矗立著，從約瑟夫・加辛的病房可以俯視這棵樹。約瑟夫對隱喻沒有興趣，「一片葉子落下，」他說，「就可以占據我一整天的注意力。」但隱喻仍然讓我掛心，在約瑟夫生命的最後一週，他無法理解為什麼自己要花這麼長時間才能死去，每天晚上他都會輕敲死亡之門，希望自己能夠進去。

　　我們每個人都會將自己的信仰帶到工作中，這些信仰基於我們過去關於死亡的閱歷、我們的文化、宗教或宗教的闕如；這些信仰也植基於神話和心理學，以及我們動機和期望。隨著生命中碰上死亡的經驗，我們一次訴諸一種信仰。日本人相信死者會在新年第一天騎在馬背上到來，當新年過去，死者會乘坐點著蠟燭的小木船和紙船回到原來的世界。在非洲，丈夫下葬後寡婦可能會在樹林中故意繞路行走，這樣鬼魂就不會對她糾纏不休。賈西亞・羅卡（García Lorca）[9] 說，西班牙是一個對死亡開放的國家，但在其他地方，死亡都代表終點。「死亡讓人們拉上窗簾，在西班牙卻是打開窗簾迎接死亡。」他寫道，許多西班牙人一直生活在室內，直到死去才得以重見天日。

　　是什麼樣的信仰，迫使生者將死者帶到光天化日之下？有個早產兒在醫院度過短暫的生命，她母親唯一的要求是允

9　西班牙詩人、劇作家，現被譽為西班牙最傑出的作家之一。

許女兒死在戶外。醫生同意除去她的生命支持系統，為她手動給氧直到離開醫院為止。護士、家人和朋友走在醫生身後排成一路縱隊，穿過走廊、走出後門、穿越停車場、來到附近長滿草的山丘。嬰兒的祖父拿起他的鼓唱出一首告別歌曲，她靠自己呼吸整整五分鐘，就在嚥下最後一口氣的時候，一聲雷霆響徹天際。她祖父相信雷聲大作表示造物主開啟天堂大門俯衝下來將嬰兒抱在懷裡，然後又很快地返回了天堂。

幾年前我讀到詩人P.K.佩奇（P. K. Page）的故事，內容是關於一位鳥類學家為了解鳴禽如何學會啼唱，而在單獨隔離出來的環境飼養這些鳥。這些鳥兒自行拼湊出一首歌曲，雖然對這種鳥來說未盡完美，但還算成調的歌。他們讓這些鳥聽其他種鳥類的歌聲，他發現這些鳥仍會選擇同樣的音符和節奏，並完成屬於自身那種鳥的歌曲。

在照顧臨終者的工作中，我本能被某些儀式和行為所吸引，我對自己的猶太血統知之甚少，因為我是父系家族為猶太背景，而猶太人身分是要透過母系血統往下傳。從巴格達、俄羅斯到加爾各答和上海，再到以色列，我的祖先學習喀巴拉（Kabbalah）[10]，並浸淫於猶太和阿拉伯哲學中；家族的姓氏是Levy和Cohen，名字都取為Seemah、Mozelle、Solomon和Dafna。儘管如此，我還是沒有資格成為猶太人。

---

10 一個猶太教神秘主義派系。

另一方面，根據《印第安人法》第十二條第一點 b 項，我與海岸沙利殊原住民男性結婚卻使我成為合法的印第安人，長屋是我的家，但在猶太教堂裡，我卻形同陌生人。

　　我的工作仰賴死亡和臨終的本土信仰和儀式。在臨終前幾天和幾小時點起蠟燭來留住靈魂很有道理；從死亡當下到埋葬或火化階段，應該安排人負責守靈，這樣鬼魂就不會感到害怕或被遺棄，這也很有道理；在填滿墓穴前抓起一把泥土丟到棺材上似乎很正確，誠如海岸沙利殊原住民所說，這代表與死者最後一次握手。

　　有天下午，我在自家後院的陽光下閱讀里昂·韋斯蒂爾的著作《卡迪什》（*Kaddish*），在渾然未知的情況下，我驚訝發現那些引起我共鳴的原住民本土儀式，恰好也是猶太文化儀式和信仰的一環。從點燃蠟燭和守靈，到蓋上鏡子和將一把泥土丟進墳墓——我在不知不覺中學到那首屬於自身族類的歌曲，先從膝蓋，再到腰，然後整個人都深入其中的奧祕。

　　除了將信仰帶入工作之外，我們也帶入了對自身的未知。我們不知道自己的容忍度或飽和點在哪裡，我們不知道怎麼樣才算夠了。我認識的一位護士在工作了十八年之後精疲力竭，她算出自己曾照顧過一千五百多名臨終病患，她離開了臨終關懷醫院，轉去協助分娩。她發誓自己要在退休之前接生一千五百名嬰兒。

　　我在生產的病房裡對生命的記憶比對死亡的記憶更加強

烈，我記得自己躺在一扇長長的窗戶旁邊，陽光透過窗戶照射進來，我看著剛出生的小女兒躺在搖籃裡，我還記得那種愛上她的感覺：彷彿一股抽動，就像倒頭大睡有時會掙扎著不想讓自己的意識消失在空虛中那種感覺。

我相信「端著一根點燃的蠟燭，搭乘木船和紙船離開這個世界」是件美事。

我母親過世前的最後一年，身體已經虛弱到無法踏出家門一步；在生命的最後幾個月，她只能在房間裡臥床。後來我在醫院太平間看到她時，她躺在一個鋼製輪床上，裝著屍體的屍袋拉鍊拉到一半，她的臉沒有遮蓋，手上擦著紅紫色的指甲油，手擺在她胸前。殯葬業者抵達時我要求對方不要蓋住她的臉，儘管這違反禮節，雖然他很不情願但還是照辦了。我們把她帶到外面等待靈車來將屍體運到殯儀館，這時雨滴落在她冰冷的臉上。雨滴落在她身上，卻渾然未覺她已經死了；雨滴落在她身上與落在地上並無不同。雨滴落在她身上的方式，就像落在電影《第凡內早餐》（*Breakfast at Tiffany*）中的荷莉‧葛萊特利和貓身上一樣；雨滴落在她身上的方式，就像我小時候雨落在閣樓屋頂上一樣，到處都是水，而我母親和我身上都是乾的，兩人就躺在我們相鄰的床上睡得香甜。

我們努力出生，努力死去。有一句陳詞濫調與這個概念非常類似：我們來自未知，然後前往未知；然而這些類似之處在其他方面非常驚人。呼吸對生死來說都非常重要，產前

課程即著重於呼吸和疼痛；拉梅茲課程是從深呼吸到淺呼吸來做訓練。臨終者也會從規律的深呼吸變成快速的口呼吸，最後臨終者往往看起來像一條擱淺的魚，嘴巴會以一種反射的方式開合，幾乎可以把臨終的呼吸錯誤解讀為無聲的親吻。

　　嬰兒出生有自己的時間表；有預測出的預產期，但釋放出信號並觸發分娩行為的人是嬰兒本身。臨終者就像愛麗絲夢遊仙境中的白兔，總會全神貫注於時間：我遲到了，我有一個非常重要的約會但我遲到了；沒時間打招呼，沒時間說再見。來不及了，來不及了，來不及了。有時他們會等待外地的親人歸來；有時照顧者只是走出病房抽個煙，他們卻往生了。

　　這過程讓人百思不得其解。在社區危機應變小組工作時，我與一個護士去一名遲遲死不了的女人家中，有隻蜜蜂在玻璃滑門內側持續嗡嗡作響，直到有人終於把門推開，把蜜蜂放走──門一開，那名垂死的女人也嚥下最後一口氣，在門再次關上前就過世了。安妮·迪勒改述梭羅的話：想找到蜂蜜樹，你必須先抓住一隻蜜蜂，當蜜蜂腿上沾滿花粉，表示牠已經準備好回家。先釋放蜜蜂並觀察牠飛行的方向，能看見牠多久就跟著牠多久；一直等待，等另一隻蜜蜂出現，抓住那隻蜜蜂，一樣釋放牠然後跟著牠。持續這樣做，蜜蜂一定會帶你回家，一隻又一隻的蜜蜂會接力帶我們回家。靈魂如何離開身體？我們無從得知，但臨終關懷機構的每一扇窗戶都會開著，開一條小縫，只是為了以防萬一。

　　一九六九年，伊莉莎白‧庫伯勒－羅絲憑藉《論死亡與臨終》一書讓死亡這個主題從醫學院的隱密象牙塔中跳脫出來，並帶到大庭廣眾之下。她給了外行人一種語言和框架，好理解悲傷的過程。她提出的悲傷五階段，提供一種新的方式來思考和探討失去，並賦予臨終過程一種動態感。她提出的模式大大促成了眾所不陌生的「善終」概念，即有種接近生命終點的最佳方式 ── 我們將在吐出最後一口氣之前接受死亡。善終的核心概念是允許一個人按自己想要的方式死去，相對上較有尊嚴也較不痛苦，彷彿自己也能控制生死。家屬經常要求我描述死亡的過程，我告訴他們，人在臨終前幾天經常會陷入昏迷，呼吸會從深沉規律轉為淺而間歇。我會解釋呼吸暫停，許多人是會怎麼樣長時間屏住呼吸，有時會長達三分鐘，而病房裡其他所有人又是怎麼也屏住呼吸，直到喘息打破房裡的寂靜為止。我會解釋人們很少在呼吸之間死去，呼吸會像過去練習跑步一樣回到身體。我會探討痰可能積聚，導致所謂的「臨終嘎嘎聲」，這個名詞會引發恐懼，讓人聯想到杜斯妥也夫斯基（Dostoevsky）在《罪與罰》（*Crime and Punishment*）中描述的場景：「她逐漸陷入不安的譫妄狀態，有時她會顫抖，眼睛左右轉動，一度能認出每個人，但馬上又陷入神智不清。她的呼吸嘶啞困難，喉嚨發出一種嘎嘎聲。」我會談到，身體最後一次嘗試保護重要器官時，血液離開了四肢，並在心臟和肺部周圍積聚，而手腳又是如何逐漸變冷，如何在死前不久開始發青。我會談到呼吸

如何離開身體，如何從胸腔移往喉嚨，最終變成小魚般的呼吸。

　　長期以來，這個工作對我來說是一種召喚：既不虔誠也不無私，在工作將近二十年後，我在三年前離開臨終關懷機構。當櫻花從開啟的窗戶飄進，有個男人的太太躺在那裡等待死亡來臨，他問我關於上帝和公平之類的問題，我不敢說自己有能力回答。但最接近的答案是我對臨終關懷工作的理解：沒帶地圖的我們走進黑暗，踏上這段回家的路，我們只能盡可能陪伴這些人。「所謂的結束，」我一個朋友這樣說，「根本是放屁。」我們會與我們內在的死亡相伴，然後繼續走下去。我哥哥，那個肋骨像樹枝一樣斷掉的女人、那個死於愛滋病的男孩、我母親，還有無數他者。

反思

　　伊芙・約瑟夫的文章從頭到尾都非常動人且生動，場景歷歷在目，而且非常有深度。在整篇文章中，作者的角色會不時會退到一旁直接跟讀者說話，這麼做是為了解釋作者的觀點，也許也是要讓文字更清楚好懂。這就好比我們與朋友交談時會這麼問對方，「你知道這對我有多重要嗎？你了解我為什麼要這麼說嗎？你懂我是什麼意思嗎？」她運用反思的技巧，才能以如此生動又深富感情的方式向讀者傳達資訊、概念和事件。反思是創意非虛構寫作中深具挑戰性但卻少不了的部分，尤其對個人散文和回憶錄而言更是如此。

　　在〈三面向〉中，蘿倫・史雷特再三想釐清發生在自己身上的事，同時反思自己當時寫下這件事情的理由。在場景三的結尾（請見〈內在觀點〉），在段距之後，她開始透過探討她所謂「市場性的告解」和「自身的自戀需求」來為故事增添背景脈絡，分享她的故事之餘，也是將自己從故事中抽出。後來她思考「生命不可思議的彈性，心結可以打開，破碎可以修補」。這些文字都是針對她文章的內容、內容對她的意義，和這個脈絡下對讀者的意義所進行的判斷、評估和反思。

　　因為約瑟夫文章主題的性質，她在文章中的反思特別強烈，她身為臨終關懷協調員，以及母親、女兒和詩人等多重身分所獲得的智慧，幾乎支撐起每一個場景。文章前三段是簡短、生動的場景，且每

一段都有微妙的反思評論。

　　請注意，史雷特和約瑟夫經常結合反思與歷史，例如約瑟夫下列這段文字：

　　　在四世紀時，歡迎朝聖者並為其提供避難所的僧侶會使用 hospice 這個詞；直到一八〇〇年代中期，它才單用來指涉臨終關懷。正如我們所知，現代臨終關懷醫院直到一九六七年才出現，當時聖克里斯多弗臨終關懷醫院（St. Christopher's Hospice）由西西里·桑德斯（Cicely Saunders）在倫敦設立；這位年輕的醫師曾接受護理和社工方面的培訓。「有尊嚴地死去」這個詞成為了臨終關懷工作者的口號。

　　　我在查「好客（hospitality）」這個詞的詞根時，最初將「待客（guest）友善」誤讀為「對鬼（ghost）友好」，但後來一想，這也不算完全沒道理。那些能看見死者在走廊上遊蕩的陰陽眼人士說：有母親牽著女兒的手；還有很多祖父跟祖母；丈夫在等待妻子；還有其他不知道是誰，他們就在那裡等著。

練習十四

　　請回頭檢視約瑟夫的作品，鎖定反思元素，並留意她的反思皆是直接來自文本當中。你可以看出其中的關聯性，她的文

字並非自以為是的論斷；這是有區別的。現在請你檢視手頭上
正在寫的文章內容，裡面有反思元素嗎？也許沒有，或者
至少目前還沒有。有時會需要一段時間才能理解自己之所
以寫作的理由，還有你寫下的內容對自己或這個世界來說
存在什麼意義。

如何寫前人的故事

問題：我想寫我祖母的故事，或者我家族其他人的故事，依照你
　　　　的建議，我最好靠場景來寫作，但想寫的多數人物都已過
　　　　世，那麼我該怎麼做呢？這不算編造事實嗎？

回答：我希望你別編造事實，其實也未必需要編造事實，**事後重
　　　　現**不代表憑空捏造，所以讀者會理解，也會給你相當程度
　　　　的寫作自由。

重現還是「重建」？

　　創意非虛構寫作者重現環境、事件或記憶時，當然能享有一定程度的自由，這就像對朋友描述事件時也有主觀詮釋的空間一樣。想要寫出引人入勝的陳述，把握這一點至關重要；唯一需要注意的是，作者必須盡可能忠於事件當時情況的精神和事實。

　　《天使的孩子》是一部震撼人心又有電影般效果的敘事作品。法蘭克・麥考特捕捉自己在愛爾蘭長大那段備受折磨的幼年生活，正是從記憶中重現他家人的生活。事發在好幾十年前，他不可能完全掌握家人的談話紀錄和活動的每一個畫面，讀者允許他自由依循記憶描繪出「文字圖像」，因為他的口吻真實，提供的細節（指那些可供事實查核的細節）也很準確。麥克考特寫的是回憶錄，與重現他人的生命相比，重現和假設自己生命中發生過的事要容易許多，內容聽起來會更可信，尤其證人也都已不在世的話。然而像大衛・麥卡勒（David McCullough）這種重現他人生命的敘事歷史學家，是將歷史寫成一部非虛構的紀實事件，態度就必須謹慎而堅持不懈，也要透過研究工作來證明自己所寫內容的可靠性。

　　E.F.法靈頓（E.F. Farrington）是時年六十歲的布魯克林大橋機械技師，以下這段文字是一百五十多年前他測試第一段電纜時的描述，就出自麥卡勒的著作《布魯克林大橋建造的史詩故事》（*The Epic Story of the Building of the Brooklyn Bridge*，二〇〇一年）。

　　下方傳來巨大的呼喊聲，前方塔頂的人揮舞著帽子和手帕，當法靈頓在錨座和橋塔之間的屋頂上晃來盪去時，突然從胸前的繩索中掙脫，站到了座位上。他先用一隻手握住，然後是另一隻手，他舉高帽子回應持續不斷的掌聲，然後他又坐了下來。人們現在在他腳下的街道上跑來跑去，一邊跑一邊喊叫歡呼，他揮手以飛吻致意。他一直平穩地滑行，起初方向幾乎呈水平，就像一隻大鳥在飛翔。因為繩索下降，他的薄外套被風吹開，開始在風中飄揚，然後他越過凹陷處急速攀升，幾乎筆直向上，外套拍打著，那輕輕旋轉的身影在塔的花崗岩表面上看起來非常渺小又脆弱，就像一隻鳥。

　　街道和屋頂上響起巨大的歡呼聲，緊接著河對岸也鳴砲致敬，他從錨座抵達橋塔的時間是三分鐘又四十五秒。

　　麥卡勒不得不使用現有資料來創作他的敘事性場面，但芮貝卡‧史克魯特卻能夠結合現有的紀錄素材與親友的個人訪談，為她的書《海拉細胞的不死傳奇》（二○一○年）重建海莉耶塔‧拉克斯的生活和故事。拉克斯於一九五一年死於癌症，但她的細胞卻在約翰霍普金斯醫院一個實驗室中迅速繁殖並存活下來。（這是史上第一個存活下來的人類細胞，其他實驗室培養的細胞很快就死亡了。）

　　這些細胞稱為海拉細胞（HeLa）（分別取自拉克斯名字和姓氏的頭幾個字母），隨後世界各地的研究實驗室都將這些細胞拿來運用。拉克斯是一名三十一歲的非裔美國人，她照顧五個孩子，並在醫院的「有色人種」病房裡忍受著會導致疤痕的放射性治療。她全然不知道

自己的細胞會被用來為某項研究計畫特別進行培養。

只有少數證人至今還活著，資料也很零星，史克魯特在這個情況下重現故事，並運用創造力結合了現有研究與新的採訪內容，這是作家技巧性重現故事和人物的完美範例。一九五〇年時不會有人知道海莉耶塔的生命真的會永垂不朽，所以沒有人關注。以下是《歐普拉雜誌》（*The Oprah Magazine*）首次刊登《海拉細胞的不死傳奇》內文節錄時的文字，雜誌也向讀者提供以下導言：

> 海莉耶塔・拉克斯於一九五一年診斷出癌症時，醫生將她的細胞取出並在試管中培養，從帕金森氏症到小兒麻痺症，各種疾病的治療都因這些細胞取得突破性的進展，但是時至今日，海莉耶塔幾乎已人被遺忘。在《海拉細胞的不死傳奇》的摘錄文字中，芮貝卡・史克魯特描述了她的故事。
>
> 一九五一年，時年三十歲的解放奴隸後代海莉耶塔・拉克斯被診斷出罹患子宮頸癌，那是攻擊性高得出奇的一種癌，對她的醫生來說前所未見。他在患者不知情也不同意的情況下，取下一小塊組織樣本，而某位科學家將樣本放入試管當中。儘管海莉耶塔在八個月後去世了，但她的細胞（舉世皆知的海拉細胞）至今仍然存活，成為有史以來第一個在人工培養環境中生長的永生人類細胞系，也是醫學上最重要的工具之一。針對海拉細胞進行的研究對研發小兒麻痺症疫苗，以及治療皰疹、白血病、流感、血友病和帕金森氏症的藥物來說至關重要；這些細胞協助我們揭露癌症的祕密和原

子彈的影響，並推動了生物複製、體外受精和基因圖譜等領域的重要進展。光是二○○一年以來，就有五座諾貝爾獎頒發給與海拉細胞相關的研究。

我們沒有辦法確知到今日還存活著多少海莉耶塔的細胞。有位科學家估計，如果將所有培養起來的海拉細胞堆放在一個秤上，重量將超過五千萬公噸，相當於至少一百座帝國大廈的重量。

如今，海莉耶塔去世了將近六十年，遺體就安置在維吉尼亞克洛弗一座沒沒無聞的墳墓裡，但她的細胞卻居於全球實驗室使用最廣泛的細胞之列，交易量達到數以十億計的程度。儘管這些細胞為科學創造了奇蹟；海莉耶塔的遺產也催生出生物倫理學；此事還涉及醫學界對非裔美國人進行人體實驗的殘忍歷史，海莉耶塔這個人卻幾乎已被遺忘。

以下是《海拉細胞的不死傳奇》的節錄文字。

一九五一年一月二十九日，大衛‧拉克斯坐在他那輛老別克的方向盤後方看著雨點落下。他與三個孩子停在約翰霍普金斯醫院外一棵高大的橡樹下，等待他們的母親海莉耶塔，其中兩個孩子還穿著尿布。幾分鐘前她下了車，把夾克拉到頭上匆匆走進醫院，經過「有色人種專用」廁所，這是她唯一允許使用的廁所。下一棟建築優雅的半球形銅製屋頂下，矗立著一座十英尺半高的大理石耶穌雕像，耶穌的雙臂

張開，圍著曾經是霍普金斯醫院正門的地方。海莉耶塔的家人只要去霍普金斯醫院看診，一定會去看那座耶穌雕像，並在耶穌的腳下放花、祈禱並揉搓耶穌大大的腳趾以求好運，但那天海莉耶塔沒有停步。她直接前往婦產科門診的候診室，那是個寬敞的空間，空無一人，只有一排排長長的直背長凳，看起來就像教堂的長椅。

「我的子宮長了一個瘤，」她告訴接待員，「得讓醫生幫我看看。」

這一年多來，海莉耶塔一直告訴她的好友自己身體有點不太對勁。有一天晚飯過後，她與表姊妹瑪格麗特和莎蒂坐在床上，她告訴她們，「我身體裡有顆瘤。」

「有什麼？」莎蒂問道。

「一顆瘤，」她說，「有時會很痛，每次男人想跟我在一起，老天，真是有夠痛的。」

性行為剛開始讓她感到疼痛時，她認為這是因為她在幾週前才剛生下寶寶黛博拉，或者與大衛有時跟其他女人過夜後帶回來的惡血有關，可能是那種醫生會注射盤尼西林和重金屬來治療的病。

她告訴表親自己身體有問題約一週後，二十九歲的海莉耶塔懷了她的第五個孩子喬，莎蒂和瑪格麗特告訴海莉耶塔疼痛可能與寶寶有關，但海莉耶塔堅持不信。

「懷寶寶之前就有了，」她告訴他們，「是別的原因。」

沒人再談論這顆瘤，也沒有人告訴海莉耶塔的丈夫這件

事。然後在寶寶喬瑟夫出生四個半月後，海莉耶塔上廁所的時候發現內褲上有血跡，但當時並非她的生理期。

她在浴缸裡放滿水，把自己浸入溫水裡慢慢張開雙腿，她把孩子、丈夫和表妹關在門外，海莉耶塔將一根手指伸進自己身體，在她的子宮頸上摩擦，直到發現一個不知怎麼就發現的東西：一個堅硬的腫塊在她身體深處，好像有人在她子宮開口的左側卡了一顆小指尖大小的彈珠。

海莉耶塔從浴缸裡爬了出來，擦乾身體，穿好衣服，然後她告訴丈夫，「你最好帶我去看醫生，我在流血，但現在不是我的生理期。」

她在浴缸裡放滿水，把自己浸入溫水裡慢慢地張開雙腿，她把孩子、丈夫和表妹關在門外，海莉耶塔將一根手指伸進自己身體，在她的子宮頸上摩擦，直到發現一個不知怎麼會發現的東西：一處堅硬的腫塊就在她身體深處，好像有人在她子宮開口的左側卡了一顆小指尖大小的彈珠。

海莉耶塔從浴缸裡爬了出來，擦乾身體，穿好衣服，然後她告訴丈夫，「你最好帶我去看醫生，我在流血，但現在不是我的生理期。」

她常看的當地醫生幫她內診，看見那個腫塊，認為這是梅毒引發的瘡，但對腫塊進行梅毒檢驗卻呈陰性，所以他告訴海莉耶塔，最好去看約翰·霍普金斯醫院的婦科門診。

霍普金斯醫院的公共病房裡擠滿了病人，其中大多數是黑人，無力支付醫療費用。大衛載著海莉耶塔開了將近二十

英里才抵達，不是因為他們偏好這家醫院，而是因為這裡是幾英里內唯一一家會治療黑人患者的大型醫院。這是吉姆克勞法[1]的時代，如果有黑人出現在僅服務白人的醫院，工作人員很可能會把他們趕走，哪怕這代表患者可能病死在停車場也一樣。

護士從候診室呼喚海莉耶塔，再帶著她走過一扇門，來到一間僅供有色人種使用的檢查室。這裡是一長排有透明玻璃牆隔間的房間之一，護士在裡頭也能看到其他房間。海莉耶塔脫下衣服，穿上硬挺的白色病人服，躺在木製的檢查台上，等待值班的婦科醫生霍華·瓊斯進來。瓊斯走進了房間，海莉耶塔對他描述腫塊，檢查之前醫生先翻閱了她的病例：

由於重複喉嚨感染和鼻中隔偏曲，從小就有呼吸困難的問題，醫生建議開刀修復，患者拒絕。患者牙痛將近五年，唯一焦慮的是大女兒因罹患癲癇不能說話。家庭幸福，營養良好，合作性高。近兩次懷孕期間出現不明原因的陰道出血和血尿；醫生建議進行鐮刀型紅血球疾病檢驗，患者拒絕。自十四歲就跟丈夫在一起，不喜性交。患者患有無症狀神經性梅毒，但取消梅毒治療，表示自己並沒有不舒服。本次就診前兩個月，在其第五個孩子出生後，患者的尿液中出現大

1　一八七六年至一九六五年間美國南部各州以及邊境各州對有色人種（主要針對非洲裔美國人，但同時也包含其他族群）實行種族隔離制度的法律。

量血液。檢驗顯示子宮頸細胞活動增加的區域，醫生建議診斷並轉介專科醫師，以排除感染或癌症的可能性，患者取消約診。

難怪她一直沒有回來繼續追蹤治療，因為對海莉耶塔來說，走進霍普金斯醫院就像走進異國，而她不會說當地的語言。她懂得收成煙草，也知道如何屠宰豬隻，但她從未聽過子宮頸或切片檢查這種詞彙。她不太識字，不太會寫字，她在學校也沒有上過自然課，只有在別無選擇時才會去霍普金斯醫院，就和多數黑人患者一樣。

海莉耶塔面朝上躺在檢查台，雙腳重重壓在鐙具上，眼睛盯著天花板。瓊斯果真在她說的位置找到一個腫塊，如果把她的子宮頸比喻成一個鐘面，那麼腫塊就在四點鐘位置。瓊斯輕易就能看出一千種子宮頸癌病變，但他從來沒見過這種病徵：呈閃亮的紫色（他後來寫：很像「葡萄果凍」），而且非常脆弱，稍觸碰就會流血。瓊斯切下一個小樣本，送到走廊另一頭的病理學實驗室以進行診斷，然後他要海莉耶塔先回家。

不久之後，霍華・瓊斯口述了海莉耶塔和她的診斷紀錄，他表示：「她的病歷特別讓人感興趣，因為她一九五〇年九月十九日曾在這家醫院足月分娩，無論是生產當時或者六週後的回診，都沒有紀錄顯示子宮頸有任何異常。」

然而在三個月後，她卻長出一顆成熟的腫瘤，若非她的醫生在上次檢查時沒檢查到（似乎不太可能），就是因為腫

瘤正以可怕的速度在增長。

海莉耶塔‧拉克斯於一九二〇年八月一日出生於維吉尼亞州羅阿諾克（Roanoke）。出生時取名為洛瑞塔‧普萊森（Loretta Pleasant），沒有人知道她是怎麼長大後就換了個名字。在一條能俯瞰火車站的死路上，一位名叫范妮的助產士在小棚屋裡幫她接生，那裡每天有數百輛貨車進出，海莉耶塔與父母和八個兄弟姊妹一起住在那個房子裡，一直住到一九二四年，她母親伊麗莎‧拉克斯‧普萊森（Eliza Lacks Pleasant）在生第十個孩子時去世為止。

海莉耶塔的父親強尼‧普萊森（Johnny Pleasant）是一名身材矮胖的男人，經常拄著一根拐杖蹣跚而行，然後用拐杖打人。強尼沒有耐心撫養小孩，所以伊麗莎死後，他把小孩一起帶回維吉尼亞州的克洛弗，強尼的家人仍在那裡耕種祖先曾以奴隸身分工作的煙草田。克洛弗那裡沒有人可以一次照顧十個孩子，所以親戚分別領養了這些小孩，一個跟著這個表哥，一個跟著那個姑姑，海莉耶塔最後分配到與她祖父湯米‧拉克斯（Tommy Lacks）一起住。

每個人都稱湯米住的房子為「家屋」，這是一棟四房木屋，曾經是奴隸宿舍，有木地板、煤氣燈和外面扛回來的水。海莉耶塔若要取水，得從一條小溪拖著水走得老遠，並爬上一座山，而家屋就位在山坡上。風會從牆上的裂縫吹進家裡。屋裡的空氣非常涼爽，所以每當有親戚去世，家人會

將他們的屍體放在前廊好幾天，以讓人來探望和致意，然後他們會再把屍體埋在後方的墓地。

　　海莉耶塔的祖父已經撫養了另一個孫子，這個孫子是他其中一名女兒所生，她在家屋地板上生下這個孩子後便丟著不管；那個孩子名叫大衛·拉克斯（David Lacks），但每個人都叫他戴（Day），因為拉克斯用他拖長聲的鄉下口音來發音，house 聽起來就像 hyse，而大衛聽起來像戴。沒人猜到海莉耶塔會和戴一起共度餘生，她一開始以表妹的身分與他在祖父家一起長大，後來成為他的妻子。

　　戴就像拉克斯家族大多數小孩一樣沒有完成學業：他四年級就輟學了，因為家裡需要他去煙草田幹活，但海莉耶塔一直上到六年級。在求學期間，每天早上照料好花園和牲畜後，她會步行兩英里到有色人種學校，學校是躲在高大樹蔭下的三間木製農舍，途中行經白人學校時，白人小孩會丟石頭嘲笑她。

　　夜幕降臨時，拉克斯家的表兄弟們會用舊鞋生火來驅趕蚊子，並在大橡樹下看星星。他們在樹上掛了一根繩子，在樹下盪鞦韆。孩子們玩鬼抓人，手牽手繞圈圈、跳房子、在田野上邊跳舞邊唱歌，一直到湯米爺爺大吼要每個人都上床睡覺為止。

　　海莉耶塔四歲，戴九歲起就一直睡在同一間臥室，所以接下來發生的事也不令人意外：他們開始生小孩，兒子勞倫斯（Lawrence）在海莉耶塔十四歲生日幾個月後出生，四年

後妹妹露西・艾爾西・普萊森（Lucile Elsie Pleasant）也出生了。這些孩子和他們的父親、祖母和祖父一樣，都在家屋的地板上出生。當時的人不會用癲癇、智力低下或神經性梅毒之類的詞彙來描述艾爾西的病情，對克洛弗的人們來說，她只是很單純又有點精神失常。

一九四一年四月十日，海莉耶塔和戴自行在傳教士的家裡結婚，當年她二十歲；他二十五歲，兩人沒去度蜜月，因為有太多工作要做，沒有錢去旅行。如果海莉耶塔和戴每一季都能賣出足夠的煙草來養活一家人，還能種植下一季作物，就已經算走運了。因此在婚禮之後，戴又回頭抓起他舊木犁裂開的末端，而海莉耶塔則緊隨其後，他倆推著一輛自製的手推獨輪車，將煙草幼苗扔進才剛變紅的土洞裡。

幾個月後，戴找到一份造船廠的工作，於是搬到北方巴爾的摩郊外一個黑人小社區特納斯站（Turner Station），海莉耶塔則留下來照料孩子和煙草，等待戴賺到足夠的錢買房和三張北上車票。過了不久，一手牽著一個孩子的海莉耶塔在克洛弗大街盡頭一個小小的火車站登上一輛燃煤火車，離開了她幼年生活的煙草田，離開那棵在許多炎熱下午為她遮蔭的百年橡樹。二十一歲的她第一次透過車窗凝視連綿起伏的丘陵和廣闊的水面，向新的人生前進。

到霍普金斯醫院看診之後，海莉耶塔恢復她的日常工作，為她的丈夫、孩子還有她每天都要餵飽的許多堂表親打掃家裡和做飯。不到一週後，瓊斯從病理學實驗室拿到切片

結果：「子宮頸表皮樣癌，第一期。」亦即子宮頸癌。

子宮頸癌分為兩種類型：侵襲性癌，表示癌細胞已穿透子宮頸表面；而非侵襲性癌則表示未穿透。非侵襲性類型有時也稱為「鱗狀癌」，因為癌細胞會在子宮頸表面以光滑分層的片狀生長，但其正式名稱是原位癌（carcinoma in situ），這個名稱源自拉丁語，意為「癌症長在原來的地方」。

在一九五一年，該領域大多數醫生都認為侵襲性癌會致命，而原位癌則不會，所以幾乎不會進行治療，但霍普金斯醫院的婦科主任，同時也是美國子宮頸癌頂尖專家之一的理查·韋斯利·泰林德（Richard Wesley TeLinde）並不同意。他認為原位癌只是侵襲性癌的早期階段，若不及時治療，最終也會致命。所以他採取積極治療的方式，經常決定切除患者的子宮頸、子宮和大部分的陰道，他認為此舉可大大減少宮頸癌的死亡人數，但批評者則稱他的手法極端又不必要。

泰林德認為，如果能找到方法從正常子宮頸組織和兩種類型的癌症組織中培養活體樣本，他就可以比較這三種組織。這是前所未見的做法。如果能證明原位癌和侵襲性癌在實驗室中的外觀和活動有相似性，他就可以終結這場辯論，並證明自己的看法一直以來都是對的，而忽視他判斷的那些醫生則是在害死病人。因此他打了電話給霍普金斯醫院組織培養研究的負責人喬治·蓋（George Gey，讀音同「guy」）。

過去三十年來，蓋和他太太瑪格麗特一直致力於體外培養惡性細胞的工作，希望能利用這些細胞來找到癌症的病因

和治療方法。但大多數細胞很快就死亡了，少數存活下來的細胞則幾乎不會生長。蓋這對夫婦決心要培育出第一個不死的人類細胞：一條不斷分裂的細胞系，全部來自一個原始樣本，這些細胞能不斷自我補充，因此永不死亡。他們不在乎有什麼樣的組織能用，只要來自同一人就好。

因此，當泰林德向蓋提議，由他提供宮頸癌組織來換取對方培養細胞這個交易時，蓋毫不猶豫答應了。於是泰林德開始從走進霍普金斯醫院的子宮頸癌女性身上採集樣本，其中也包括海莉耶塔。一九五一年二月五日，瓊斯從實驗室取回切片報告後打電話給海莉耶塔，告訴她腫瘤是惡性的。海莉耶塔沒有告訴任何人瓊斯跟她說了什麼，也沒人問起，她就像什麼都沒發生一樣繼續過著每一天。這正是她的典型行徑：若是自己可以處理的事情，就沒理由要麻煩別人。

隔天早上，海莉耶塔再次從霍普金斯醫院外的別克汽車走下來，她告訴戴和孩子們別擔心。

「沒啥嚴重的事，」她說，「醫生馬上會把我治好。」

海莉耶塔直接走到櫃檯，告訴接待員她來接受治療，然後她簽下一張表格，頁面頂端寫著手術同意書，內容是：

本人同意約翰霍普金斯醫院的工作人員執行所有手術程序，並於任何的局部或全身麻醉措施下進行，他們可能認為有必要對下列人員進行適當的手術護理和治療：

_____。

海莉耶塔在空白處正簽，一名筆跡難以辨認的證人在表

格底部簽名，海莉耶塔也簽上了名。

然後她跟隨一名護士沿著一條長長的走廊走進黑人女性使用的病房。霍華‧瓊斯和其他幾位白人醫生在那裡執行過的檢驗比她一生中做過的還要多。他們檢查了她的尿液、血液和肺部，然後在她的膀胱和鼻子裡插管。

海莉耶塔的腫瘤是侵襲性腫瘤，霍普金斯醫院與全國的醫院一樣，都使用鐳放射療法治療所有侵襲性子宮頸癌，鐳是一種白色放射性金屬，會發出詭異的藍光。因此在海莉耶塔接受第一次治療的那天早上，有一名計程車司機從鎮上一家診所取了一個裝滿細玻璃管的醫生包，包裡有多個由巴爾的摩當地婦女手工縫製的小帆布袋，這些裝了鐳的管子就塞在這些小帆布袋的插槽中。一名護士將這些小帆布袋放在不銹鋼托盤上，另一人推著海莉耶塔進入有色人種專用的小手術室。裡頭擺了不銹鋼診療台，還有巨大又刺眼的燈，以及穿了一身白的醫療人員，他們全都穿著白色長袍、戴著帽子、口罩和手套。

海莉耶塔躺在房間中央的手術台上意識不清，雙腳被鐙具固定住，值班的外科醫生勞倫斯‧沃頓（Lawrence Wharton Jr.）坐在她兩腿之間的凳子上，他凝視著海莉耶塔身體內部，擴張她的子宮頸，準備治療她的腫瘤。但在這之前，儘管沒有人告訴海莉耶塔泰林德正要蒐集樣本，或者詢問她是否想成為樣本捐贈者，沃頓還是拿起一把鋒利的刀從海莉耶塔的子宮頸上刮下兩塊硬幣大小的組織：一份組織取自她的

腫瘤，另一份則取自周圍健康的子宮頸組織。然後他將樣本放入玻璃皿中。

沃頓將一根裝滿鐳的細管塞入海莉耶塔的子宮頸，再將其縫合，然後在她子宮頸外的表面縫了一個裝滿鐳的袋子，而後又裝上一個袋子。為了將鐳固定在適當的位置，他在她的陰道內放了幾卷紗布，然後將一根導管插入她的膀胱，這樣她就可以在不干擾治療的情況下排尿。

沃頓的手術結束後，一名護士將海莉耶塔推回病房，一名住院醫師照例將裝有樣本的器皿帶到蓋的實驗室。蓋到了這時候仍感到相當興奮，但他實驗室裡的其他人都認為海莉耶塔的樣本很無趣，畢竟科學家和實驗室技術人員多年來一直不斷嘗試，但從未成功培育出存活下來的樣本，而海莉耶塔不過是無數樣本中的一個新進樣本罷了。

蓋二十一歲的助理瑪麗‧庫比切克（Mary Kubicek）坐在一張兼作休息桌的石質培養長凳上吃鮪魚沙拉三明治，瑪麗、瑪格麗特以及蓋實驗室裡的其他女性在實驗室待了好幾小時。她們全戴著幾乎一模一樣的深色粗框貓眼眼鏡，還有厚厚的鏡片，頭髮向後緊緊梳成髮髻。

「我會到你的辦公隔間放一個新樣本。」蓋告訴瑪麗。

她假裝沒有沒聽到。「不會又來了吧。」她想著，然後繼續吃她的三明治。瑪麗知道她不應該拖延，細胞在培養皿中放愈久，死亡機率就愈高，但反正那些細胞老是死掉。「何必白費工夫？」她想著。

　　當年要成功培養細胞存在許多障礙，首先，沒有人確切知道細胞需要哪些營養才能生存，也不知道如何正確提供營養。但細胞培養面臨的最大問題是污染，細菌和許多其他微生物可能透過人們沒洗的手、人的呼吸和懸浮在空氣中的灰塵微粒進入培養皿，繼而摧毀細胞。瑪格麗特‧蓋接受過外科護士培訓，這表示創造無菌環境是她的專業，而這正是防止手術患者因感染而喪命的關鍵。

　　瑪格麗特雙臂交叉在實驗室巡邏，在技術人員工作時靠向他們的肩膀後方，以檢查玻璃器皿是否有斑點或污跡。瑪麗只能嚴格遵循瑪格麗特的消毒規則，以免惹惱她。一直到這個時候，她才拿到海莉耶塔的子宮頸切片，她一隻手拿著鑷子，另一手拿著手術刀，小心翼翼把組織切成一立方公釐大小。她用滴管吸起每個方塊，一次一個將組織滴到數十個試管中，而試管底部都放著雞血凝塊。她滴了幾滴培養基覆蓋在每個凝塊上，然後用橡皮塞塞住試管，並在每個試管側面用黑色大寫字母寫下海莉耶塔的姓名縮寫「海拉」，然後就把試管放入培養箱。

　　接下來幾天，瑪麗每天早上都會進行日常的消毒步驟，她凝視著所有培養箱暗笑想著：「什麼都沒有發生。」「還真『意外』啊。」然後她看見每根試管底部的凝塊周圍出現一些看起來像是蛋白的小環，表示細胞正在生長，但瑪麗並沒有多想，畢竟其他細胞也在實驗室裡存活過一段時間。

　　但海莉耶塔的細胞不僅活了下來，還以神話般的強健度

生長了起來。到了第二天早上，細胞已經增長了一倍。瑪麗將每支試管的內容物分成兩份，讓細胞有生長空間。很快她已經要將細胞分裝至四支試管，接著是六支——海莉耶塔的細胞生長到足以填滿瑪麗所提供的全部空間。

儘管如此，蓋還沒有準備好要慶祝勝利，他告訴瑪麗，「細胞隨時可能死亡。」但細胞沒死，這些細胞以前所未有的速度不斷增長，每二十四小時就增加一倍，已累積出數以百萬計個細胞，瑪格麗特說：「細胞像馬唐草一樣蔓延！」只要提供食物和溫暖的環境，海莉耶塔的癌細胞似乎勢不可當。

不久之後，喬治告訴幾個最熟的同事，他認為自己的實驗室可能已經培育出第一個不死的人類細胞。

他們回答他，我可以要一些細胞嗎？喬治說好。

喬治・蓋把海莉耶塔的細胞送給任何需要將細胞用於癌症研究的科學家，因此海拉細胞裝在騾子的鞍囊中走進智利山區，裝在研究人員胸前的口袋裡飛遍全國，然後在德州、阿姆斯特丹、印度和其他許多地方的實驗室中生長。塔斯基吉研究所建立了大規模生產海莉耶塔細胞的設備，並開始每週運送兩萬管海拉細胞（約六兆個細胞）。一個銷售人體生物材料的產業很快誕生了，該產業價值數十億美元。

海拉細胞讓研究人員能做一些無法用活的人體進行的實驗，科學家將細胞暴露在毒素、輻射和感染環境下，也用藥物攻擊細胞，希望能找到一種既能殺死惡性細胞，又不會破壞正常細胞的藥物。他們將海拉細胞注射到免疫系統較弱的

老鼠身上，讓這些老鼠罹患與海莉耶塔很相似的惡性腫瘤，藉此研究免疫抑制和癌症的生長。就算細胞在過程中死亡也無所謂，科學家可以回頭從仍在不斷增長的海拉細胞庫存中補充，然後重啟實驗。

但這些細胞在海莉耶塔體內生長的效率就跟在實驗室中的速度一樣強大：在她確診後幾個月內，腫瘤幾乎已侵入她體內的每個器官，海莉耶塔於一九五一年十月四日去世，身後留下五個孩子。她的細胞在世界各地的實驗室中生長，但她卻一無所知。

海莉耶塔的丈夫和孩子直到二十五年後才發現這些細胞的存在。當時是因為約翰霍普金斯醫院的研究人員決定追蹤海莉耶塔的家人並對他們進行研究，為了要了解更多關於海拉細胞的資訊。

當海莉耶塔的孩子得知海拉細胞的存在時，他們大惑不解：科學家是否害死了母親，只為取得她的細胞？母親的複製人是否在世界各地的城市中大搖大擺地活動？如果海莉耶塔本人對醫學這麼重要，為什麼他們還是買不起醫療保險？直至今日，她在巴爾的摩的家人仍為受背叛和恐懼的感覺所苦，但也深深感到驕傲。她女兒黛博拉曾經對她母親的一小瓶細胞低語：「你很有名，只是沒人知道。」

這個故事如何寫成？

芮貝卡・史克魯特採訪了依然在世且認識海莉耶塔和大衛・拉克

斯的家庭成員，整理出海莉耶塔與瑪格麗特和莎蒂講的話，但正是第一段的細節、這第一個場景，才讓故事變得栩栩如生。史克魯特透過調查海莉耶塔的醫療紀錄，確定海莉耶塔・拉克斯在第五個孩子出生後到約翰霍普金斯醫院看診的日期。莎蒂和瑪格麗特告訴她，海莉耶塔是在自己的浴缸裡發現腫瘤，她也針對這個說法進行事實查核。她採訪海莉耶塔的丈夫（他記得當時正在下雨，他把車停在一棵老樹下）和海莉耶塔的醫生和護士（他們記得那間候診室，也記得海莉耶塔經歷過的掛號過程），這些都為關鍵場景的細節奠定了基礎。然後史克魯特再透過文獻研究驗證並充實了這些故事。她透過氣象局證實當天正在下雨，也取得歷史照片來驗證並加強消息來源所提供的病房相關描述。大衛說他把車停在樹下，而她找到了一張照片，證實醫院外真的有一棵；她把照片拿給植物學家看，確定那是橡樹沒錯。

　　史克魯特是個執著的研究者，就和楚門・卡波特一樣。她追蹤並採訪了無論過去或現在所有可能就拉克斯家族提供些許資訊的人。她搜查醫院內部的舊病歷，盡可能準確生動地拼湊拉克斯和霍普金斯醫院醫務人員之間的對話。海莉耶塔生活在吉姆克勞法時代，作者也重現了那個時代的行事作風。

　　史克魯特堅持不懈，從頭到尾仔細建構並刻畫每個場景，她不急於發表作品，因此讓筆下的場景變得非常真實。截至我撰寫本書的當下，《海拉細胞的不死傳奇》已雄踞美國和其他國家的暢銷書排行榜上兩年多的時間，史克魯特並沒有急功近利，因為她從頭到尾花了十三年，才寫出這本書。

《紐約時報》上令人震驚的真相

　　自從二〇〇〇年《紐約時報》在頭版刊登〈共同祈禱，喜憂參半〉這篇文章以來，我一直在自己的工作坊和課堂上討論文章的開場場景。小說家可用的所有文學技巧，非虛構寫作者都能使用，這篇文章就是很好的例子。薩克藉由這個場景結合了對話和簡短又引發共鳴的描述，將讀者融入一個有情節、懸念和強而有力的人物的故事。在該場景中，作者安排了文章主角（即薩克要描繪的對象）出場，同時捕捉到故事的本質或焦點。

　　最近我聯絡薩克，告訴他我有多愛這個故事，尤其是那個場景。我邀他接受採訪，想了解那個場景是怎麼建構起來的。多年來我一直向學生保證，薩克一定是長時間深入那座教堂，非常了解故事中的人，而且霍華・普格和羅伊・丹森衝突那天，他一定也在場，準備好精準記下事發的過程 —— 就像蓋伊・塔雷斯看著辛納屈和哈蘭・艾里森**爭論**那時候一樣。

　　「這就是為什麼得要進行沉浸式寫作，」我告訴學生，「先去那裡晃晃，等待事情發生，因為遲早會有事情發生。然後要好好待著，準備把過程全部寫下來。」

　　沉浸式寫作、作者本人在場、在寫作主題上下功夫都非常重要，我與凱文・薩克的談話並未改變自己上述的想法，但薩克透露了一個讓我大感驚訝的細節，是連他的編輯都不知道的（直到我告訴他為止）。

　　但首先，我對薩克沉浸在主題之中的看法是正確的：薩克告訴我

他寫這個故事，從構思到出版大約花了一年時間，過程中他也一邊寫著其他故事，但這篇文章是他主要投入的工作。「我住在當地，每週三晚上和每週日 —— 週日早上、晚上 —— 都做禮拜，做禮拜前上主日學。剩下的時間我就在教堂和人們家中進行大量採訪；我參加合唱團的排練；參加社交活動；週日到教堂做完禮拜後會去居民家中吃晚餐；還參加了靜修和烤肉會。」

那麼薩克是什麼時候目睹了羅伊・丹森／霍華・普格的教堂事件呢？

他當時不在場。

薩克在教堂做研究的早期階段就遇見了霍華・普格。「他是個引座員，他比較喜歡引座，沒興趣坐下來做禮拜，所以我們坐在大廳聊天。最後他還帶我在教堂裡繞了一圈四處看看，我認為他應該就是在那時告訴我羅伊・丹森的事的，這對我帶來很大的鼓舞，如果我第一天就聽到這種故事，我很期待在這裡待上六個月還會聽到什麼故事。」

「所以這不是你親眼目睹的事？」我問他。坦白說我很驚訝，我已經為了寫書和寫文章重現過數百次場景，而且我敢肯定，許多作家也在自己書中和《君子雜誌》或《紐約客》等雜誌上重現過許多故事，但是《紐約時報》？不知怎地，這令我難以置信。

「我沒有親眼目睹，」薩克說，「我是事後才重建了這個故事。」薩克重新採訪故事中的人，讓這些人證實文章的內在觀點（即讀者接收的資訊和感受），彷彿丹森和其他人物也理解這個情況。薩克說丹森「並沒有不同意我的描述」。

薩克很訝異我那麼驚訝。

「我只是不認為《紐約時報》可以接受重現的故事。」我說；我應該早就留意到薩克用的其實是「重建」這個詞。

「我很好奇你的編輯是麼想的。」我問道。

「我們常常這樣，」薩克打斷我，「我們當然不會局限自己只能寫親眼所見的事，百分之七十五的報導都是在重建我們並未親眼見證的事。」

「編輯對此都沒有意見？」

「沒有。」

我知道大部分的報導和所有非虛構作品都是重建／重現出來的，但這個場景寫得如此生動，讓我一直以為薩克在場。

薩克表示，有許多編輯參與了本文所屬的「美國種族」（Race in America）系列，但與他合作的主編是保羅・菲什萊德（Paul Fishleder），他涉入程度比其他人都高。（該系列共有五篇文章。）

我聯絡上菲什萊德，我們進行一次完美又坦承的對話。菲什萊德承認《紐約時報》不太刊登長篇故事，所以可能經驗不足，比不上其他常刊登這類體裁的雜誌。我留意到一件事，《紐約時報》刊登在報紙和雜誌上的長篇故事，不管是種族系列或一般文章，開頭都非常有力，會傾向從場景和故事起頭 —— 就像薩克的文章一樣 —— 但很快就會弱下來。好比〈共同祈禱，喜憂參半〉這篇文章，普格和丹森的第一個場景可能是文章中唯一完整的一場，後文有一些片段場景，但都不是太充分。

我問菲什萊德是否記得這個故事，他說接到我的電話之後，他為

了準備訪談已經先讀過文章。我問他，羅伊・丹森和霍華・普格的第一個場景是事後重現的場景，他對此事實作何感想。

　　起初他說不出話來，因為大吃了一驚，至少有五分鐘無法回答這個問題，說話也真的結巴了起來。

　　過了一會兒，他說他不記得故事的所有細節，那是很久以前的文章了。這是實話。

　　薩克事後重現（或重建）這個故事乃是事實，但此事實並未削弱故事的力量和效果，同時它生動示範了呈現和描述的區別。

敘事線和吊讀者胃口

場景愈強而有力，作者就能愈快讓讀者投入其中，文章也會愈成功。因此在寫作場景時，要盡快令讀者感受到情節的熱度，動態的情節發展要排在地點和人物之前登場。

蘿倫・史雷特在〈三面向〉一文中的多數場景都是這樣，而寫出海莉耶塔・拉克斯故事的芮貝卡・史克魯特也一樣。每個場景的開頭向讀者提供的資訊都很少，僅提供場景所需的資訊，作者會於後文再鋪墊故事背景。

正如電影界所說的，背景是幕後故事，而不是幕前故事。

問題：但不是應該告訴讀者我描述的是誰、地點在哪裡，還有在場景開始之前是怎麼發展至此的嗎？

回答：當然，這點無庸置疑，正如我所說，故事是個性和地點之所以存在的原因。故事交代了所有相關細節並且會提供背景資訊，所以應該要直接講故事，不必馬上明講所有的事；只向讀者描述就足以理解場景的資訊就夠了。

這裡有一個場景的範例，它用故事吊住讀者胃口，也幾乎同時含納了地點和性格，而且透露的細節量恰到好處。摘文出自珍奈特・沃爾斯二〇〇五年的暢銷回憶錄《玻璃城堡》（*The Glass Castle*）：

　　我坐在計程車上想著那天晚上是不是穿太多了。我向窗外望去，看見母親正在翻垃圾箱。那時天已經黑了，三月的狂風吹著人孔蓋冒出的蒸氣，路上的人紛紛豎起領子沿著人行道匆匆走過，而我正要去參加派對，卻塞在目的地兩個街區外的路上。

　　母親站在十五英尺外，她在肩膀上綁了一塊破布想抵禦料峭春寒。她正在拾荒，一條黑白混血的梗犬是她養的狗，狗兒正在她腳邊玩耍。母親的手勢對我來說再熟悉不過，當她從垃圾箱掏出有潛在價值的物品時，她會一邊端詳，一邊歪著頭伸出下唇。當她翻到自己喜歡的東西時，她的雙眼會睜大，閃過孩子氣的歡欣。她長長的頭髮染上一抹灰白，糾結又蓬亂，眼睛深深陷進眼窩，但仍然讓我想起小時候的母親。那時她會從懸崖上用燕式跳水的姿勢一躍而下，會在沙漠裡作畫並大聲朗讀莎士比亞。她的顴骨仍又高又寬，但皮膚卻因冬天和夏天暴露在惡劣天候中而變得乾燥發紅。對路人來說，她看起來可能就像紐約成千上萬街友的其中一員。

　　我已經好幾個月沒有見過母親，當她抬起頭時，我驚慌失措，深怕她會看到我並大喊我的名字，而要去同一場派對的人會看見我們兩人在一起，母親會自我介紹，我的祕密就會洩露出去。

　　這個段落非常有力，也足以引起讀者的興趣。段落以故事起頭，告訴你足夠的人物，吸引你進入敘事中的狀況，也讓人想要了解更多

背景。作者在這三個段落中提供了一些背景資料，內容提到「小時候」，讓我們知道母親和敘述者許多年前的模樣。現在，關於母親的描述讓我們對過去的她有了快速生成卻不失靈動的印象。這就夠了，我們目前只需要知道這些背景，不需要再有更多的資訊。

　　下面是故事線場景的另一個範例，出自切斯特・A.菲利普（Chester A. Phillips）的〈追逐獅子〉（Charging Lions）。這是他藝術創作碩士論文的一部分，結合了回憶錄、倫理學和科學知識。這篇文章在二○○一年《創意非虛構寫作》雜誌編輯獎的「最佳創意非虛構動物散文」項目中脫穎而出：

> 　　「醒醒，」黛比喊道。「我想獅子咬到公爵夫人的小牛了。」
>
> 　　我吃驚地坐直身體，在床上不知所措，我們在溫暖的夜晚開著窗睡覺，我聽見牛隻刺耳的吼叫聲。這是公爵夫人最顯著的特徵，就和她母親的聲音一樣。當你多年來每天都在了解所有生命體、人類或其他生物時，你就會對這種事有概念。聲調變化的不同；冷靜、怯懦或好鬥的氣質；願意冒險的程度與母性本能；智慧和詭計；願意走很遠的路……畜欄裡的叫聲一次又一次響起，那是響亮的擔憂叫聲，也是絕望的母親痛苦的哭喊。

　　沃爾斯和菲利普這兩個例子都是回憶錄文體。在此也看看芮貝卡・史克魯特的沉浸式寫作作品〈治療尼莫〉的第一個場景，以下全

文轉載（並加上底線凸顯場景）。請注意在這篇文章中，寫有場景和資訊的區塊比其他範文還要長，這樣的寫作方式效果一樣好嗎？

〈治療尼莫〉

這本來應是標準手術——一次快進快出的手術。海倫‧羅伯茨醫師準備切下第一道切口，手卻僵住了。「邦妮，」她說著轉頭看她的麻醉師，「她在呼吸嗎？我看不見她在呼吸。」羅伯茨的目光掃視房間。「抓住多普勒，」她告訴她的另一位助理。「我想聽她的心跳，邦妮，她還好嗎？」邦妮推推紫色眼鏡，俯身靠在手術台上，低下臉到距離病患幾英寸，想觀察她是否有任何呼吸跡象：完全沒有。「麻醉太深了，」羅伯茨說，「幫她加三十毫升的淡水。」邦妮拿起一個裝滿池塘水的舊塑膠壺，往麻醉機器裡倒了兩次水。幾秒鐘後，多普勒傳出小小的心跳聲，邦妮還不滿意：「鰓有反應——但不多。」然後多普勒安靜下來，她伸手去拿水壺。「等等，」羅伯茨說，「鰭有反應……該死，她醒了，加三十毫升的麻醉劑。」羅伯茨嘆了口氣，「剛剛她是故意憋氣，」她搖搖頭說，「魚比想像中要聰明許多。」

沒錯，羅伯茨和博妮塔（邦妮）‧沃爾夫正在為一條金魚動手術，不是那種人們願意花數千美元購買並養在造景池塘中的那種花俏魚類（雖然他們也會幫這種魚開刀），而是從郡上市集買來的一隻魚，當時取名為「金魚一號」。前

任飼主將魚帶到她水牛城外的診所，說他們沒時間照顧，羅伯茨便領養了魚。也就是說，牠是一條普通的魚，誰都可以養，就像「幸運」一樣——這隻重一磅半的錦鯉，身上長了兩磅半的腫瘤。「陽光」因為粗暴的性行為被刺在樹枝上；「貝塔」的腹部充滿液體；還有無數金魚有所謂的浮力障礙，例如永遠上下顛倒的「肚皮鮑勃」；另外還有一隻「烏鴉」只能鼻子朝下，尾巴朝天漂浮。所有的魚都開過刀。

　　十年前，找到魚獸醫的機會微乎其微，但以真實歷史發展而言，獸醫正在穩步發展以滿足寵物飼主的需求。在一九〇〇年代初期，獸醫主要治療牲畜，沒有人想治療貓和狗，貓狗患病通常會直接開槍射殺來解決。但到了五〇年代中期，全世界都愛上了任丁丁和靈犬萊西，大家開始思考是否不該射殺自己的狗。到了七〇年代，狗和貓已經可以獲得等同於人類醫療品質的服務，但治療鳥類呢？太扯了。針對鳥類的診察都由寵物店代勞（鳥類總死於「服藥」，一種類似吸入劑的診斷）。然而到了八〇年代，禽類醫學已有自己的學術專研單位、專業協會、至少一份月刊和龐大的客戶群。如今我們可以幫長尾鸚鵡開刀，可以幫貓狗做器官移植，可以幫沙鼠化療，但想帶魚去看獸醫的人還是會被當成瘋子，至少目前是這樣。

　　美國獸醫協會的科學活動助理主任大衛・斯卡夫醫師（Dr. David Scarfe）表示，「我毫不懷疑魚類醫學將會像八〇年代的鳥類醫學一樣成為主流，實際上其發展速度比想像中

快了許多。」根據美國獸醫協會統計，目前有近兩千名獸醫從事魚類醫學，這個數字正在穩步增長，且市場似乎十分穩固：有一千三百九十萬戶家庭擁有魚，每年僅在魚類補給品上的花費就達數十億美金，包括水族箱、水質調節劑、飼料，而且還未包括獸醫護理或購買魚隻本身的金額；這些開銷可能高達十萬美金，有時甚至更高。

魚類診斷包括基本檢查（四十美金）、血液檢查（六十美金）和Ｘ光檢查（五十五美金），到高規格的檢查：超聲波（一百七十五美金）、斷層掃描（兩百五十美金）。獸醫會執行管飼、幫魚灌腸、用板子和螺絲固定骨折、去除受阻的卵子、治療脊柱側彎；甚至還會幫魚做整形手術：從玻璃眼植入到「手術模式改進」，包括鱗片移植、鱗片紋身或將難看的鱗片去除，不一而足。

但最常見且最令人煩惱的魚類疾病是浮力障礙，這涉及到魚鰾，魚鰾是消化道中的一個器官，容易感染、阻塞和產生缺陷，然後破壞魚調節空氣的能力，使魚「無法正確浮起」，還會在奇怪的位置漂浮或下沉 ── 通常是上下顛倒。最好的處置方式是開刀在魚的腹部放入一塊小石頭來增加重量，但由於費用從一百五十到一千五百美金不等，（具體取決於手術的地點和方式），許多獸醫首先會建議使用綠豌豆治療：「每天餵食患病的金魚吃一次綠豌豆（罐裝或煮熟的豆子，輕輕壓碎後餵食），可能可以治療這個問題。」格雷·盧巴特醫師（Dr. Greg Lewbart）寫了一篇題為〈綠豌豆

治療浮力障礙〉（Green Peas for Buoyancy Disorders）的論文。
盧巴特是頂尖的魚類獸醫，但即使是他也不確定豌豆治療的
效果為何。

　　當我告訴別人我正在寫關於魚類醫學的文章時，他們
的反應幾乎永遠如出一轍：為什麼不把生病的魚沖到馬桶，
然後換一條新的呢？其實有幾個原因，首先是魚可能價值不
菲，盧巴特曾告訴我，「我治療過幾條價值三萬到五萬美金
的魚。」這種魚可能是花俏的錦鯉，飼主養這種魚是為了在
魚類展覽會上拿大獎，這些錦鯉退休後將過著負責繁殖的生
活。盧巴特說，「我在日本曾經診察過一隻魚，飼主還拒絕
了別人開價二十萬美金的購買條件。」這就是他口中所謂的
大魚，「人們會願意花數千美金來治療這些魚。」但並不是
所有的錦鯉都是展覽級錦鯉；有許多是盧巴特所說的UPF：
醜陋的池塘魚種（ugly pond fish）。

　　我們就來談談人與魚之間的情感羈絆。如果你要飼主把
生病的魚沖到馬桶，他們會倒抽一口氣，因為這些人發誓自
己養的魚個性超凡，甚至能擄獲人心。我聽過一隻名叫「宙
斯」、重達兩磅的魚會咬住貓的爪子，還會在貓拍水時將貓
頭朝前猛拉進水族箱來控制家貓。「壽司」是一隻「群居性
又感情豐富」的錦鯉，反覆罹患細菌感染。「Z世代」是一
隻「仇殺錦鯉」，她從水中躍向她的飼主大衛・史穆瑟，並
撞斷了他的鼻子；他的寵物魚「淑女」永遠不會這樣對待
他，而是只會在池塘裡和他擁抱，當他親她時扭扭身體。後

來閃電擊中大衛的池塘附近，他花了數千美金試圖救回淑女。閃電產生的衝擊波使魚的背部受傷，他拍了 X 光片、斷層掃描，進行脊椎按摩療法和脊柱手術，然後在池塘裡養了數週，在物理治療期間他輕捧著淑女的尾巴，卻不見任何效果。現在他談到這件事時仍會淚流滿面。

　　深愛魚的人是無法了解把魚當成生財工具的那些人的，「他們甚至不幫魚取命字。」博妮塔·沃爾夫十分震驚地說。新加坡國際魚展的發起人才剛宣布了一項養魚倡議活動，宣稱「魚有生命，也有感情」，所以如果魚沒有在展覽會上獲獎，「讓魚接受領養較為人道」──總比把魚沖進馬桶裡好。還有人會訓練魚去取籃球和扣籃。長島魚類醫院的尤利烏斯·泰珀（Julius Tepper）醫師說，「某些魚的性格可能是源自進食反應，但我們解讀為貓咪親暱表現的行為，很多也是同樣道理。」不過「壽司」的飼主對此說法並不買帳，她告訴我，「你必須親眼見到壽司才能理解。」所以我和羅伯茨醫師一起去了瑪莎·查普曼的家。我想著：好吧，壽司，讓我見識一下你的個性吧。

　　「壽司養在這裡。」瑪莎說著，一邊帶我來到她家起居室裡六英尺長、一百五十加侖的水族箱旁。五十多歲的瑪莎是一位溫暖又充滿母愛的特教老師，她說話時會看著你的眼睛，口氣就像在跟一整間的二年級學生說話那般。「嗨，寶貝，」她咕噥著，「媽媽的小寶貝還好嗎？」壽司向上衝到魚缸表面開始瘋狂濺起水花。「很好，表演一下你怎麼搖尾

巴。」壽司做到了（雖然搖擺的魚尾在我看來就像一般在游泳的魚的尾巴）。「她搖起尾巴就像小狗，」瑪莎說，「如果我能抱抱她就好了。」

壽司除了體型（有兩英尺長）之外，長相並不出眾，身體大部分呈白色，帶有一些橘色斑點，身上長了短而不平滑的鰭，還有標誌性的鯉魚鬍鬚。如果瑪莎不在場，盧巴特會把她歸類為醜陋的池塘魚。她把手伸進水族箱拍拍壽司的頭。「看看誰來了，小甜心，」她說，「跟蕾貝嘉打個招呼吧。」

壽司不理我，但她原地游泳，臉靠在玻璃上來回上下抽動，為瑪莎跳了一次「籃球舞」。瑪莎馬上回送她一支舞，她把塗著紅色口紅的嘴唇放在離壽司對面的水族箱一英寸的位置，握緊拳頭，彎起手肘和膝蓋，翹起臀部，劇烈扭動身體，同時發出響亮的親吻聲。瑪莎跳得愈起勁，壽司也愈激動。然後羅伯茨走進房間說，「他是不是很可愛？」壽司躲了起來。「羅伯茨認為她可能是男的，但壽司是女生的名字。」瑪莎敲敲水族箱，「別害怕，羅伯茨醫生會把你醫好。」

羅伯茨身材嬌小，是個讓人感到「溫暖親切的魚獸醫」，她的外貌很素樸，沒有化妝，戴著厚厚的黑色塑膠製運動手表，幾乎與她綠松石色的隱形眼鏡產生衝突感，這個顏色讓她的眼睛美得不似人間有。她周圍環繞著錫魚和玻璃魚；紙漿、金屬、木頭和石頭魚；當然還有她的寵物魚：污

點、蘿蔔、哈里遜、福特還有其他共約三十二條魚，包括她最愛的BO（Big Orange，大橙）。在她客廳、辦公室或電腦桌面上許多魚的照片中，他就像是「養在池塘裡的狗」。「來吧，壽司，」羅伯茨說，「我們是朋友。」

我盯著壽司的魚缸看了好幾個小時，瑪莎重複播放影集《雙峰》（Twin Peaks）的主題曲，我想著這隻魚還真有趣，她既活躍又閃閃發亮，來來回回游動著，身上的肌肉隨著音樂以緩慢的旋律波動，令人著迷。但對我來說她更像一盞熔岩燈，只有裝飾作用而不是寵物。話說回來，在她眼裡我也比較像一件家具，而不是一個人。我沒有感覺到壽司的個性，我感覺到的是羅伯茨醫師和瑪莎的個性，壽司游過去時，他們兩人的眼睛會睜大，他們也微笑著碰碰玻璃打招呼。壽司轉個身，他們會說「她是不是很厲害？」和「她好有趣。」之類的話。

他們知道旁人可能覺得這兩人瘋了。「我不在乎別人怎麼想，」瑪莎說，「我運用自己跟壽司的關係，向特教學生示範對非傳統人群表現情感是怎麼一回事，他們自己也是這樣的一群人。」她凝視著水族箱，聲音突然變得嚴肅起來。「當你發現本來被愛機會有限的人和動物也是很可能受到喜愛的，你的眼界也會隨之擴展。」

金魚一號終於停止憋氣，這表示羅伯茨醫師可以幫她結紮了。嗯，本來的計畫是這樣。「我很確定她是雌性，」羅伯茨說，「但魚的性別常常雌雄難辨，如果她是男的，那也

沒什麼大不了的，我們就是得幫她結紮。」羅伯茨出生在英國，在義大利和喬治亞州長大；她的口音溫柔、略帶鄉下氣息，完全無法辨認。「金魚是魚界的兔子。[1]」當我問她為什麼要幫魚結紮時，她說，「我不想面對小魚出生後該如何處置牠們的道德決定。」

除了相當於人類品質的手術器械和監測儀器，其餘物品全部出自園藝用品店：一個裝滿池塘水和麻醉劑的樂柏美容器、透明塑膠管用布膠帶黏在深水泵上，至於金魚一號則躺在容器上方的塑料格柵上。黃色的海綿墊讓她保持直立，嘴裡的管子從容器裡抽出麻醉水，穿過她的鰓然後再流回去，就像一座循環噴泉。

我找到史上第一個寵物魚手術的紀錄，紀錄的內容顯示當時與這次手術使用的裝置相同。第一次手術於一九九三年進行，約兩年後由北卡羅來納州立大學獸醫學院的格雷・盧巴特醫師記錄下來。水生醫學教授盧巴特留著一頭棕色短髮，鬢角灰白，臉上布滿整片淡淡的雀斑，就像有人用褐色顏料噴霧噴在他臉上。「我不會告訴我的客戶，」他語帶猶疑地告訴我，「但我是先開始釣魚，之後才研究起魚的。」他說的時候忍不住笑了出來。「不可否認這很奇怪：我有時週末會去海邊釣魚。」然後他停頓一下，「通常抓到魚之後，我會把魚放掉，但並不會每次都放掉。釣魚這個舉動無

1　意指很容易繁殖。

論如何都會對動物造成不適：我把魚鉤取出，讓魚受傷，然後再把臉上有巨大傷口的魚扔回水裡或扔進冰桶，讓魚在桶子裡拍動個幾分鐘。接著到了星期一，我去上班，有人會帶一條金魚來看診，我安慰他們後把他們養的魚帶到手術室，再讓魚服用術後止痛藥。」

盧巴特熱愛魚類醫學。他飛遍世界各地傳授並實踐魚類醫學；也發表關於魚類醫學的學術文章和書籍，但他的熱情並不僅限於魚類。他告訴我，「我真正熱愛的是海洋無脊椎動物，」例如蝸牛、蠕蟲、馬蹄蟹，「要等到人會開始將這些生物帶去看獸醫，還有很長一段路要走，但我認為總有一天那會像魚類醫學一樣成真。」

魚類醫學的歷史其實可追溯到一八○○年代，但直到一九七○年代和八○年代才流行起來。當時的科學家開始發表各方面的研究文獻，內容從魚類激素和營養到池塘邊的手術台等，不一而足，但寵物魚不包括在內。在盧巴特發表手術論文之前，關於魚類醫學的文獻資料多來自漁業、海洋生物學和野生動物這些領域。

到了七○年代後期，某些冷僻的論文提到新興的寵物魚領域；有些人甚至說獸醫應該從水產養殖過渡到寵物領域，但過了十多年，這件事並沒有發生。一直要到錦鯉一夕成為價值數百萬美金的產業中的明星，外加網路出現，飼主才開始在搜尋引擎中輸入「魚獸醫」這樣的字詞。他們搜尋到像盧巴特這種獸醫所寫的研究論文，飼主開始打電話並發電子

郵件。「我從沒想過要成為一名魚類獸醫，」長島魚類醫院的泰珀醫師說，「然後我接到一個人打來的電話，對方想知道我有沒有治療過魚類，或者知不知道有誰會治療，我說，『沒有，我其實沒有治療過魚。』然後我就想，為什麼我沒有早點想到這條路？」

　　寵物魚醫學還沒完全成為主流：許多飼主並不知道有魚獸醫的存在；而其他人在找這些人，卻找不到。美國獸醫協會和好幾位獸醫正在開發資料庫，之後可以用來媒合客戶，但目前還未啟用，在資料庫建置完成之前，盧巴特每年要繼續面對四百到五百通電話和電子郵件，幫那些有魚類問題的人解決問題，很多都是飼主可以自行處理的。她就跟博妮塔・沃爾夫一樣不是真正的魚類麻醉師；她是魚類愛好者，講話帶有沙啞的菸嗓，還收藏大量槍枝。（正如羅伯茨醫師所說，誰還有膽跟邦妮開玩笑說要把魚沖到馬桶裡。）沃爾夫會跟她養的魚說話，在錢包裡隨身攜帶魚的照片。「我是有孫子的人，」她笑著說，「但我只會帶著魚的照片。」她上過的魚類健康和醫學課程比大多數獸醫都還要多。起初，她先在Google上搜尋「錦鯉」這個詞，Google一定會連結到KoiVet.com這個關於所有魚類知識的網站；另外也會連到Aquamaniacs.net。在這兩個網站上，成千上萬的魚類愛好者會在留言板互動，要取得道德面的支持，以及在魚類危機發生當下尋求自助的辦法。這些人開始相互推薦魚獸醫，儘管傳統在魚類醫學這個領域中，飼主通常比獸醫更了解魚類，

但情況已經改變：獸醫學校也開始教授魚類醫學。

　　我最近去北卡羅來納州參加一場研討會，由全世界唯一的水產醫學科系所舉辦，負責督導的人是盧巴特。他和同事還開設為期一週的魚類醫學加強課程，以及全世界唯一的水產醫學實習課程，報名永遠是爆滿狀態。在研討會第一天，來自全國各地的八名獸醫學生會學習如何捕撈、麻醉和運送魚類，同時進行抽血並取下鰭和鱗片樣本，在顯微鏡下觀察寄生蟲。他們看到一隻有水腫問題的水牛蛙類，還有一隻烏龜吃了一堆不該吃的石頭。研討會內容占比大約是百分之二十五的水生爬行動物和百分之七十五的的魚類，但第一天沒有生病的魚，戶外陽光明媚，所以盧巴特帶著大家去班傑利公司參加魚類醫學講座。盧巴特戴著黑色塑膠太陽鏡坐在陽光下，一隻手拿著冰淇淋，另一隻手拿著魚類書籍談到魚癌和鯉魚皰疹。「有人有問題嗎？」他最終問道。賓夕法尼亞州的一名學生舉手：「可以魚獸醫這個工作維持得了生計嗎？」

　　答案模稜兩可：儘管應「水族箱呼叫」出勤每小時的收費高達一百美金，但現在擔任全職寵物魚獸醫的話，生意會很吃緊。一些成功的寵物魚獸醫也在漁業、公共水族館、動物園或熱帶魚產業界工作；其他人則以教學和研究工作當作補貼。但大多數的寵物魚獸醫也必須治療其他動物。「可以把治療狗和貓當成主食──當成肉和馬鈴薯；」羅伯茨說，「但治療魚只能當調味料。」在某一段時間，這個看法可能正

確，「魚類醫學還只能當成嗜好，」泰珀說，「一年要花上我好幾千美金。」他將此事部分歸咎於季節性問題，因為錦鯉在冬季處於休眠狀態，因此他和其他人鼓勵人們採用預防性的魚類藥物。這就是金魚一號手術的特殊之處：因為她非常健康，但結紮表示羅伯茨不必面對道德上的小魚安置問題，而這也算一種商業操作。「如果我能掌握此技術，」羅伯茨說，「那就能提供結紮服務給會說『我真的很喜歡這隻金魚，但又不想再多養一千條』的那種飼主。」

在金魚一號能移動並在池塘裡游來游去找食物吃的前十五分鐘，羅伯茨醫師在金魚腹部四周到處戳，她正在告訴伍爾夫自己最近在玩的電玩遊戲，然後突然停頓一下。「你看那個，邦妮。」羅伯茨從金魚一號的腹部拉出一條長長的黃色凝膠狀部位。「看起來是雄性對吧？」邦妮點點頭，「對，海倫，是雄性。」羅伯茨笑了，「怎麼可能是男的？你看起來那麼女性化！」

「不用切除卵巢了。」邦妮說。

「好吧，」羅伯茨回應道，口吻一如既往的爽朗，「我們會把他閹了。」然後她轉向我低聲說，「魚類醫學還算不上一門科學，但我們正在努力。」

讓讀者投入故事

史克魯特的第一個場景提起了讀者對這個場面的興趣，因而想知道更多下文。讀者會好奇：金魚手術？那是怎麼回事？然後他們的心

思便投入其中，這就是期待中讀者要有的反應，很快投入後就無法回頭了。

至於菲利普的〈追逐獅子〉一文，讀者會想知道公爵夫人是生是死，然後就會投入其中來尋找答案。在《玻璃城堡》中，若讀者想知道母親和她女兒何以陷入那樣的困境，那就要看完整本書才能得到答案。但既然這本書已經售出了數百萬冊，沃爾斯顯然做對了某些事——應該說做對了很多事。

背景的意思顧名思義：放在後面

愈快讓讀者融入文章中的故事，能扣住讀者注意力的時間就愈長。不必先提供讀者暫時用不上且無謂的資訊，哪怕他們最終還是需要知道這些資訊也一樣。

仔細查看上述三個引發讀者「投入」的案例，當中是否遺漏了任何資訊，因而讓讀者感到困惑、沒趣或一頭霧水？可能沒有。當然讀者會想了解更多沃爾斯的家人、尼莫和公爵夫人的資訊，但到目前為止讀者是跟得上作者腳步的。當下並沒有漏交待任何事，所以由此可推論出一個好的建議：順著故事的發展來寫。

故事決定你蒐集和提供的研究資訊（事實）

　　我記得有一次和某位備受尊敬的電台記者一起旅行，路上我觀察著他的工作方式。我跟他跟了一整天，和他一起採訪、蒐集事實和提問，到了一天結束時，他已經準備好返回數百英里外的總部。他說，「現在我掌握了事實，接下來必須釐清我要如何描述這個故事。」

　　這是傳統記者的工作方式，事實優先，即便是跟那天那位記者同類的作家和記者也知道必須產生敘事。但是在創意非虛構寫作中，「事實」和「用來傳達事實的故事」相比，兩者重要性一樣，且故事在寫作的優先排序更前面。如果你從故事出發，且用來抓住讀者心思的載體也是故事，那麼便是由故事來決定你向讀者提供的事實，或至少也是以它來決定事實的順序和重點。

　　此時你可能會聽見「真相測試機」的警報響起，正如全國各地的記者所宣稱：「那些創意非虛構寫作者正在編造事實。」

　　此言差矣。芮貝卡·史克魯特選擇運用金魚手術來描述「人與魚之間情感羈絆」的故事，因此手術和手術進行的方式決定了作者一開始要向讀者傳達的資訊。這通常是最重要的資訊，但卻不表示沒有省去某些事實不記，尤其若這些事實與故事的重點無關，就會被略去。在此重申：故事決定了作者要向讀者提供什麼資訊／事實，整個過程是總體性的決定。

練習十五

　　請回頭檢視手頭上的文章以及這本書中的文章，看看開頭的結構是否能很快吸引到讀者注意力？如果不能，請開始思考如何使把前幾段或前幾頁寫得很吸引人。請瀏覽你家中或在報攤上看到雜誌和文選，這些文章能通過「讓讀者投入」的測驗嗎？請試著寫下能立即讓讀者投入的文章開頭，寫個五篇，就算後續沒有故事也沒關係。也可以嘗試在對話中試行這個測驗：跟朋友説些有趣的話，可能與你真正想談的事情不甚相關，然後看看對方有多感興趣吧！

　　我曾經與麻薩諸塞州一位「書醫」聊過，他曾幫許多想寫書給一般讀者看的常春藤聯盟學者工作。「他們給我看書的初稿，裡面全是專業術語和技術性的資訊，他們會對我說：『幫我潤飾一下吧。』這些人覺得這件事隨便就可以做到，只要在內容中加入一些趣聞就好，這樣他們的書就會登上暢銷書排行榜。」但事情沒那麼簡單。

　　無論是沉浸式作品還是回憶錄，一本書都是一種組合出來的成果，這種組合當中包括風格和內容、事實和故事；由故事決定事實的順序和重要性，但這種有層次的結構並不表示作者可以編造事實。

框架：結構的第二個部分（場景之後）

前文已經提過，但我要再說一遍，因為這是一種會持續出現的挑戰：（一）創意非虛構作品的構成要素是場景，即一些小故事；（二）資訊是透過情節來傳達，這些情節可能是場景的一部分，或者是場景與場景間的情節；（三）故事是承載非虛構內容的創意性載體，也是風格和內容跳出的舞蹈。

但你不能只寫場景，不能把場景堆成一堆再從中挑出最好的，然後文章就算寫完了。場景是個好的開始，而之後還有更多事要做。場景需要某種順序，一個場景應該依照模式或邏輯來發展，然後再接續到另一個場景。這種由故事貫穿其中的模式，我稱之為框架。

框架能形塑出故事的樣貌，讓讀者願意一頁一頁看下去（或者在螢幕上往下拉）。他們會想了解從一個場景到另一個場景之間發生了什麼事，而那就是故事的情節，即從頭到尾人物、地點或物體的變化。框架是總體敘事、讀者的旅程、從頭到尾的場景過渡。框架或總體敘事幾乎都是一個故事 —— 更大、更概括性；而場景則是較小、較特定的故事，因此框架也可稱為總體敘事或「故事結構」。

無論你要用什麼詞彙來稱呼，幾乎每篇文章、每一章節、每一本書，或鬆或緊都會框定在某個故事中。我們可以檢視〈艱難的決定〉構成框架的方式；是什麼讓九個黃色區塊（場景）組合在一起？

這篇文章的框架有按著時間先後順序，即獸醫生活中的某一天，

從早上作者和獸醫在獸醫辦公室見面時開始，並在六小時後結束，故事又回到最初的地點。〈三面向〉同樣是按時間順序排列，始於蘿倫・史雷特拒絕接下這個「邊緣性人格」患者，場景在兩三天後結束：史雷特醫師與她的病患見到面；那幾天內發生了很多事，但框架中設定的時間穩定向前推移。

　　書的框架通常按時間順序排列，我最喜歡的案例之一是崔西・季德的《房屋》，故事始於一個家庭買下土地在上面蓋房子，經過了八個月，結束在舉家遷入新居的時間點。

　　框架是寫作的必要手段，不只有創意非虛構作品是這樣，在小說、電影和電視節目中也如此。在此我們來檢視《法網遊龍》的某一集（不是《法網遊龍：特案組》；我是《法網遊龍》的粉絲，這是我的另一個不良嗜好）。

　　《法網遊龍》通常從意外發現屍體開始：場景一，警探抵達並調查犯罪現場，然後總結謀殺的情況，老經驗的偵探蘭尼通常會用有趣或諷刺的評論結束場景二。場景一個接一個按照邏輯發展，先面談，然後釋放、逮捕嫌犯，再由地區檢察官辦公室接手並進行審判，產生更多場景和劇力萬鈞的情節。框架（即整體情節）通常會一直推進，到最後觀眾得知逮捕和受審的對象是否遭到定罪為止。換句話說，所有的場景都被建構在一個更大的故事當中。

　　許多框架不僅是按時間順序進行，還經過壓縮。〈治療尼莫〉有合乎邏輯的時間軸，但由於故事從手術過程中開始寫起，透過金魚手術帶領讀者踏上一場迂迴的旅程，最後結束於手術完畢的時刻──金魚病患存活了下來。這個方式增加了故事的懸念，所以史克魯特打造

了一定程度的懸念 —— 對尼莫和讀者來說，有些事情正處於危急關頭：尼莫究竟是生是死？

危急關頭是框架的一部分

我們已經知道讓讀者進入情節中和投入故事的必要性，而要讓人投入，幾乎總少不了人物、作者（或者這兩者同時）陷入危急關頭（即他們身上可能要發生某些事）。

這裡有另一個案例，也是我最喜歡的框架之一，因為這篇文章總讓我笑出來。在菲利斯・拉斐爾（Phyllis Raphael）二〇〇三年發表於《哈潑雜誌》的文章〈韋斯特伍德的最後探戈〉（Last Tango in Westwood）中，開頭描述她在一九六〇年代與當年的性感男星馬龍・白蘭度（Marlon Brando）一起參加晚宴。他和拉斐爾在一家人滿為患的餐廳裡閒聊，人群中也有拉斐爾的丈夫，白蘭度則暗暗撫摸她的背和手臂。他們過去從未見過面，但很明顯，白蘭度正在給她「性暗示」。拉斐爾寫道，「他的觸摸讓我的肌膚灼熱起來，就像加州沙漠中的太陽反射器一樣，熱度蔓延我的手臂，穿過我的身體，進入我的頭部。我小心翼翼不敢動，呼吸時也不敢有太多動作。白蘭度與我對我們之間正在發生的事皆不動聲色，自從我察覺到他的觸摸後，我的表情就沒有變過，而白蘭度即使直視著我也顯得不以為意。」

〈韋斯特伍德的最後探戈〉全文長約四千字，主要描述白蘭度和也在餐廳用餐的女演員麗塔・海華絲（Rita Hayworth），以及其他演藝界人士，同時還包括拉斐爾自己無疾而終的演藝生涯。但這個故事的框架是由白蘭度與拉斐爾的祕密互動構成：他是否想引誘她（他確

實試圖在她丈夫面前誘惑她，因為白蘭度邀了她一起回家）？以及她是否被他引誘上鉤？顯然文章中有一些事態正處於危急關頭，所以能夠讓讀者保持投入。

因此當你要決定框架（呈現場景的方式）時，請務必思考這一點：「我的人物處於什麼危急關頭？」

更改時間表

框架不一定要按照由頭至尾的時間表進行，作者隨時可以在行文中途開始另一個框架，正如約翰·麥克菲在他的經典文章〈喬治亞州旅行〉（Travels in Georgia）中所示範的那樣。這篇文章於一九七三年發表在《紐約客》上，文章開頭是一個場景：喬治亞州自然區委員會的兩位博物學家山姆和卡洛發現了一隻鱷龜DOR（dead on the road，死在路上），他們把鱷龜從高速公路上移走，打算煮來當晚餐。

不久之後兩人抵達河岸，有個名叫查普·考西的拖鎖起重機操作員正在拓寬河床，麥克菲和他的同伴乘車一千三百英里穿越這個州到處考察濕地；這些人是環保主義者，想保護作為野生動物的棲息地的濕地。拖鎖起重機在河岸上張牙舞爪的場景正是危急關頭的明顯例子，讓這篇文章有了生動又引人入勝的開頭。

麥克菲接著回到旅程的開端，時間拉回鱷龜或查普·考西登場的許久之前。在接下來的二十五頁（近三分之二的篇幅）中，他解釋了自己何以會與山姆和卡洛一起旅行，並在故事中充分發展了兩個人物的角色。他們停下來等待更多死在路上的動物，並待在卡洛家中，欣賞她救過的動物和動物骨頭收藏。他們在戶外野營，吃死在路上的麝

鼠，然後在月光下划船過河。

　　上述每一個場景都推動了故事的發展，也都與故事的焦點有關，例如我們會更加認識卡洛，她的許多事都脫不了對保護喬治亞州濕地的熱情。無論場景編排有多巧妙，一篇文章不會只是精采的場景和資訊的總和而已。框架的每個部分都必須具有特定重點或主題，也要與更宏大的故事有所相關。

　　最後，麥克菲和他的伙伴回到河岸，即查普・考西的拖鎖起重機所在處，然後麥克菲繼續前進，他完成了這段旅程和他的故事。文字寫到尾聲處，他划著獨木舟與年輕的吉米・卡特（Jimmy Carter）談話，當時的卡特為喬治亞州州長。

　　麥克菲是框架建構大師；他在故事中使用的框架也包括一場網球比賽（〈中央球場〉〔Centre Court〕」：首次發表於《花花公子》〔Playboy〕，寫的是亞瑟・艾許〔Arthur Ashe〕對上克拉克・格拉布納〔Clark Graebner〕的冠軍賽，該篇文字不僅可以描寫這兩個人，還描述了網球運動本身），以及一個大富翁遊戲（〈尋找馬文花園〉〔The Search for Marvin Gardens〕」：一九七二年首次發表於《紐約客》，描述麥克菲遊覽大西洋城的故事）。這些框架都提供了一個敘事方向，能引導讀者，同時為其他資訊留出說明空間。

　　無論作者選擇從哪裡下筆寫故事，通常都會用一種方式來安排場景 —— 會有一個範圍更大的故事串起文章；有清晰的開頭和結尾。這樣一來，場景就可以融合在一起，並對讀者產生意義。

　　麥克菲使用的框架以及本書大多數範例中的框架結構都相當緊密、具體，例如金魚手術或者獸醫某一天的生活。伊娃・喬瑟夫的文

章〈黃色計程車〉內容鬆散而含蓄，但結構面的方向自始至終都是在處理她的工作和臨終關懷的經驗。請注意，她在文章開頭表示她於一九八五年開始從事臨終關懷工作，在文章的結尾卻告訴讀者她三年前離開了臨終關懷機構。她的臨終關懷經歷和自己對死亡和臨終的反思可能沒有按時間順序排列，但卻符合文章設定的範圍和方向。她告訴我們或向我們呈現的所有事物並無不協調的問題。

平行敘事

〈三面向〉的框架更緊密也更簡潔：蘿倫・史雷特與她病患的初次互動經歷，也就是從一開始認識對方，到兩人見面的過程。（你也可以稱之為「公共性故事」。）但〈三面向〉中還有其他的框架（亦可稱為潛在框架），即是史雷特自己身為邊緣性人格患者的故事——她的「個人化故事」。

史雷特在公共性或「治療師」的故事之後，開始介紹自己的個人化故事，但她本可以用另一種方式輕易建構出這段故事的框架，從她在醫院的兒時記憶開始，然後迅速快轉到她主管打來的電話。或者，她本可以在更接近高潮的段落開始這個故事，例如從會議休息期間走錯廁所，發現自己迷失在回憶中而開展個人的故事。

史雷特選擇使用公共性故事作為框架，但個人故事與治療師的故事一樣都具備很強的敘事性，她走任何一條路線都可以。所以史雷特寫了一篇平行敘事的文章：有兩個主要故事線同時在爭奪讀者的注意力。這個方式很好，因為故事愈緊張懸疑，讀者就愈有可能繼續閱讀下去。一個長篇文章中可以同時有三到四條敘事線，如果讀者對某一

層次或某個故事的興趣下降了，另一條可以立即遞補上來。

寫書會更容易做到平行敘事，因為作者有更多空間和時間來充實情節、地點和人物。在《海拉細胞的不死傳奇》中，史克魯特除了海莉耶塔的故事外，還推展了其他多條敘事線，包括發現海拉細胞的醫生喬治·蓋、他的生活和經歷。在我的書《觀賞球賽最佳位子，但你必須站著》裡面，我描述國家聯盟裁判一整年生活的故事，但與此同時，我也協助讀者透過國家聯盟第一位黑人裁判亞特·威廉斯（Art Williams）的角度審視那一年。其實我可以乾脆用威廉斯的角度來寫整本書；那會成為書中的總體敘事。現在回想起來，正因為這本書個人化程度高，也正因為這個故事最終是關於種族主義和棒球，所以那樣可能是最理想的選擇。

不要做出無法兌現的承諾

我們在一家餐館目擊兩個神經病情侶之間的對話，這兩個人吃早餐時突然決定要搶劫收銀機和顧客。搶匪準備發動攻擊。

但突然間我們回到了前一天，出現一群古怪又可疑的人物，由布魯斯·威利（Bruce Willis）、約翰·屈伏塔（John Travolta）、山繆·傑克遜（Samuel Jackson）、哈維·凱托（Harvey Keitel）和鄔瑪·舒曼（Uma Thurman）飾演。這些人全都捲入了一連串彼此些微相關的凶殺、搶劫和詐騙案中。發生在這些人物身上的每個故事都各自獨立，但在這張由暴力和變態交織成的網絡中，卻又巧妙地相互關聯。

在兩小時緊湊的電影情節之後，傑克遜和屈伏塔兩人決定去餐館吃一頓豐盛的早餐，好結束一整晚通宵達旦的痛苦和疲憊。觀眾上一

次看到這家餐館時，餐館即將遭到搶劫。我不會透露電影的結局，但我只想說自電影開場之後，我們一直不知道那兩個神經病的後續，但搶劫的事在整部片播映過程中一直縈繞於我們腦海。大家知道導演昆汀・塔倫提諾（Quentin Tarantino）已向觀眾許下承諾：在電影一開始他就讓兩個神經病出場，然後保留這條故事線，我們期待他遲早會兌現承諾。在一九九四年這部經典的《黑色追緝令》（*Pulp Fiction*）中，他也確實做到了。

練習十六

　　請辨別並描述《海拉細胞的不死傳奇》節錄文章中的框架，然後也翻開你最喜歡的雜誌和文選，判別文章中的框架。請留意作者脫離時間軸的頻率，以及是如何做到的。尋找像〈黃色計程車〉那種隱微而鬆散的框架，也找找看其他像〈治療尼莫〉那樣更清晰、更有指標性的框架。你手上正在寫的作品有框架嗎？縮小框架的效果是否會更好？通常答案會是肯定的。

　　同樣，小說家唐・德里羅（Don DeLillo）在二〇〇三年《紐約客》上的一篇文章〈羅馬的那一天〉（That Day in Rome）中，也向讀者先做出了承諾。德里羅和妻子在羅馬的孔多蒂街上走路，這時他們看見一位「迷人的國際巨星，穿著閃亮的淡紫色襯衫、麂皮褲和長

靴，兩隻手臂分別勾著一個男人」。（請留意細節的特殊性。）

　　在接下來幾個段落，德里羅描述了城市、氛圍，並泛論羅馬的文化歷史。他還指出這位女演員看起來輕鬆愉快，最後他告訴讀者從他遇見這位女演員至今，已經過了二十五年。作者在這篇文章中為讀者重溫這段回憶並拼湊細節時，他意識到自己「時隔那麼多年，已經不確定那位電影明星是誰了。」

　　由此德里羅開始在文章中探討多年來喜歡的電影，以及讓他想起那位神祕女星的女演員。他說他與妻子在電影和女演員方面的看法分歧，並告訴我們許多婚姻生活中的挑戰。我們了解了安妮塔·艾格寶（Anita Ekberg）、詹姆士·龐德、西西·史派克（Sissy Spacek）、費德里柯·費里尼（Federico Fellini），以及他認識的許多其他名人。但一直要到文章接近尾聲，我們才會知道他二十五年前看見的女演員是誰。德里羅引逗讀者並保持讀者的興趣，最終也兌現承諾。

　　德里羅顯然想寫一篇關於電影、婚姻和記憶的文章，但他在文章的頭、尾先安排好這位神祕女演員出場，構成了框架。他挑起讀者的興趣，而若是老老實實把作者長長的敘述看完，他就會供出她的名字。最後他兌現承諾，那位神祕的女演員是：烏蘇拉·安德絲（Ursula Andress）。

重點的重要性

很多人會混淆框架和重點。請記住，框架關係到的是作品的結構，就像一幅畫的畫框；它能展示地點或選擇場景的基本理由，以及場景的順序安排的邏輯。

重點則代表主題、意義或論點，代表作者希望讀者在閱讀體驗結束時能獲得什麼；那是作者可以用來選擇場景和為場景排序的另一種方式。為了讓場景相得益彰，內容的重點應該要能反映相同或類似的主題。

在〈艱難的決定〉一文中，九個場景中有七個具有類似的主題或意義，都與獸醫結束動物生命或試圖拯救動物的能力有關，每次獸醫面臨這種困境，都是一個「艱難的決定」，大多數場景都反映了此一重點。

在〈治療尼莫〉一文中，蕾貝卡・史克魯特在文章的三分之一處陳述了她的重點：「人與魚之間的情感羈絆」。蘿倫・史雷特在段落開頭闡述了她的重點，「因為我已經學會如何舒緩熱點」。

與重點無關的場景無論多麼有趣或引人注目，通常都不應納入篇幅中，例如在〈艱難的決定〉中，那位獸醫也是一位傑出的業餘網球運動員，大多時候她在離開辦公室前都會先換上「白色網球服」，但是網球跟山羊或馬並沒有關聯，所以不應納入〈艱難的決定〉當中。這位獸醫努力了六年才被獸醫學校錄取，直到現在有人還是認為女性

的體力無法處理大型動物，所以獸醫學校大多招收男性學生。我本可
以找個方法將這些資訊置入文本，但後來選擇將這個資訊保留到另一
篇文章中，並將另一篇文章的重點放在女性獸醫希望男性同事接納她
們所面臨到的困難。

讓框架反映重點

在最好的情況下，故事結構或框架在多數場景中應具備相同或類
似的重點，愈相符愈好。伊娃・約瑟夫在臨終關懷的脈絡下討論死亡
和臨終議題，她告訴我們在這個過程中對臨終者和照顧者來說都存在
一種美和目的，其框架與重點彼此吻合。史克魯特和史雷特文章節選
段落中的框架和重點也有一致性，但〈艱難的決定〉中「生命中某一
天」的時間安排並不符合這種模式，因為範圍太廣，無法反映獸醫每
天面臨的艱難決定。沒關係，文章還是成功，但可能還可以更精練。

我可以寫得更好嗎？是否有我沒用過的其他寫作方式？我們繼續
探索，同時好好思考這個問題。

故事（場景）要有彈性

在這種背景前提下，故事（場景）其實是一種容器；有些故事可
以延伸到包含大量的資訊和眾多場景。有些則不能。我已經談過〈三
面向〉和〈治療尼莫〉的場景中的場景。〈治療尼莫〉文中的框架是
一種外科手術 —— 很少見且不太可能發生的手術。這個框架在這篇
文章中用得很成功，是因為框架傳達了資訊也建立了必要的懸念：尼
莫會活著嗎？請想像一條橡皮筋，你愈拉它，橡皮筋就會繃得愈緊，

直到斷裂為止。一個好的故事也是如此，故事可以拉伸，這樣當作者開始遠離敘事主線時，讀者就會被逐漸升高的懸念所誘惑。

史克魯特在〈治療尼莫〉中記錄的金魚手術程序很有彈性，其中包含了資訊以及其他場景、故事和人物。在這篇文章中，框架很大程度反映了這件作品的重點。若缺乏已經有的大主題：人與魚的情感羈絆，這起手術就不會發生，所以這些要素環環相扣而且有整體性。

我們回去看看〈艱難的決定〉。「生命中某一天」的時間安排是可以接受的。這篇文章之所以成功，是因為從開頭重點就很明確，且敘事中存在某種固有的推動力，讀者因而會懷疑接下來一定會發生一些事。

請記得：故事具有彈性，以及框架可能反映重點而發揮出最大的影響力和效果。再想想：用黃色凸顯出的場景中有哪些具備足夠的彈性，可以容納下所有場景、增強懸念，同時反映重點？讓我們檢視一下這篇文章：

某些場景可以立即刪除：去角的場景（請見〈內在觀點〉中的〈艱難的決定〉摘文）沒有反映重點，所以剔除。儘管獸醫描述的許多故事（例如「影子」的故事）確實反映了重點，但範圍有限，無法含納其他故事的所有細節和人物。

要做到這一點，我們必須回去找獸醫重新採訪她，即便如此我們還是無法確知結果。我們必須投入大量時間和精力看看故事的範圍是否夠大，是否有彈性擴展到容納得下其他故事。

還有兩個故事或場景──兩個場景都是重現出來的，第一個是瑞奇和哈妮那一場，可能算有彈性，但是沒有太多懸念。我們從一開

始就知道獸醫要幫哈妮安樂死，但相對的我們也不知道獸醫是否會在文章的最後一幕投入時間或金錢來治療山羊，或者選擇做出艱難的決定，對山羊執行安樂死。最後一個場景的彈性足以容納文章中其他所有場景，潛在的懸念讓讀者備受吸引且顯然與重點相符。

　　你會怎麼處理？可以巧妙調整時間軸，將一天結束時作為這篇文章的開頭，先寫獸醫檢查努比亞山羊時思索著艱難的決定，但不告訴讀者她的決定是什麼。或也可以回到一天的開始，寫出陰霾籠罩的氣氛，告訴讀者：這種艱難抉擇是獸醫整天都要面對的兩難，正是她工作內容中揮之不去的艱難決定。她會拿這隻山羊怎麼辦？

練習十七

　　改寫〈艱難的決定〉，不要改變文字內容，請移動或拉伸以黃色凸顯的場景／區塊來改變結構。怎麼運用我上述的建議發揮效果？

　　獸醫「決定」了什麼或者「不決定」什麼能吊足讀者胃口，但在作者寫完這一整天的內容之前，不用告訴讀者獸醫的決定是什麼。到了文章最後才要信守承諾，用戲劇性的方式揭露獸醫的決定。艱難的決定這個故事彈性夠大，容納得下文章中其他所有故事並增強懸念，只需稍加修改即可。我在這種情況下移動了資訊出現的位置，但只加入少許資訊；我操縱了結構，而不是內容。

第一個倒金字塔／真正的倒金字塔：
由海明威和費茲傑羅促成的創意非虛構實驗

「你改寫了多少次？」一九五六年，《巴黎評論》（*Paris Review*）一位採訪者問恩內斯特‧海明威。

「不一定，」他回答，「《戰地春夢》（*A Farewell to Arms*，一九二九年）的結局，我改寫了三十九遍才滿意。」

「是有什麼技術性問題嗎？是什麼問題難倒你了？」

「我想使用正確的措辭。」海明威回答。

根據海明威的傳記作者形容，他在進行修改時態度堅定不移，正如《戰地春夢》的最後一章，他從未放棄改寫。海明威備受推崇的第一本書《太陽依舊升起》（*The Sun Also Rises*，一九二六年）中一個重要片段，卻被F.史考特‧費茲傑羅評為「草率又白費工夫」。

海明威才剛把這本小說寫完，他的傳奇編輯麥克斯威爾‧柏金斯 —— 同時也是費茲傑羅和湯瑪斯‧伍爾夫在斯克里布納出版社的編輯 —— 已經準備好要出版這本小說。但隨著故事發展，海明威卻不願繼續往前推進這本書的工作，除非他當時在巴黎的朋友費茲傑羅給他意見。

費茲傑羅不斷推遲，因為他不想告訴海明威自己對這本書的看法，但海明威堅持，費茲傑羅最終只好寫一封信逐頁批評這本小說，或者至少批評了這本書的第一部分。費茲傑羅寫道，「從第五章開始

就寫得很好了。」

海明威遭到羞辱而且可能非常憤怒，但他愈檢視《太陽依舊升起》的前幾章，就愈意識到自己納入了許多不必要的場景和資訊，這些場景和資訊可以刪除或者挪置到後文。最後海明威刪除《太陽依舊升起》的前四章，我們今天閱讀的這本書開頭其實是原來的第五章。

從上面這個故事，連同《創意非虛構寫作》編輯長期的文章編輯經驗（在開頭刪除不必要的背景資訊），可以得出有趣且很有價值的實驗：第一個倒金字塔／真正的倒金字塔。

下列文字摘錄自《創意非虛構寫作》網站（www.creativenonfiction.org），造訪該網站即可看到第一個倒金字塔／真正的倒金字塔實驗的結果。實驗由此開始：

> 在新聞報導的教科書中，倒金字塔寫作法包含著名的五個W：誰、什麼、何時、何地和為什麼（有時是如何）。在創意非虛構寫作中，倒金字塔寫作法的功能有所不同。
>
> 因為主要目的不是快速傳達故事的基本資訊，而是為了吸引讀者，所以故事的開頭可能無法捕捉到五個W；通常這些基本問題的答案作者會刻意保留，這是為了增加懸念並讓敘事更有組織地發展。「對作家來說，倒金字塔寫作法還具有更複雜的功能；它能告訴作者要把讀者帶到哪裡，什麼時候引導概念、主題和人物出場。換句話說，倒金字塔寫作法能引導作家，讓作家前進並推動文章。
>
> 但到了修改時，作者通常必須回到文章開頭，並決定是

否仍需要第一個倒金字塔，此時作者通常會發現不需要；第一個倒金字塔只是一個工具或觸發點，其用意是讓作者找出『真正的倒金字塔』。

在本期雜誌的編輯過程中，我們經作者許可刪除三篇文章的開頭部分，然後將幾段或幾頁後的文字設定為文章的開頭，這麼做的目標是讓起頭更直接，就好比刪除作者發言前清清嗓子的動作，幫助讀者在一開始就進入故事核心 —— 包括情節、主題、內容。」

未經刪除的文章也會放在……網頁上，有圖形顯示編輯過程中刪除的內容；也會顯示挪置到後文的內容；在某些案例中還會顯示我們所加入的內容。

當作者在打造場景時，第一個倒金字塔／真正的倒金字塔呈現了另一個至關重要的思考點：作者是否已讓開頭段落盡善盡美？用棒球來比喻，你是揮臂還是投球？前者很有趣，後者卻必不可少。

清楚表達和丟出問號

我在很多層面上都能惹惱學生，我不太給學生讚美；我總是很挑剔，老是對他們的作品挑三揀四。我幾乎都是要學生立刻投入寫作計畫中，要他們馬上選出文章的主題，因為我不能容忍拖延。我要他們走出課堂，走進這個世界並沉浸其中。

除了看書之外，他們還要鑽研維基百科、進行幾次電話採訪、要寫點東西出來 —— 他們必須融入這種生活，因為這是創意非虛構寫

作的現實生活面。但最讓他們反感的是什麼？是什麼逼他們走上酗酒這條自暴自棄的路？是我不斷丟給他們問號。

當我閱讀學生的初稿，發現沒辦法完全理解的內容、不清不楚的參考資料或想法、沒有意義的比喻時，我會在初稿的空白處寫上一大堆問號。這是我採用的其中一種方式，也是為了達到「清楚表達」這樣個目標。

「文字，」我說，「應該擁抱讀者，幫助作者講故事，不是用來讓讀者感到困惑，或者促使讀者去查字典，又或者要讀者回頭檢視自己在上下文中是否遺漏了什麼。我們不該讓讀者做完這些事才能理解作者的意思。」

「但你明知道我在講什麼。」我的學生反駁。

「我或多或少知道你在講什麼，但我認識你一整個學期了，所以我知道你在寫什麼，畢竟我們經常討論你的故事。」

有時針對這一點，我的學生會用短語、句子或比喻向我解釋他們的意思。「所以每次讀者閱讀遇到困難，你都要去他們身邊向他們解釋嗎？」我問。

「我太太（男朋友、母親、室友）也讀過這篇文章，他們完全知道我在講什麼。」他們經常這樣反駁。

「喔，也許你交稿的時候也應該一起把太太寄給雜誌編輯，這樣就有人可以協助解釋和釐清了。」

本書中大多以寫作為導向的章節都是為了處理整體結構，而不是逐行編輯。形式和結構是主要挑戰，當作者思考、修改結構和塑造場景時，也同時會修改並雕飾場景和句子，許多逐行編輯都是以這種方

式完成。但你遲早會對文章的形式滿意，到時也就會準備好開始逐字斟酌文章內容 —— 我不是指文法和標點；我指的是文字的有效性、該選擇什麼詞彙（措辭），還有清晰表達的能力。這可不是件容易的事。

練習十八

　　清晰表達的能力包含有效性。請回顧你最近寫下的一個場景，你是否向讀者呈現了自己所希望他們知道的內容？是否也同時告訴讀者你呈現的內容是什麼？你需要一邊描述、一邊呈現嗎？可能不需要。請以簡潔精確的方式編輯你的散文，別害怕刪減，一篇文章經過修整往往會變得更加有力，成果總會令人驚訝。請圈出重複的詞彙，問問自己有需要在一個段落中重複同一個詞彙三到四次嗎？可能不需要吧。將用詞和隱喻與上下文分開看之後，這些詞彙本身還有意義嗎？檢查文章時，別只是重複閱讀句子和段落，要執行透徹的檢查。

　　約翰·麥克菲曾經告訴我，一篇普通的長篇《紐約客》文章他需要花大約九個月時間來研究和撰寫，大部分的寫作時間都花在形式和結構上，到後期才他才會開始擔心該如何組合文字。至於到了把稿

子交給《紐約客》的編輯時，文章已經達到他的能力範圍內完美無瑕的程度。在編輯過程中，他總會找個時間從普林斯頓坐火車到紐約，和他的編輯擠在一起，坐著逐頁檢查每個單字、句子、比喻或用詞，然後加以潤飾、定義並追求清晰表達，麥克菲說這個過程會用到一至兩天完整的八小時。他們丟出的問號想必很多。

抽屜階段

問題：一旦我對結構和表達能力都很篤定，也透徹檢查和修改過了，就表示我準備好交稿了嗎？

回答：是的，你已準備好將初稿交到你的辦公桌抽屜了。你可以把文章或章節擱置幾週；不要去看它。我們把文章寫完之後都會有自我感覺良好的傾向，一旦拉開一些距離，感覺作品完美的判定便會漸漸消失。你希望編輯看到的是最完美的作品，而不是有潛力的作品。多數編輯認真評估作品的機會只有一次，如果內容不夠出色，就會被退稿。

問題：但我需要有人幫我發表作品不是嗎？還有什麼辦法可以證明自己？還有怎麼靠寫作謀生？我必須先有作品發表。

回答：但你希望發表的結果很好吧？你不會想要自己寫出二流的出版品，而會希望自己的讀者、編輯和朋友都很喜歡作品，且未來十年更不必對自己的作品提心吊膽或尷尬萬分。所以先慢慢來，然後才能一擊制勝，遲早都是會發表的 —— 當美妙的那一天降臨，你會很自豪地將作品呈現給全世界。

記住寫作即是修改

　　在第二部的引言中我提出修改的理由。事實上，我發現寫作和修改之間的界線很難區分，因為兩者會同時發生。在我們真正定義文章是草稿或初稿之前，我們寫下的每一句話、每個段落和每一頁，都會經過修改和改寫很多次。第二部介紹的寫作技巧、練習和想法不能再往下細分了，因為寫作是一種單一又同步發生的創作過程，不能間斷也不能將就。你的作品永遠不夠好；永遠可以更好。溫斯頓・丘吉爾的話已道盡這一切：「絕對、永遠、堅持不放棄。」

創意非虛構寫作的一切我都學會了，
下一步該怎麼走？

美國藝術創作碩士

　　小說和詩的藝術創作碩士學位始於一九三六年，當時適逢愛荷華作家工作坊成立，這是美國第一個創意寫作藝術碩士課程。大約二十年前，我協助推動了匹茲堡大學的第一個創意非虛構藝術創作碩士課程，從那時起，這個想法就在全美各地的學院和大學中流行起來。據我所知沒有可靠的統計數據，但我估計美國和國外有超過七十五所學院和大學可以讓你取得創意非虛構的碩士學位；還有另外六家機構提供創意非虛構寫作或創意寫作學門下專攻創意非虛構文類的博士學位，包括密蘇里大學、內布拉斯加大學林肯分校和俄亥俄大學等。

　　採少量實體定點授課模式的創意非虛構藝術創作碩士課程也愈來愈受歡迎，學生不需要每週上固定的課，主要是在網路上或透過與非虛構寫作導師電話交談來完成課程；學生和教師每年見面兩到三次，參加為期七到十天的課程和研討會。這種模式的教學與校園教學大同小異，但學生得以在家上課或住在家裡，使受教育的過程更具成本效益；儘管不一定會有實體課程的「真實感和緊湊性」。

　　藝術創作碩士課程對創意非虛構寫作者有益處嗎？什麼樣的人該投入這樣的課程，而什麼時候投入好？在你決定花費數萬美金以及兩

到三年的修業時間之前，還有一些問題要先弄清楚。

1. 你的人生遭遇過多少事，或者說有多少人生經歷？

　　這是個嚴肅的問題，尤其如果你才剛取得學士學位，寫一本回憶錄描述你人生前二十一年遭受的磨難，這種想法可能非常誘人，但大多數年輕人還沒有足夠的人生歷練對生命發表一些深刻的看法，尤其面對的是比他們年長的讀者時，更是如此。創意非虛構寫作課程的教師常開一個玩笑：到底每個學期都會收到多少「祖母過世」的故事？失去祖父母通常是剛拿到學士學位的二十一歲學生所能經歷過最慘的事。

　　我並不是說年輕人不能寫出兼具力與美的作品，或者說他們沒有受過苦，但是在攻讀碩士學位程度的寫作課程之前，請先加入和平工作團[1]、找份開計程車的工作，或者與自身不同的文化有些互動，通常會更理想，至少你會有更多素材、更多的參考點、更多的想法和經驗可借鏡。這並不表示你要放棄成為作家的夢想；但用創意非虛構寫作的方式過生活，就表示你需要體驗新的世界，並利用空閒時間定期寫作，先儲備充足的新素材。當你最終決定修讀藝術創作碩士時，早先投入的成本才能獲得最大的發揮。

　　就算你小時候確實發生過可怕或精采（或既可怕又精采！）的事，且你和家人都遭受了巨大的痛苦，你也可能尚未具備足夠的距離和洞察力，於是無法以足夠的熱情和智慧來反思人生經歷並與讀者分

1　美國政府運營的一個志願者獨立機構，旨在推動國際社會與經濟援助活動。

享。我定期會與私人客戶合作，這些人身上的故事都很有趣，但他們並不想投入寫作這門專業。最近我就替某人代筆，寫下關於她祖母去世的文章，但這位寫作者都已經六十五歲了。

2. 你懂什麼？

　　這個問題與你的主題有關，如果你的生活多采多姿，有很多稀罕又精采的個人閱歷可供分享，那麼你可能會寫回憶錄，或者兩、三本回憶錄。但請記住，創意非虛構寫作的使命是傳達資訊，即向讀者傳授從摩托車、更年期到登山和數學等各種方面的知識。你懂的東西愈包山包海，出版商對你就愈有興趣，尤其是具備專業人士或學者身分更是加分。

　　最近我籌辦了一系列講座和研討會，主題是「重述想法和重思寫作」，主要的聽眾是亞利桑那州立大學的教師和博士後學生。第一場：專家時代，是由一位文學版權代理人探討非虛構敘事的重要性和受歡迎程度。為了支持自己的論點，他用到學術界就二〇一〇年非虛構書籍（主要為文字敘述性著作）提案的銷售狀況所進行的調查。這項調查很有趣；這位代理商分析「出版商午餐」（Publishers Lunch）網站上的公告，雖然未包括全部的書單，但驚人的是，結果顯示出版商對此文體有濃厚的興趣。

　　共有一〇八本書目，分為歷史、政治、時事、科學、商業、健康和宗教等主題領域；這些書賣給五十九家不同的出版社，包括克諾夫出版社（Knopf）、諾頓出版、企鵝出版（Penguin）和王冠出版（Crown），當中有十個書目獲得六位數的預付版稅；其中一本超過五

十萬美金。顯然還有許多有利可圖但不為人知的交易並未在網路上公開，也未包含在此調查中。但如果學院人士和學者能學會使用創意非虛構寫作技巧，將研究轉化為引人入勝且易於理解的故事，那麼就會創造出蓬勃的商業出版市場，而他們的作品也會在市場上炙手可熱。這位代理人毫不懷疑「專家的時代」即將到來，尤其專家若還能掌握好敘事能力的話，無疑更是如此。

這些研討會是為學者舉辦，但課程是為了所有有抱負的作家所開設。在這個世界上，我們需要或想知道的事情太多了，但又沒有太多時間去學習，有許多人希望用愉快的方式學習，而具備知識又能投入並理解故事的創意非虛構寫作者就可以滿足這些需求。所以先問一下自己懂什麼，有什麼內容可以與全世界的讀者分享？

回到問題一，想要留在大學環境中的應屆大四畢業生可以繼續修習生物學、物理學、商業或其他學科，這是為了讓自己獲得深入的知識體系，再將其應用為寫作素材。

3. 你想拿到創意非虛構藝術創作碩士學位的目標是什麼？

如果你想在大學教寫作，那麼創意非虛構藝術創作碩士學位會很有幫助。由於大多數寫作課程都設有藝術創作碩士學位，因此寫作課程大多也希望教職員工有藝術創作碩士學位，但這個要求並不普遍。

一方面，當今許多最負盛名的創意非虛構作家都沒有藝術創作碩士學位，也不想花時間攻讀。其次，學位也無法保證一定會有教學工作；你名下仍需要有出版品，至少要出過一本受到好評的書，也許需要有更多本。一本書，或者兩到三本出版品通常比藝術創作碩士學位

更有價值。當然理想的情況是將你的藝術創作碩士期間完成的作品當成第一本書出版，但這種情況很少發生。當然也有例外，我有許多學生在藝術創作碩士修讀期間的創作都寫得很好。其中一位的作品就摘錄於本書中，即芮貝卡・史克魯特。另一位是《敲門聲：穿越亞美尼亞種族滅絕黑暗之旅》（*The Knock at the Door: A Journey Through the Darkness of the Armenian Genocide*，二○○七年）的作者瑪格麗特・安赫特（Margaret Anhert），她為寫作下了許多功夫，榮獲許多獎項。

　　許多人報名參加創意非虛構寫作課程是因為他們心裡有想要寫的書，但是並不在乎是否拿到藝術創作碩士學位，也不在意教學工作。許多創意非虛構寫作學生都是在職的專業人士，他們無意放棄日間從事的工作，只是正在尋找更多探索寫作的途徑。

　　藝術創作碩士課程協助了那些有內在動機的作家，這些人心中有自己想要寫的書。在這樣的課程中，你可能會得到三到四位不同專長的導師與你進行一對一教學，課程也提供了學生一個社群，在裡面就能與社群成員分享創作最早的初稿，這將會支持你撐過整個寫作的過程。身為一名作家表示必須要接受一定程度的孤獨，因此就算你與社群成員並不住在同一個城市，但擁有社群的支持還是很有價值。

　　除了修習藝術創作碩士課程之外，你還有其他選擇，例如可以聘請一位導師來幫助你，只要你願意，其成本遠低於藝術創作碩士課程可能花費的三萬到四萬美金。我跟許多學生談過，尤其是在職的專業人士，他們進入藝術創作碩士課程的原因，是由於不知道還有其他選擇。例如創意非虛構寫作基金會也提供指導協助，欲知課程的更多資訊，請上網站www.creativenonfiction.org。

　　所有創意非虛構寫作的藝術創作碩士課程內容都不相同，有些相對比較容易錄取，但品質控管的水準有限。在大多數課程中，學生除了完成課堂作業外，還需要交出一至兩百頁「足以發表」的手稿，這是類似於碩士論文的要求。顯然「足以發表」是很主觀的詞彙，因為人人都有不同的價值觀和標準。完成「足以發表」的初稿無法保證作品一定會出版。

　　我強烈建議：

- 在繳註冊費之前，先認真研究寫作課程的內容，真的受到錄取也不需要太得意。就算有人聲稱你是過關斬才被選上也別高興，招生人員總是喜歡誇大其詞。

- 請選擇申請那些門檻很高、師資又知名的課程。在確定要入學之前，請先了解課程畢業生畢業後的出路，還有他們的發展是否成功。先了解他們的作品已在哪裡發表，或者將即將在哪裡發表。

- 查一下為期二至三年的課程中你的教授會是誰，先熟悉這些教授的作品，問問自己喜歡他們的寫作方式嗎？他們身上有什麼能讓你學習的？要確定他們有教學經驗，因為好作家可能不會是好老師，或者可能不想花應該要花的時間來指導你。有些大學會聘請非虛構寫作經驗有限的詩人和小說家來教創意非虛構寫作，以提高學費的利用率。你找的課程應該要所有教師都具有出版和教授創意非虛構寫作的專業，請別找兼職人士。

- 眼睛要放亮。如果沒有錄取你認為最適合的課程，那麼就再花

一年時間潤飾你提交的作品，然後再申請一次。錄取與否取決於作品，所以開始發展寫作生涯最好的方式，就是盡量寫出最上乘之作，然後提交出去、申請最好的課程。之後要耐心等待自己足以達到目標的那一刻來臨。請記住你仍在寫作、蒐集素材，並朝著正確的方向前進，時機點非常重要。如果你在準備好之前就錄取了藝術創作碩士課程，請在第一學期或第一學年努力尋找寫作主題。

不發表則滅亡

沒錯，這是一句古老的格言，套用於學界更是貼切；如果你不出版書籍和評論文章，可能無法獲得終身教職。某種程度上作家也是如此，沒發表的作品似乎就不能算是正式作品，沒發表作品會帶來挫敗感。自己默默寫作，寫著一些默默無聞的素材也很令人挫折。當別人得知你是作家，他們會想知道你最近有什麼作品出版，或者在哪裡可能讀過你的作品。

無論是哪一種技藝或專業，你都需要沉潛一段時間才能駕輕就熟，有時這個世界（或出版業）需要更多時間才會認可你的價值，作家需要時間才能受到肯定。瑪格麗特・米契爾（Margaret Mitchell）一九三六年榮獲普立茲小說獎的小說《亂世佳人》（*Gone with the Wind*）被知名出版社退稿了近四十次，才找到願意出版的麥克米倫出版社（Macmillan）。J.K.羅琳在寫《哈利波特》全七集的第一集《哈利波特：神祕的魔法石》（*Harry Potter and the Philosopher's Stone*）時幾乎窮困潦倒，後來才名利雙收。約瑟夫・海勒為寫作《第二十二條

軍規》（*Catch-22*）投入十幾年的時間，後來才由西蒙與舒斯特出版社（Simon & Schuster）於一九六一年出版。

多年來我已學會自我保護；我很少告訴別人自己在做什麼，甚至也不說自己的職業，除非真的迫不得已。我寧可聽別人說話（他人的談話內容是我最好的寫作素材）；且無論如何，大部分的人也比較愛說話，不願意傾聽。

傾聽是創意非虛構寫作生活方式的固定元素，與別人討論作品可能自取滅亡；說出來會讓能量、洞察力和探索的自發性消耗怠盡，而這些卻是撰寫創意非虛構作品不可或缺的條件。我不推薦你成為「遁世作家」，只是務必非常小心謹：要讓尚未出版的作品有「呼吸」的餘地，有能力在出版時發出自己的聲音。

別擔心，快樂點，而且要放聰明一點

我知道這感覺像風涼話，因為我已經出版過很多本書，但我相信我們需要更關心的是作品的品質，而不是作品的擴散程度。如果你的作品值得出版，就可能會有人想出版。正如前文所言，作品出版時，你會希望它反映出你的功力。我的意思不是說結束抽屜階段且覺得自己已經準備好之後不該嘗試出版，只是要提醒你不用過度焦慮。如果你的故事很好，你的創作用意嚴謹，研究工作也扎實，且你仍在努力寫出高品質的作品，那麼屬於你的時刻很可能就會到來。

同時你可以多了解寫作和出版業務來加快這個進程，替自己的寫作生涯推一把，另外也要閱讀出版業相關的資訊。大多數圖書館都有《出版人週刊》（*Publishers Weekly*）。《紐約時報》書評網路上就找得

到。請了解時下的出版書目和書評所給予的評價，每天的《紐約時報》上都有書評，出版業的資訊在上面也讀得到。我的意思不是說一整天都在看報紙就好了，我會用Google快訊提醒，所以能知道出版界發生了什麼事，而且無論目前在寫什麼主體，我每天都會收到與寫作主題相關的最新Google快訊。雖然書店已不像過去那麼多，但造訪離你最近的獨立書店或巴諾書店並逛一下並書架會很有幫助。看看最近出了些什麼書，還有與你的主題相關的書籍上架到什麼位置，也留意你的競品，因為有時你不得不推銷自己的書。

　　銷售、行銷和出版創意非虛構作品的方法說也說不完，可能足以寫成另一本書，但以下有幾項思考要點：

- 大型雜誌可以先不用想。像《哈潑雜誌》、《紐約客》、《大西洋月刊》（*Atlantic*）這類雜誌很少刊登主動投稿的初稿，所以不妨試試《創意非虛構寫作》、《喬治亞評論》（*Georgia Review*）、《科羅拉多評論》（*Colorado Review*）或《草原篷車》等文學雜誌。美國有數百家這種雜誌持續在尋求好的作品，主題不拘，且從不怕收到大膽或實驗性的作品，多達五千字的長篇作品也可以。在文學期刊上發表文章的報酬很低，有時只能拿到免費雜誌，但開著選題雷達的書籍編輯和版權代理商都會關注這些期刊。《創意非虛構寫作》每一期出刊都會引來代理商和編輯探聽我們雜誌上刊過其作品的作家。

- 當你寫出引以為豪的作品，經過抽屜階段的考驗之後，請挑一位書籍版權代理，但選擇的眼光要像選藝術創作碩士課程一樣

挑剔，甚至要更加挑剔。請跟版代面談，與他／她的客戶聊聊並看看他們發表了什麼作品。不要被版代的奉承沖昏頭了，另外也請記住，版代在找的幾乎都是整本書的初稿或書籍初稿提案；只有文章的話，版代很少會代表作者提交出去。尋找版代的最佳方式是選擇朋友或同事認可和推薦的人選，你也可造訪「作者代表協會」（http://aaronline.org）網站，了解更多尋找版代和與版代合作的流程，並查看一長串代理商名單，這些版代都在尋找作者。

- 盡可能學習撰寫書籍提案的技巧，尤其寫的又是具有公共性的創意非虛構作品的時候，寫一份好的書籍提案可能比寫書本身更具挑戰性。提案通常會很長（經常長達五十頁），作者會詳細描述他／她要提案的計畫，其中通常也會有樣章可參考。芮貝卡・史克魯特的提案將近兩萬字，大約是成書的四分之一。我建議你找一位導師來協助你完成提案，創意非虛構寫作指導課程可以提供協助，或者你可能會希望參加編輯或版代主講的作家會議。市場上有許多「如何寫一本書籍提案」相關主題的書，任何一本都會有所幫助。版代和編輯未必有那麼在意形式；顯然內容才是重點。不要低估在提案階段投入時間和精力的價值，許多創意非虛構書籍的版權是提案階段就銷售出去的，而非等到成書之後。

- 考慮與小型出版社合作。西蒙與舒斯特、哈潑柯林斯和藍燈書屋等大型出版社名聞遐邇，但經濟衰退和數位時代的來臨皆衝擊到這些出版社的樣貌，它們還在餘震中頭暈目眩。近期

大學出版社和小型獨立出版社補滿了大型出版社留下的文學
出版品明顯的空缺。內布拉斯加大學、咖啡屋出版社（Coffee
House）、普林斯頓大學出版社和薩拉班德（Sarabande）──
上述這些是可以考慮洽詢合作方式的選項。儘管小出版社沒有
大把行銷預算，但其實大型出版社也不再做太多行銷了，他們
通常會將時間和精力放在知名作家或大牌作家身上，比如約
翰・葛里遜和丹妮爾・斯蒂爾（Danielle Steele）[2] 這類作者。

- 學習行銷和推銷自己。芮貝卡・史克魯特自費舉辦行銷活動和
  書籍巡迴宣傳，此舉讓《出版人週刊》幫她做了一期封面故
  事，也讓書評開始關注她的作品，然後讀者也趨之若鶩。縱然
  這本書傑出又精采，她知道還是要靠獨特的行銷手法和毅力來
  幫忙推一把。

---

2 美國小說家，是世界上目前最暢銷的作家，銷售量超過八億本。

後記／把這本書再讀一遍

　　不管你是從頭到尾看完，還是一點一點慢慢看，既然已經看過了這本書，請再看一遍。我希望你記住有關創意非虛構寫作者的一切：我們的使命、我們的生活、我們的文學，和我們的熱情。

　　還有記得要寫作、修改和改寫。那就是我要傳達給你的。寫作、修改、改寫 —— 寫作、修改、改寫，且到你確定自己已經寫到極致，也確定自己已經完成了最好的作品為止。然後再開始寫新的題材。

　　請記住溫斯頓・邱吉爾說過的話，以及他留下的訊息。萬一你的作品無法立即發表，或萬一發表後遭到評論的攻擊和忽視，也請不要放棄，更不要屈服。繼續堅持寫作。出版和聲望該來時就會到來，而高品質的作品和作家引以為豪的文章才是你的首要目標。

　　我無法保證你名利雙收，甚至也無法保證你能得到滿足感，因為就算作家能得到滿足或愉悅感，那也是轉瞬即逝的。但如果你能重複閱讀這本書、思考一下我說過的話，就一定能獲得必要的資訊和靈感，並在創意非虛構寫作領域取得成功。

　　別忘了是誰在跟你說話、誰在指導你、誰在督促你。

　　是教父。

附錄

過去到現在：一九九三至二〇一〇年
創意非虛構寫作偉大（和沒那麼偉大）的時刻

　　這篇非正式的創意非虛構歷史暨時間表是由海蒂・弗萊徹（Hattie Fletcher）負責匯總，以慶祝文學雜誌《創意非虛構寫作》（二〇一〇年）的轉型，如今已發展為季刊形式。弗萊徹是《創意非虛構寫作》的總編輯，也是從期刊轉型為雜誌的統籌者，也許你會幫我們充實二〇一二年的年表內容，然後長久延續下去！

　　「創意非虛構寫作」可能相對來說是個新名詞，但其代表的內涵卻已經歷史悠久。自獵人回到洞穴並試圖描述他悄悄迫近一隻鳥時看見草地上的陽光，此情此景讓他想起父親教他打獵的那個下午開始，人類一直在用有趣的方式描述許多真實發生過的事。從那時起，作家如雨後春筍般出現，他們的作品融合了風格和內容，並使用場景、對話和其他文學工具來寫出真實故事。奧古斯丁（Augustine）、蒙田（Montaigne）、梭羅、伍爾夫、海明威、歐威爾……這些人可能不會自稱創意非虛構作家，但他們根本也不知道有這種說法就是了。

　　現在我們知道自《創意非虛構寫作》創刊號出版以來，創意非虛構作品已經形成自己的特色，既是一種文學形式，也是出版產業中非常受歡迎（又利潤豐厚）的文體。是否曾經處境困難？是的，但這是預期中的狀況，或許二十年後我們回顧「詹姆斯・弗雷時代」，只會

將它當成一段叛逆的青春期。

至於接下來的事，誰又知道呢？我們肯定不會知道，所以只能告訴你過去走過哪些路。

有件事必須徹底釐清：這些內容只是推測！我們不在場，無法求證事實真相；不過我們認為這是發生過的事件的合理描述。（你應該也會這樣假設，畢竟這種事偶爾會讓人惹上麻煩。）

一九九三年　出版《創意非虛構寫作》創刊號，這是一本專為長篇敘事紀實寫作而發行的文學期刊。

— 「這是小說嗎？這是非虛構作品嗎？為什麼沒人在乎？」《紐約時報》評論家角谷美智子（Michiko Kakutani）哀嘆，「我們每天都受到書籍、電影和電視紀錄片的轟炸，這些東西在歷史與虛構、現實與虛擬現實之間的領域來回跳躍，卻能全身而退。」

— 蘇珊娜・凱森（Susanna Kaysen）出版《女生向前走》（*Girl, Interrupted*）：作者因精神疾病住院多年寫成的回憶錄。

一九九四年　作家和寫作計畫協會（AWP）統計出五百三十四個授予學位的創意寫作課程；其中六十四個授予藝術創作碩士。

— 約翰・伯蘭特的《善惡花園》：艾德蒙・懷特（Edmund White）稱這本真實的犯罪故事是「自《冷血》以來最好的非虛構小說，且更具娛樂性」；這本書在《紐約時報》暢銷書排行榜上盤踞四年；旅遊巴士紛紛開到薩凡納朝聖。

— 出現更多關於問題少女的回憶錄：三十一歲的露西・格雷利（Lucy Grealy）在《一張臉的自傳》（*Autobiography of a Face*）中探討了「有種深不見底的悲傷……稱為醜陋。」二十六歲的伊麗莎白・沃策爾（Elizabeth Wurtzel）也以《少女初

體驗》（*Prozac Nation: Young and Depressed in America*）躬逢其盛。

— 許爾文・努蘭（Sherwin Nuland）的《死亡的臉：一位外科醫師的生死現場》（*How We Die: Reflections on Life's Final Chapter*）是一本以作者家庭經驗為依據的研究，榮獲非虛構類國家圖書獎。

— 斯沃斯莫爾學院的大二學生賈斯汀・霍爾（Justin Hall）開始用線上日記記錄生活中的事件；《紐約時報》雜誌稱之為「部落格創始者」。

一九九五年　「這種美國生活」（This American Life）是由艾拉・格拉斯（Ira Glass）主持的全國性聯合廣播節目，主要由大衛・賽德瑞斯和莎拉・沃維爾（Sarah Vowell）等人擔綱第一人稱主講，首先在芝加哥公共廣播電台播出。

— 六十六歲的電視維修員赫曼・羅森布拉特是納粹大屠殺的倖存者，他憑藉一個真實故事贏得《紐約郵報》（*New York Post*）的情人節徵文比賽。故事中描述一個年輕女孩從集中營圍欄上丟蘋果給他的真實故事；後來他認識了她並娶了她。

— 大衛・賽德瑞斯的《裸體》：賽德瑞斯的短篇故事集，內容關於他的家庭還有其他主題，在全球銷售超過七百萬冊（目前銷量還在增加）。

— 瑪莉・卡爾的《大說謊家俱樂部》：大眾將這本書視為「回憶錄熱潮」的開端；同年也出版了另一本較為低調的作品：《哈佛法律評論》（Harvard Law Review）編輯巴拉克・歐巴馬（Barack Obama）的回憶錄。

一九九六年　回憶錄熱潮仍在持續：法蘭克・麥考特出版了《天使的孩子》，內容為他在愛爾蘭的童年回憶錄，榮獲普立茲獎和國家書評家協會獎。

— 「文學回憶錄的時代已經到來。」評論家詹姆斯・阿特拉斯

（James Atlas）在《紐約時報》雜誌上宣布：「小說無法傳達真實事件，但回憶錄可以，在最好的情況下，如果一本回憶錄能出自一個有能力掌握小說家寫作工具的作家之手……回憶錄可能創造無與倫比的深度和共鳴。」

— 第一屆「中大西洋創意非虛構夏季作家大會」在古徹學院舉行，這是第一次專門針對此文體舉辦的活動。

— 歐普拉創辦了讀書俱樂部。

— 班傑明‧維高密爾斯基（Benjamin Wilkomirski）的《碎片：戰時童年的回憶》（*Fragments: Memories of a Wartime Childhood*）：這本納粹大屠殺倖存者回憶錄首次以德文出版，榮獲國家猶太圖書獎。

— 赫曼‧羅森布拉特上歐普拉的節目談論自己的書，歐普拉稱這本書是「我們節目上聊過最偉大的愛情故事。」

一九九七年　布倫特‧斯塔勒斯（Brent Staples）在《紐約時報》上評論，「回憶錄正在占據小說的地盤，過去曾有一個假設：只有小說家的天賦才能將生命轉化為文學，但該假設顯然已經停息。」

— 《浮華世界》中有此評論：「有一種新的自白式寫作流派稱為『創意非虛構寫作』。」評論家詹姆斯‧沃爾科特抱怨道，「從未一次出現過這麼多人在小題大作。」在同一篇文章中，沃爾科特稱《創意非虛構寫作》的編輯李‧古特金德為「創意非虛構寫作背後的教父」。

— 凱瑟琳‧哈里森的《吻》：作者決定寫一部她與父親亂倫的非虛構作品，並因此書飽受批評。她在一九九二年的小說《比水更濃》（*Thicker Than Water*）中首次探索過同樣的情節。

— 比小說更離奇：米夏‧狄芳絲卡（Misha Defonseca）的《與狼共存》（*Misha: A Memoire of the Holocaust Years*）描述一個年輕猶太女孩徒步穿越歐洲尋找她被驅逐的父母；然後出現了一群狼保護她。

— 馬雅‧安傑洛（Maya Angelou）《女人的心》（*The Heart of a Woman*）：是歐普拉讀書俱樂部所選的第一本非虛構作品。

— 「災難非虛構」開始流行：如強‧克拉庫爾（Jon Krakauer）的《聖母峰之死》（*Into Thin Air: A Personal Account of the Mount Everest Disaster*）和賽巴斯提安‧鍾格的《超完美風暴：一個生命與大海搏鬥的真實故事！》將報導和研究與推測結合，描述戲劇性的悲劇事件。

— 馬克‧克倫斯基（Mark Kurlansky）的《鱈魚：改變世界的魚》（*Cod: A Biography of the Fish That Changed the World*）開創了一個時代。《紐約客》評論家亞當‧高普尼克（Adam Gopnik）後來稱此類書為「小主題／大事件」書籍，例如關於調味品的書（二〇〇三年：《鹽：人與自然的動人交會》〔*Salt: A World History*〕；一九九九年：《納撒尼爾的肉荳蔻：或者改變歷史進程的香料商的真實又不可思議的冒險》〔*Nathaniel's Nutmeg: Or the True and Incredible Adventures of the Spice Trader Who Changed the Course of History*〕），到關於顏色的書（二〇〇一年：《淡紫色：人如何發明改變世界的顏色》〔*Mauve: How One Man Invented a Color That Changed the World*〕；二〇〇二年：《顏色：色彩的自然史》〔*Color: A Natural History of the Palette*〕）。

— 由丹提‧W.摩爾（Dinty W. Moore）編輯的簡明非虛構寫作線上期刊《簡潔》（*Brevity*）創刊。

一九九八年　這一年最暢銷的非虛構書籍：米奇‧艾爾邦（Mitch Albom）的《最後十四堂星期二的課》（*Tuesdays with Morrie*）描述作者每週固定拜訪一位漸凍人教授的勵志故事。

— 艾德華‧柏爾（Edward Ball）的《家庭中的奴隸》（*Slaves in the Family*）探討過去家中擁有僕人的事實及其影響，本書榮獲非虛構類國家圖書獎。

—　醜聞！有一名瑞士記者質疑維高密爾斯基所寫的《碎片》的真實性；由作者的文學經紀公司所資助的一項詳細調查證明這本「回憶錄」主要為虛構情節。

—　「寫得太好有時就不是真的」：有編輯發現《新共和週刊》副主編史蒂芬‧格拉斯為該雜誌撰寫的四十一篇文章中，至少有二十七篇包含捏造的內容。史蒂芬‧格拉斯因此遭到解聘。

一九九九年　部落格隨著LiveJournal、Pitas.com和blogger.com等平台推出而普遍化。

—　艾德蒙‧摩里斯的《雷根總統回憶錄》（*Dutch: A Memoir of Ronald Reagan*）：這位知名的傳記作者本人在故事中以虛構人物的形式出現，摩里斯在公共電視服務網的《PBS新聞一小時》（*PBS's NewsHour*）節目上為他存在爭議的寫作技巧辯護，他解釋，「想像有一部關於隆納‧雷根的紀錄片，而我只是這部紀錄片的放映機，這部紀錄片絕對真實且鉅細靡遺。」

—　約翰‧麥克菲的《前世年鑑》（*Annals of the Former World*）是一部以北緯四十度線為中心的北美地理史詩，由四部分組成，榮獲一般非虛構類普立茲獎。

二〇〇〇年　《倖存者》第一季開播：美國對真人秀電視節目的痴迷風潮開始了。

—　驚人的矛盾心理？戴夫‧艾格斯的暢銷回憶錄《怪才的荒誕與憂傷》（*A Heartbreaking Work of Staggering Genius*）開頭是大量的警告、道歉和免責聲明；後來的版本還包含一個附錄：「我們明知故犯的錯誤」。

—　納斯季吉（Nasdijj）的《血液像河流一樣流過我夢境》（*The Blood Runs Like a River through My Dreams*）：是這位納瓦荷原住民作家三部回憶錄中的第一部，他聲稱自己「成為一名作家，是為了羞辱那裡（所有）的白人教師和白人編輯，因為他們唱衰我絕對寫不出來，像我這種愚蠢的雜種不可能寫得出

東西來。」

二〇〇一年　芭芭拉‧艾倫瑞克（Barbara Ehrenreich）的《我在底層的生活》（*Nickel and Dimed*）：這位《哈潑雜誌》的作者臥底擔任家事清潔員、女服務生和沃爾瑪員工，以了解工作中的窮人如何維持生計。

　　　　　　─ 知名小說家肯‧克西（Ken Kesey）的迷幻藥派對出現在湯姆‧沃爾夫的《刺激酷愛迷幻考驗》（*The Electric Kool-Aid Acid Test*）和亨特‧S.湯普森的《地獄天使》（*Hell's Angels*）中，他於今年離世，享年六十六歲。

　　　　　　─ 好萊塢愛上了非虛構改編作品：電影《美麗境界》（*A Beautiful Mind*）改編自西爾維亞‧娜薩（Sylvia Nasar）執筆諾貝爾獎得主約翰‧奈許（John Nash）的傳記，電影榮獲包括最佳影片在內的四項奧斯卡獎。今年改編電影的其他作品如下：馬克‧包登（Mark Bowden）的《黑鷹計畫》（*Black Hawk Down*）和伊麗莎白‧沃策爾的《少女初體驗》。

二〇〇二年　比小說更離奇：歐各思坦‧柏洛斯的《一刀未剪的童年》是作者的回憶錄，內容關於青春期與母親的精神病醫生同住的非傳統家庭生活，開始在《紐約時報》暢銷書排行榜上盤踞兩年。

　　　　　　─ 除此之外（偷偷說），今年是很奇怪的一年，非虛構文體的成長異常緩滿。

二〇〇三年　卡洛斯‧艾瑞（Carlos Eire）的《在哈瓦那等雪：一個古巴男孩的自白》（*Waiting for Snow in Havana: Confessions of a Cuban Boy*）榮獲非虛構類國家圖書獎。艾瑞克‧拉森（Erik Larson）的歷史紀實驚悚作品《白城魔鬼》（*The Devil in the White City*）則獲得亞軍。

　　　　　　─ 與類固醇有關的回憶錄：詹姆斯‧弗雷大搖大擺進入文學界，接受《紐約觀察家報》（*New York Observer*）採訪時，他承諾：「我會努力寫出這世代最好的書，我會努力成為最好的作

家，也許我他媽會一敗塗地。」他的回憶錄《百萬碎片》廣受好評；帕特‧康羅伊（Pat Conroy）稱這本書為「令人上癮的《戰爭與和平》」。（《紐約時報》的珍妮特‧馬斯林（Janet Maslin）是個精明的人，她指出這本書出售版權時本來是小說：「有個小問題：這故事應該要全是真的才對吧。」）

— 喬治‧普林普頓（George Plimpton）是《巴黎評論》的創始人兼作家，他是個為了故事不顧一切的人，享年七十六歲。

— 與數千字有同等價值的圖片：瑪贊‧莎塔琵（Marjane Satrapi）的《茉莉人生：我在伊朗長大》（*Persepolis*）；本書是一位伊朗少女手繪的圖畫回憶錄，今年翻譯成英文。

— 醜聞：二十七歲的《紐約時報》全國性記者傑森‧布萊爾（Jayson Blair）所寫的許多故事皆為抄襲或捏造，事件曝光後他引咎辭職。

— 希拉蕊‧羅登‧柯林頓（Hillary Rodham Clinton）的回憶錄《活出歷史：希拉蕊回憶錄》（*Living History*）首日銷量突破二十萬冊，也讓該書的出版社西蒙與舒斯特回收支付給希拉蕊的破紀錄八百萬美金預付版稅。

二○○四年　比爾‧柯林頓的《我的人生：柯林頓回憶錄》（*My Life*）（預付版稅：一千五百萬美金）在銷售首週售出近九十三萬五千本，創下非虛構作品的銷售紀錄新高。

— 《創意非虛構雜誌》為慶祝創立十週年，出版《事實：最佳創意非虛構文選》（諾頓出版）。

— 紀錄片熱潮：麥可‧摩爾的《華氏九一一》在坎城影展獲得金棕櫚獎，這是第二部獲此殊榮的紀錄片，這部電影成為有史以來票房最高的紀錄片。同年在電影院上映的還有：摩根‧史柏路克（Morgan Spurlock）的《麥胖報告》（*Super Size Me*），該片導演挑戰一個月內只吃麥當勞餐點，過程中增重了二十四點五磅（約十一公斤）。

二〇〇五年　歐普拉讀書俱樂部選書挑中了《百萬碎片》；詹姆斯‧弗雷上了某一集節目 —— 主題是「讓歐普拉徹夜難眠的男子」，歐普拉版本的平裝版銷量超過兩百萬冊。

－《奇想之年》（*The Year of Magical Thinking*），瓊‧蒂蒂安在著作中探索悲傷，描述她丈夫突然過世後的一年，該書榮獲非虛構類國家圖書獎。

－醜聞？魯道夫‧H.特科特（Dr. Rodolph H. Turcotte）博士的家人對歐各斯坦‧柏洛斯及聖馬丁出版社（St. Martin's）提起訴訟，理由是根據《一刀未剪的童年》中作者對他們家人的描述。這本書侵犯隱私也造成誹謗。本案以不公開金額達成和解；柏洛斯將和解形容成「所有回憶錄作者的勝利」，但同意在未來的版本中改寫作者備註的部分。

－荒誕新聞學之父亨特‧S.湯普森自殺，享年六十七歲。

－《大西洋月刊》宣布月刊中不再刊登短篇小說，並開始出版年度小說月刊。編輯表示雜誌篇幅不足是其中一個因素，「在深度敘述性報導的時代……這個決定變得前所未有地重要。」

－諷刺作家史蒂芬‧柯貝爾（Stephen Colbert）在新節目《柯貝爾報告》（*The Colbert Report*）的首集中介紹了「真實性」這個詞。

－醜聞！自傳體小說家J.T.萊羅伊（J. T. LeRoy）隱居、變性，曾經當過街友，也曾經是個吸毒成癮的男妓，其作品曾刊登在《西洋鏡》（*Zoetrope*）、《麥克斯威尼》（*McSweeney's*）、《Vogue》和《紐約時報》（及其他出版物）上。J.T.萊羅伊被《紐約》雜誌發現其實是虛構的人物，其真實身分是作家（過去擔任過色情電話接線員的）蘿拉‧阿爾伯特（Laura Albert）。《舊金山紀事報》稱此詭計是「本世代最大的文學騙局」。

二〇〇六年　醜聞！「冒煙的槍」網站刊出文章〈百萬謊言：揭露詹姆斯‧

弗雷的虛構成癮〉（A Million Little Lies: Exposing James Frey's Fiction Addiction），文中詳述了這本暢銷書中不精確的描述。弗雷在他個人網站上回應：「……充滿仇恨的人就讓他們繼續恨吧，充滿懷疑的人就讓他們繼續懷疑吧，我捍衛我的書和我的生命，我不會再回應，也不會抬高這些垃圾話。」幾天後，弗雷現身《賴瑞金現場》討論書的真實性，歐普拉打電話到節目中支持他，兩週後她卻在自己的節目中斥責弗雷和他的編輯南·塔雷斯（Nan Talese），並向觀眾道歉。「我讓觀眾覺得，真相並不重要，」她說，「這是我的錯。」

— 醜聞！《洛杉磯週刊》（LA Weekly）披露，納瓦荷原住民身分的回憶錄作者納斯季吉的真實身分其實提摩西·帕特里克·巴魯斯（Timothy Patrick Barrus）。他是一個住在密西根州蘭辛市的白人，以描寫同性戀和性施虐受虐狂情色文學而聞名。

— 《美國新聞與世界報導》（News & World Report）指出，「這三個醜聞（指萊羅伊、弗雷和納斯季吉）〔有種〕騙局三冠王的感覺，最大的輸家則是準確性、真實性和文學。」

— 《創意非虛構寫作》出版特刊《百萬選擇：創意非虛構寫作的基礎知識》（Million Little Choices: The ABCs of CNF）以回應詹姆斯·弗雷的爭議，後來由W.W.諾頓公司（W. W. Norton）擴展內容並出版為《保持真實：研究和撰寫創意非虛構作品所需知道的一切》（Keep It Real: Everything You Need to Know About Research and Writing Creative Nonfiction）。

— 《韋氏字典》將「真實性」選為「年度詞彙」（以五比一緊追其後的是「google」）。

— 《史密斯》（Smith）線上雜誌開始徵集六個字的回憶錄，最終出版了一本「來自知名作家和無聞作家」的暢銷文選。

— 《創意非虛構寫作》推出 PodLit。這是一個 podcast 節目，主題是非虛構寫作和文學趨勢。

— 伊莉莎白・吉兒伯特的《享受吧！一個人的旅行》：有數百萬讀者「購買、閱讀、心生羨慕」。（並開始學瑜伽。）

二〇〇七年　小說家、新新聞記者、《村聲雜誌》（*Village Voice*）的共同創辦人、普立茲獎得主諾曼・梅勒去世，享年八十四歲。

— 醜聞！多少算是吧。亞歷克斯・赫德對大衛・賽德瑞斯的四本書進行事實查核，並在《新共和雜誌》上發表結論：暢銷幽默作家常常言過其實，因此他的作品不能算是非虛構。「即便他對『誇張』這個詞的定義太過寬鬆又搖擺不定。」讀者顯然是忙著大笑，忘記要生氣了。

—「出版商午餐」的麥可・卡德（Michael Cader）追蹤出版趨勢，表示出版社該年取得兩百九十五本回憶錄版權，其中只有兩百二十七本是處女作。此外據《今日美國》（*USA Today*）報導，二〇〇七年非虛構書版權交易中只有百分之十二點五是回憶錄，而二〇〇六和二〇〇五年分別為百分之十和百分之九。

— W.W.諾頓出版《最佳創意非虛構寫作》（The Best Creative Nonfiction）新年度文選的第一卷，由李・古特金德編輯。

二〇〇八年　瑪格麗特・B.瓊斯（Margaret B. Jones）的《愛與後果：希望與生存的回憶錄》（*Love and Consequences: A Memoir of Hope and Survival*）：描述一個兼具白人和美洲原住民血統的寄養兒童加入「血幫」後來成功的故事。在《紐約時報》二月的一篇評論中，角谷美智子稱這個故事「非凡卓越」，表示瓊斯的作品「以小說家的眼光關注心理細節，以人類學家的眼光關注社會儀式和慣例」；《娛樂週刊》（*Entertainment Weekly*）將這本書評為A級，並警告讀者「可能會好奇瓊斯是否美化了書中的對話。」

— 醜聞！米夏・狄芳絲卡承認她寫的納粹大屠殺回憶錄「並非出自真實的現實，而是出自我的現實。」在真實生活中作者本名莫妮克・德・瓦爾（Monique de Wael）的真實身分是比利時

抵抗運動中兩名天主教成員的遺孤。

— 醜聞！三月，瑪格麗特‧B.瓊斯變成瑪格麗特‧塞爾澤（Margaret Seltzer），她其實是白人女孩，由親生父母撫養長大（並送她到北好萊塢的私立學校），河源出版社（Riverhead Books）其後召回所有書籍並退款給讀者。

— 《史密斯不全出自我的計畫：知名作家和無聞作家的六字回憶錄》（Smith's Not Quite What I Was Planning: Six-Word Memoirs by Writers Famous and Obscure）：成為《紐約時報》暢銷書。

— 醜聞！赫曼‧羅森布拉特的回憶錄《圍欄上的天使：倖存愛情的真實故事》出版前幾週，作者自承捏造了某些重要細節，出版計畫因而取消，但作者堅稱，「我只是想為人們帶來快樂。」

二○○九年　大屠殺倖存者回憶錄實在太多，《Heeb》雜誌受夠了，雜誌方宣布要舉辦一場假的大屠殺回憶錄比賽。他們（自己描述）這是一個「故意誇大且有點冒犯性的宣傳噱頭」。

— 法蘭克‧麥考特去世，享年七十八歲。

— 作家和寫作計畫協會統計共有八百二十二個授予學位的創意寫作課程，其中一百五十三個課程授予藝術創作碩士學位。

— 前副總統候選人莎拉‧裴琳（Sarah Palin）宣布自己版權成交的四個月後，交出四百一十三頁的回憶錄《流氓：美國生活》（Going Rogue）。（據稱預付版稅為五百萬美金）。

— 《創意非虛構寫作》邀請各界提交一百三十字的真實故事，參加每日推特競賽。

二○一○年　《創意非虛構寫作》：現已轉型為雜誌。

參考書目

Anhert, Margaret. *The Knock at the Door: A Journey Through the Darkness of the Armenian Genocide.* New York: Beaufort, 2007.

Berendt, John. *Midnight in the Garden of Good and Evil.* New York: Random House, 1994.

Bissinger, Harry Gerard, *Friday Night Lights.* New York: Da Capo, 1990. Bouton, Jim. *Ball Four.* New York: Macmillan, 1970.

Bowling for Columbine. Directed by Michael Moore. Dog Eat Dog Films, 2002. Burroughs, Augustine. *Running with Scissors.* New York: Picador, 2002. Capote, Truman. *In Cold Blood.* New York: Random House, 1965.

Churchill, Winston. Speech to Students. Harrow School, October 1941. Clancy, Tom. The Hunt for Red October. Annapolis, MD: Naval Institute Press, 1984.

D'Agata, John. *The Next American Essay.* St. Paul, MN: Graywolf, 2002. Defoe, Daniel. *Robinson Crusoe.* London: W. Taylor, 1719.

DeLillo, Don. "That Day in Rome." New Yorker, October 20, 2003.

Didion, Joan. "Why I Write." *New York Times Magazine,* December 5, 1976. Dillard, Annie. *Pilgrim at Tinker Creek.* New York: Harper's, 1975.

———. *The Writing Life.* New York: Harper & Row, 1989.

Easy Rider. Directed by Dennis Hopper. Columbia Pictures, 1969. Eggers, Dave. *Zeitoun.* San Francisco: McSweeney's, 2009. *Fahrenheit 9/11.* Directed by Michael Moore. Miramax Films, 2004. Filkins, Dexter. *The Forever War.* New York: Knopf, 2008.

Finkel, Michael. *True Story: Murder, Mayhem, Mea Culpa.* New York: Harper-Collins, 2005.

Frank, Anne. *The Diary of Anne Frank.* New York: Random House, 1956. Franzen, Jonathan. *The Corrections.* New York: Picador, 2001.

Frey, James. *A Million Little Pieces.* New York: Random House, 2003

Gardiner, Muriel. *Code Name "Mary": Memoirs of an American Woman in the Austrian Underground.* New Haven: Yale University Press, 1983.

Garreau, Joel. *Radical Evolution: The Promise and Peril of Enhancing Our Minds and Bodies and What It Means to Be Human.* New York: Doubleday, 2005.

Gilbert, Elizabeth. *Eat Pray Love.* New York: Penguin, 2006. Glass, Stephen. *The Fabulist.* New York: Simon & Schuster, 2003.

Gutkind, Lee. *Almost Human: Making Robots Think.* New York: Norton, 2007.

———. *The Best Seat in Baseball, But You Have to Stand.* Carbondale: Southern Illinois University Press, 1975.

———. *Bike Fever*. New York: Avon, 1973.

———. "Difficult Decisions." *Prairie Schooner*, Winter 1996.

———. *In Fact: The Best of Creative Nonfiction*. New York: Norton, 2004.

———. *Keep It Real: Everything You Need to Know About Researching and Writing Creative Nonfiction*. New York: Norton, 2008.

———. *Many Sleepless Nights*. Pittsburgh: University of Pittsburgh Press, 1988.

———. *One Children's Place: Inside a Children's Hospital*. New York: Plume, 1990.

———. *The People of Penn's Woods West*. Pittsburgh: University of Pittsburgh Press, 1984.

Gutkind, Lee., and S. Gutkind. Truckin' with Sam. New York: Excelsior Edi- tions/State University of New York, 2010.

Harrison, Kathryn. The Kiss. New York: Avon, 1994.

Heard, Alex. "This American Lie: A Midget Guitar Teacher, a Macy's Elf, and the Truth About David Sedaris." New Republic, March 19, 2007. http://tinyurl.com/86apd-qa.

Heller, Joseph. Catch 22. New York: Simon & Schuster, 1961. Hellman, Lillian. Penti- mento. New York: Little, Brown, 1973.

Hemingway, Ernest. *Death in the Afternoon*. New York: Scribner's, 1932.

———. *A Farewell to Arms*. New York: Scribner's, 1929.

———. E. *In Our Time*. New York: Boni & Liveright, 1925.

———. *A Moveable Feast*. New York: Scribner's, 1964.

———. *The Nick Adams Stories*. New York: Scribner's, 1972.

———. *The Sun Also Rises*. New York: Scribner's, 1926.

Hemley, Robin. *Confessions of a Navel Gazer*. Athens: Ohio University Press, 2011.

Hillenbrands, Laura. *Unbroken: A World War II Story of Survival, Resilience, and Re- demption*. New York: Random House, 2010.

Harmon, William. *A Handbook to Literature*. 12th ed. Saddle River, NJ: Prentice Hall, 2011.

JFK. Directed by Oliver Stone. Warner Bros., 1991.

Joseph, Eve. "Yellow Taxi." In Lee Gutkind, ed., *At the End of Life: True Stories About How We Die*. Pittsburgh: Creative Nonfiction, 2012.

Julia. Directed by F. Zinneman. 20th Century Fox, 1977. Junger, Sebastian. *The Perfect Storm*. New York: Norton, 1997.

Kahn, Roger. *The Boys of Summer*. New York: Harper & Row, 1972. Karr, Mary. *The Liars Club*. New York: Penguin, 1995.

Kerouac, Jack. On the Road. New York: Viking, 1957. Kidder, Tracy. House. Boston: Houghton Mifflin, 1985.

The King's Speech. Directed by T. Hooper. UK Film Council, See-Saw Films, and Bed- lam Productions, 2011.

Kurlansky, Mark. Cod. New York: Penguin, 1997.

Lawrence of Arabia. Directed by David Lean. Horizon Pictures, 1962. Leavitt, David. *While England Sleeps.* New York: Houghton Mifflin, 1993. Liebling, Abbott Joseph. *The Sweet Science.* New York: North Point, 1951. Lopate, Phillip. *The Art of the Personal Essay.* New York: Doubleday, 1994. Malcolm, Janet. "In the Freud Archives." *New York Review of Books,* 1983. *March of the Penguins.* Directed by Luc Jacquet. 2005.

Marszalek, Keith I. "David Sedaris' Latest Book, *Realish.*" *New Orleans Times- Picayune,* June 4, 2008. http://tinyurl.com/7jbdxpn.

McAdams, Dan. *The Redemptive Self.* New York: Oxford University Press, 2005. McCourt, Frank. *Angela's Ashes.* New York: Scribner's, 1996.

McCullough, David. *The Great Bridge: The Epic Story of the Building of the Brook- lyn Bridge.* New York: Simon & Schuster.

McPhee, John. "Centre Court." Playboy, June 1971.

———. *The Curve of Binding Energy: A Journey into the Awesome and Alarming World of Theodore B. Taylor.* New York: Farrar, Straus & Giroux, 1994.

———. *The Founding Fish.* New York: Farrar, Straus & Giroux, 2002.

———. Oranges. New York: Farrar, Straus & Giroux, 1966.

———. *The Survival of the Bark Canoe.* New York: Farrar, Straus & Giroux, 1975.

———. "Travels in Georgia." *New Yorker,* April 28, 1973.

———. Uncommon Carriers. New York: Farrar, Straus & Giroux, 2006. Michael Jordan Nike Commercial, 2008. http://www.youtube.com/watch?v=fCpElwU_hiI.

Miller, Arthur. *Death of a Salesman.* New York: Penguin, 1949. Mitchell, Margaret. *Gone with the Wind.* New York: Macmillan, 1936.

Morris, Edmund. *Dutch: A Memoir of Ronald Regan.* New York: Random House, 1999.

Mortenson, Greg. *Three Cups of Tea: One Man's Mission to Promote Peace.* New York: Penguin, 2006.

Nabokov, Vladimir. *Speak Memory: An Autobiography Revisited.* New York: Putnam's, 1966.

Nixon. Directed by Oliver Stone. Cinergi Pictures, 1995.

Orlean, Susan. *The Orchid Thief.* New York: Random House, 1998.

Orwell, George. *Down and Out in Paris and London.* London: Victor Gollancz, 1933.

Patton. Directed by Frank Schaffner. 20th Century Fox, 1970.

Pollan, Michael. *The Botany of Desire.* New York: Random House, 2001.

———. *The Omnivore's Dilemma.* New York: Penguin, 2001.

Pulp Fiction. Directed by Quentin Tarantino. Miramax Films, 1994. Purpura, Lia. On Looking. Louisville: Sarabande, 2006.

Rankine, Claudia. *Don't Let Me Be Lonely: An American Lyric.* St. Paul, MN: Graywolf, 2004.

Robinson, John Elder. *Look Me in the Eye: My Life with Asperger's.* New York: Random House, 2007.

Robinson, Margaret. *The Long Journey Home.* New York: Spiegel & Grau, 2011.

Roger and Me. Directed by Michael Moore. Warner Bros., 1989. Rosenblat, Herman. *Angel at the Fence.* New York: Berkley Books, 2009. Roth, Phillip. *Goodbye Columbus.* New York: Vintage International, 1959. Rousseau, Jean Jaques. *Confessions.* Paris: Cazin, 1769.

Rowling, Joanne Kathleen. Harry Potter. London: Bloomsbury, 1997–2007. Sack, Kevin. "Shared Prayers, Mixed Blessings." New York Times, June 4, 2000. Sedaris, David. Naked. New York: Little, Brown, 1997.

Sheehan, Susan. *Is There No Place on Earth for Me?* New York: Vintage, 1982.

Sicko. Directed by Michael Moore. Dog Eat Dog Films, 2007.

Skloot, Rebecca. *The Immortal Life of Henrietta Lacks.* New York: Crown, 2010. Slater, LLauren. *Love Works Like This: Moving from One Kind of Life to Another.* New York: Random House, 2002.

———. *Lying : A Metaphorical Memoir.* New York: Penguin, 2000.

———. *Opening Skinner's Box.* New York: Norton, 2004.

———. *Prozac Diary.* New York: Penguin, 2000.

———. *Welcome to My World.* New York: Doubleday, 1996.

Slaughter, Frank. *The New Science of Surgery.* New York: J. Massner, 1946. *The Social Network.* Directed by David Fincher. Columbia Pictures, 2010. Spender, Stephen. *World Within World.* New York: Brace Harcourt, 1951. Talese, Gay. *Fame and Obscurity.* New York: Doubleday, 1970.

———. "Frank Sinatra Has a Cold." Esquire, 1966.

———. *Honor Thy Father.* New York: World, 1971.

Tall, Deborah, and John D'Agata. "*Seneca Review* Promotes Lyric Essay." *Seneca Review,* Fall 1997.

Thompson, Hunter. Hell's Angels. New York: Random House, 1967. Thoreau, Henry David. Walden. Boston: Ticknor & Fields, 1854.

Twain, Mark. *The Adventures of Huckleberry Finn.* Chatto & Windus, 1884. Walls, Jeanette. *The Glass Castle.* New York: Scribner's, 2005.

Weisberger, Lauren. *The Devil Wears Prada.* New York: Doubleday, 2003. Wolcott, James. "Me, Myself, and I." *Vanity Fair,* October 1997.

Wolfe, Tom. *The New Journalism.* New York: Harper & Row, 1973.

———. *The Right Stuff.* New York: Farrar, Straus & Giroux, 1979.

———. *This Boy's Life.* New York: Grove, 1989.

Woodward, Bob, and Carl Bernstein. *All the President's Men.* New York: Simon & Schuster, 1974.

Wouk, Herman. *Marjorie Morningstar.* New York: Little, Brown, 1955.

文字授權聲明

▼

　　出自蓋伊・塔雷斯的〈法蘭克・辛納屈感冒了〉文字已獲作者授權刊印於本書。出自李・古特金德與山姆・古特金德的《與山姆一起運貨》文字已獲紐約州立大學出版社（SUNY Press）授權刊印於本書。出自《科學與科技問題》的梅拉・李・塞西與亞當・布里格爾的文字已獲美國科學院（American Academy of Sciences）授權刊印於本書。出自李・古特金德的〈艱難的決定〉文字已獲作者授權刊印於本書。出自蘿倫・史雷特的〈三面向〉文字已獲創意非虛構寫作基金會（Creative Nonfiction Foundation）授權刊印於本書。出自伊芙・約瑟夫的〈黃色計程車〉文字已獲作者授權刊印於本書。出自芮貝卡・史克魯特的《海拉細胞的不死傳奇》文字已獲蘭登書屋子品牌王冠出版社授權刊印於本書。出自芮貝卡・史克魯特的〈治療尼莫〉文字已獲作者授權刊印於本書。〈過去到現在：一九九三至二○一○年創意非虛構寫作偉大（和沒那麼偉大）的時刻〉文字已獲創意非虛構寫作基金會授權刊印於本書。